Fürstliches Alibi

Jürgen Reitemeier
Wolfram Tewes

Verlag topp+möller
Detmold 2005

Wir bedanken uns bei Christiane F., Günther B., Lothar S., Ulla M. und Regine K.. Besonders jedoch bei unseren Ehefrauen Marianne und Tine. Ebenso gilt unser Dank Alfons Holtgreve für die Gestaltung des Titelbildes.

Die Deutsche Bibliothek – CIP-Einheitsaufnahme

Reitemeier, Jürgen:
Fürstliches Alibi / Jürgen Reitemeier ; Wolfram Tewes. -
Detmold : Topp und Möller, 2000
ISBN: 3-9806101-9-5

Siebte Auflage 2005

Verlag und Gesamtherstellung: topp+möller, Detmold

Vorwort:

Zugegeben... normalerweise spielen Krimis in Palermo, Tokio oder New York. Dieser spielt in Ostwestfalen.

Was in jenen magischen Städten die 'ehrenwerte Gesellschaft' und die Wall Street sind, sind hier Schützenverein, Sparclub und Tippgemeinschaft. Aber...hüben wie drüben träumt man vom großen Geld und der schnellen Mark. Doch oft bleibt nur der Katzenjammer.

Müssen wir noch erwähnen, dass alle Namen und Personen frei erfunden sind? Andererseits... wer sich den Schuh anzieht, dem passt er!

1

Der ungewöhnlich warme Oktober hatte das Gras noch einmal kräftig wachsen lassen.

Rudi Lüke schwang sich brummig auf den Rasentraktor und startete das Gerät, das er eigentlich schon winterfest machen wollte. Er steckte seine gerade angezündete Zigarette zwischen die Zähne, zog seine Baseballmütze tiefer in die Stirn, um sich gegen die tief stehende Herbstsonne zu schützen und ratterte los. Sicherlich würde es weit über eine Stunde dauern, die über zweitausend Quadratmeter Rasenfläche rund um den schlossähnlichen alten Herrensitz zu mähen und diese Zeit hatte er eigentlich nicht übrig. Rudi Lüke war angestellt, um das alte herrschaftliche Haus wieder in Schwung zu bringen und nicht zum Rasenmähen. Wie sollte er mit dem Haus weiterkommen, wenn er ständig diese Hilfsarbeiten allein erledigen musste?

Seine Anfragen nach zusätzlichen Arbeitskräften waren ebenso regelmäßig wie erfolglos. Leopold Gockel, der Gutsverwalter, ließ absolut nicht mit sich reden.

„Der sitzt auf dem Geld, als wenn's sein eigenes wäre," brummte Lüke vor sich hin und umkurvte schneidig einen Haselnussbusch. Aber was soll's? Demnächst sollten ja einige Polen oder Russen hier auf dem Gut wohnen und arbeiten. Dann würde er sich schon ein paar Arbeitskräfte abziehen. Nach einer Viertelstunde hatte er bereits einem ordentlichen Teil des Parks einen zackigen Bürstenschnitt verpasst. Lüke tankte sein Gefährt auf, leerte den Auffangkorb und startete durch zur zweiten Runde. Er hatte es eilig. Es war bereits später Nachmittag und der Abend stand vor der Tür. Er hatte zwar noch nichts Konkretes vor, plante aber einen netten Abend mit Freunden in Detmold oder beim TBV Lemgo, dem lippischen Handball-Bundesligisten. Der war seine große Leidenschaft. Vor drei Jahren hatte ihm die eskalierende Meisterschaftsfeier anschließend einige Tage Bettruhe abverlangt. Und heute Abend gab's ein Nachholspiel gegen den Lokalrivalen GWD Minden.

Schnell noch unter der großen Trauerweide durch. Er zog den Kopf ein, als er in die Wand aus herunterhängenden Zweigen stieß.

Plötzlich heulte der Rasenmäher auf, gleichzeitig gab es einen heftigen Stoß. Rudi Lüke trat hektisch auf die Bremse, stellte erschrocken den Motor aus, stieg vom Traktor und ging zurück zu der Stelle um nachzuschauen.

Aber da lag keine Baumwurzel, auch kein Erdhaufen...

Da lag ein Mann! Und der sah gar nicht mehr gut aus.

2

Hermann Rodehutskors biss sehr vorsichtig in den mitgebrachten Apfel, um sein empfindliches Zahnfleisch zu schonen.

Seit rund fünfundzwanzig Jahren war er Redakteur bei der 'Heimatzeitung' und spezialisiert auf die Abteilung 'Lob und Hudel', wie seine Kollegen spotteten. Rodehutskors war zuständig für...? Ja, für was eigentlich? Als dienstältester Redakteur nahm er sich die Freiheit, seinen Zuständigkeitsbereich für sich Maß zu schneidern. Sein Wahlspruch lautete stets: Kompetenzen bekommt man nicht, Kompetenzen nimmt man sich! Er war nicht, wie für seine jüngeren Kollegen selbstverständlich, für eine bestimmte Stadt innerhalb des Verbreitungsgebietes zuständig. Rodehutskors schrieb, was ihm Spaß machte. Spaß machten ihm vor allem gesellschaftliche Ereignisse, Empfänge, Bälle und so weiter. Nicht dass er ein großer Tänzer oder sonstiger Partylöwe wäre, nein, das war nichts für ihn. Vielmehr war er ein leidenschaftlicher Freund von warmen und kalten Büfetts. Und so gab es keine Hochzeit, keinen wichtigen Geburtstag in Prominentenkreisen ohne Hermann Rodehutskors.

An diesem kühlen Sonntagabend saß er an seinem alten Schreibtisch und focht einen harten Kampf gegen seinen Intimfeind, den PC. Einen Kampf, bei dem er meistens unterlag und bei dem er Schützenhilfe bei einem der jungen und schnöseligen Volontäre anfordern musste. Sollten die ruhig über ihn lachen! Wenn er ihnen auch in technischen Belangen ständig unterlegen war, besaß er doch geradezu einen Overkill an Beziehungen und Erfahrungen. Und die waren für einen Lokalredakteur allemal wertvoller.

Noch heute Mittag war Hermann Rodehutskors bei einem gesellschaftlichen Großereignis gewesen. Der Fürst hatte eine Fuchsjagd mit Meute veranstaltet. Eine Schleppjagd war nun wahrhaftig nichts Alltägliches in der lippischen Provinz. Fünfzig Jagdgesellen hatten bei bitterkaltem aber trockenem Herbstwetter teilgenommen. Ross und Reiter mussten auf der etwa zwölf Kilometer langen Strecke dreißig Sprünge bewältigen. Es wurde, je nach Leistungsstärke, in zwei Gruppen geritten. Das nicht springende Feld führte der Jagdherr an, der Fürst persönlich. Diese Gruppe durfte die bis zu einem Meter hohen Hindernisse umreiten. Das attraktive, aber sportlich auch anspruchsvollere springende Feld wurde angeführt vom Baron von Exterstein. Über den hätte Hermann Rodehutskors viel zu erzählen gewusst, aber das gehört nicht hierher. Ein andermal vielleicht.

Auf halber Strecke wurde eine Rast eingelegt, auf der die Pferde Hafer in Körnerform und die Reiter Weizen in anderer Form, aber auch als Korn, zu sich nahmen.

Das Wichtigste an so einer Jagd war natürlich die Meute, die die Fährte des ‘Fuchses’ aufnehmen musste. Vierundzwanzig Foxhounds waren es, die in Topform hinter dem künstlichen Wild herpreschten.

Zuschauer, Gäste und natürlich Hermann Rodehutskors als Vertreter der lokalen Presse konnten von markanten Punkten aus die Jagd verfolgen. Das Ganze begleitete die Jagdhornbläsergruppe „Teutoburg“ mit jagdlichen Signalen. Zum Finale mit dem Höhepunkt jeder Jagd, dem schönen Lied: ‘Die Sau ist tot’.

Leider konnte Hermann Rodehutskors das anschließende gemütliche Beisammensein nur kurz genießen, da er dringend in die Redaktion zurück musste. Das Redaktions-Textverarbeitungssystem schloss um 21.30 Uhr für die morgige Ausgabe. Und darin hatte man ihm Platz für drei Fotos und etwa zweihundert Textzeilen frei gehalten. Früher hätte er darüber gelacht, so was war für einen altgedienten Redakteur ‘n Klacks! Aber seit einem Jahr gab es diesen verdammten Ganzseiten-Umbruch am Bildschirm. Und das war nicht seine Sache. Um etwa 20.30 Uhr hatte er die Schnauze voll! Resigniert und wütend winkte er Thomas, den Volontär, zu sich.

„Zehn Mark, wenn du den Mist hier für mich bis halb zehn fertig machst!“, damit überreichte er dem jungen Mann seinen, mit der alten IBM-Kugelkopfschreibmaschine geschriebenen Entwurf und die noch einzuscannenden Fotos.

„Zwanzig“, konterte Thomas Hansen, der seinen Vorteil erkannte.

„Zehn Mark, und keinen Pfennig mehr, sonst schicke ich dich am Wochenende zum Erntedankfest, zu den Kaninchenzüchtern, der Landfrauenvereinigung und ...!“

„Is’ ja schon gut“, seufzte Thomas Hansen. „Ich mach’s ja!“

Durch diesen kleinen Triumph wieder etwas in seiner Ehre rehabilitiert, hatte er sich seinen alten, aber warmen Lodenmantel angezogen und war raus gegangen.

Wieder einmal stöhnte er, als er seinen stattlichen Bauch in den Kleinwagen zwängte.

„Da zeigt sich, was dem Verleger seine Redakteure wert sind“, brummte er. „Einen Polo, unglaublich!“

Es wäre nur ein kleiner Fußmarsch, etwa ein Kilometer gewesen, vom Pressehaus der Heimatzeitung bis hin zum fürstlichen Schloss. Aber laufen war nicht seine starke Seite.

„Wenn Gott gewollt hätte, dass ich laufe, dann hätte er mir Räder an die Beine montiert!“, pflegte er auf entsprechende Vorwürfe seiner Frau zu antworten.

3

Rudi Lüke war kreidebleich! Als er die Fleischwunden sah, die der Rasenmäher gerissen hatte, musste er sich übergeben. Ihm dröhnte der Kopf, es flimmerte vor seinen Augen. Er hatte gerade mit dem Rasenmäher einen Mann überfahren. Es war ihm unmöglich einen klaren Gedanken zu fassen, er torkelte über die frisch gemähte Wiese. Was war zu tun? Die klaffenden Wunden schoben sich wieder in sein Bewusstsein. Vielleicht lebte der Mann ja noch. Er musste zurück zur Unfallstelle, doch er brachte die Kraft nicht auf.

Sollte er die Polizei rufen? Den Krankenwagen? Was, wenn der Mann jetzt verblutet?

Er zündete sich eine neue Zigarette an, sog gierig den Rauch ein. Seine Bewegungen waren noch hektischer als sonst. Er rannte ziellos durch den Park. Gedanken schossen ihm durch den Kopf und endeten im Nichts.

4

Hermann Rodehutskors war dem Schlosspförtner bestens bekannt. Er konnte ohne sich auszuweisen durch die Sperre auf den bewachten Parkplatz des Fürsten fahren. Die letzten zweihundert Meter bis zum Schloss musste er allerdings zu Fuß gehen. Sänften gab es nicht. Mit ihm zogen einige ordenbehängte und mit Schärpen verzierte ältere Herren, ihre genauso alten, aber noch schriller herausgeputzten Damen am

Arm, durch den kleinen Schlosshof. Ihm fiel das bevorstehende Großereignis „Vierhundert Jahre Detmolder Schützenverein“ ein. Rodehutskors war begeisterter Schütze und noch vor zwei Jahren hatte er es zum Schützenkönig gebracht. Bei dem Versuch seine fünfundzwanzig Jahre jüngere Nachbarin als Königin zu nehmen hatte dann der Haussegen doch gewaltig schief gehangen. Es gab eben immer das berühmte Haar in der Suppe. Die Gesprächsfetzen, die vom Schloss her herüber schallten, riss ihn aus seinen Gedanken. Der gesellschaftlich relevanteste Teil der Jagd lief gerade auf Hochtouren. Die Nachfeier in großer Garderobe!

Er fühlte sich dennoch nicht etwa underdressed. Nein, man kannte ihn und seine abgetragenen Anzügen, die er auch auf allen Festlichkeiten anhatte. Es gab eine Ausnahme im Jahr, das war zum Detmolder Schützenfest. Dann holte er seinen schwarzen Anzug aus dem Schrank.

Hermann Rodehutskors war eine nicht wegzudenkende Instanz. Die feinen Herrschaften mochten ruhig die Nase über ihn rümpfen. Der Verlockung eines Interviews und eines Fotos in der Presse konnte keiner von ihnen widerstehen. Ihre Eitelkeiten und Geltungssucht waren sein Geschäft.

Oh, er wusste, wie man mit diesen „feinen Pinkeln“ umzugehen hatte. Egal, ob alter Adel oder Geldadel, egal ob politisch oder klerikal. Bloß nicht einschüchtern lassen!

Nach knapp einer halben Stunde hatte er den ersten Film verknipst und mehrere Gläser Champagner mit mehr oder weniger wichtigen Leuten getrunken. Er fühlte sich pudelwohl. Das hier war sein Zuhause, an der ‘Front’ und nicht an dem trostlosen PC.

Manche der Männer hier waren neureiche Aufsteiger, ohne guten Namen und ohne jeden Stil. Sie besaßen aber etwas reichlich, das bei vielen der anwesenden Adeligen peinlich knapp war. Geld! So entstanden gut funktionierende Symbiosen. Beide Seiten hatten etwas zu bieten, was der anderen Seite fehlte. Der eine brachte das Geld auf, ohne das der feine Lebensstil unmöglich wäre. Dafür schmückte sich der Geldsack mit den erlauchten Namen seiner adeligen Freunde, ohne die sein Reichtum immer seelenlos bliebe.

Nach eineinhalb Stunden etwa dozierte neben Rodehutskors ein junger Mann über seine verantwortungsvolle Tätigkeit im Detmolder Wirtschaftsleben. Rodehutskors grinste innerlich. Er wusste, dass dieser junge Dandy ein kleiner Bankangestellter war, dessen Kompetenz kaum über das Sortieren von Buchungsbelegen hinausging. Aber er hatte es irgendwie geschafft, die Tochter eines kleinen lippischen Landadeligen zu heiraten.

„Ah, die Presse!“, schleimte der Dandy. „Wenn Sie Näheres über die heutige Jagd erfahren möchten, dann sprechen Sie doch mit dem Bruder meines Schwiegervaters, dem Baron von Exterstein. Der hat die gesamte Organisation von Anfang bis Ende in seiner Hand gehabt.“

Er hakte sich bei dem Pressemann unter, was diesem überhaupt nicht recht war, und führte ihn zu einer greisen Dreiergruppe, die aus einer völlig senilen Baronin, einer hinreißend hässlichen Fabrikantenfrau und dem Baron von Exterstein bestand, der hier seiner Rolle als Schwerenöter gerecht zu werden versuchte.

„Lieber Onkel, darf ich dir Herrn Rodehutskors vom Heimatblatt vorstellen?“

Der junge Mann begann mit einer ausschweifenden Vorstellung, die der alte Baron ohne jedes Mitgefühl unterbrach.

„Aber, aber! Natürlich kenne ich Herrn Rodehutskors!“, dröhnte er jovial und stellte ihn seinerseits den anwesenden Damen vor, was der Redakteur mit einer gekonnten Verbeugung krönte. Das musste man ihm schon lassen.

„Jetzt bin ich schon fast zwei Stunden hier und musste wirklich bis nach zehn Uhr warten, bis die Presse auf mich aufmerksam wird. Ja, ja. Im Alter wird man uninteressant!"

Der Baron war groß und schlank, mit einer imponierenden Nase über einem dünnen weißen Schnurrbärtchen. Er steckte in einem 'Stresemann'. Für seine fast 65 Lebensjahre hatte er sich recht „stramm" gehalten. Er war ein bekannter und begeisterter Reitersmann, weshalb ihm auch bei der heutigen Jagd die entscheidende Rolle als Führer der springenden Meute zugestanden worden war.

„Großartige Jagd heute, nicht wahr, Herr Redakteur? Haben Sie alles gesehen?"

„Aber selbstverständlich, Herr Baron! Ein solches Ereignis darf und will sich die lokale Presse nicht entgehen lassen. Mein Kompliment, Herr Baron, Sie haben das springende Feld wieder einmal souverän geführt. Da spürt man die alte Schule!"

„Apropos alte Schule", lachte der alte Herzensbrecher, postierte die eine Dame links und die andere rechts von sich, legte beiden den Arm um die mächtigen Hüften und brachte sich selbst laut lachend in Fotostellung.

Hermann Rodehutskors wusste, was von ihm erwartet wurde und ließ sich nicht lange bitten. Fünf Fotos von dieser morbiden Gruppe, das musste reichen.

„Steht Dienstag in der Zeitung! Für morgen ist es nämlich schon zu spät", versprach er jovial.

Der alte Herr lachte, entschuldigte sich bei den Damen und führte Hermann Rodehutskors zum Büffet.

5

Leopold Gockel raste mit einem mittelschweren BMW Richtung Hannover. Die A2 war, wie immer montags, voller Autos, viele mit polnischen Nummernschildern. Er benötigte schon Hupe und Lichthupe gleichzeitig, um die nach Osten rollende Blechlawine auszumanövrieren. Der BMW-Fahrer fuhr unkonzentriert, was eigentlich nicht seine Art war. Heute Morgen hätte er die Edel-Karosse von seinem Chef Heinz Zylinski, einem ehemaligen Schrotthändler und nun sein aktueller Brötchengeber, in Empfang nehmen sollen, um sie nach Frankfurt an der Oder zu überführen. Doch Zylinski war nicht am verabredeten Ort gewesen, obwohl er gestern noch angerufen hatte, um einen weiteren Auftrag anzukündigen, den Gockel für ihn ausführen sollte. Der Wartende hatte das Anwesen des Geschäftsmannes abgesucht. Er war nicht aufzufinden.

Leopold Gockel wunderte sich darüber, dass er den BMW, den er überführen sollte, unverschlossen vorfand. Zu allem Überfluss steckte sogar der Schlüssel. Jetzt fiel ihm auf, dass auch die Hunde, zwei weiße hässliche Kampfmaschinen, nicht in ihrem Zwinger waren. Sicherheitshalber setzte er sich ins Auto. Dort wartete er vergeblich, wurde immer unruhiger. Er hatte Zeiten einzuhalten. Einmal war er zu spät in Frankfurt an der Oder angekommen. Der russische Geschäftspartner seines Chefs hatte getobt und Gockel hatte später das Gefühl, einer Tracht Prügel nur haarscharf entgangen zu sein. Anschließend hatte ihm auch Zylinski zu Hause die Hölle heiß gemacht.

Irgendetwas war heute Morgen anders als sonst. Gockel zog den Kragen seiner Anzugjacke hoch. Ihn fröstelte. Eine Gänsehaut lief ihm über den Rücken. Unruhe machte sich in ihm breit. Er konnte die Ursache nicht genau bestimmen. War das Warten der Grund dafür oder gab es einen anderen Grund? Er fühlte sich auf einmal nicht mehr wohl hier zwischen den Altautos, so fasste er den Entschluss, nicht länger auf seinen Chef zu warten. Er zündete den Motor und rollte vom Hof.

Gockel dachte über Zylinski nach. Das war schon ein seltsamer Typ. Er machte Geschäfte jeder Art, verkaufte Autos, handelte mit alten Werkzeugmaschinen und britischem Rindfleisch. Seit einiger Zeit war er Kreistagsabgeordneter, selbstverständlich für die Partei, die seit kurzem die Mehrheit hatte. In den letzten Jahren versuchte er sich als recht erfolgreicher Immobilienmakler und Bauunternehmer. Vor kurzem hatte er einem verarmten Adeligen sogar ein altes Rittergut abspenstig gemacht. Gestern hatte Gockel in der „Landeszeitung" gelesen, dass Zylinski von irgendeiner Verbandsversammlung zum Vorsitzenden des Festkomitees „Hundertfünfundzwanzig Jahre Hermannsdenkmal" gewählt worden war. Gockel würde sich nicht einmal mehr darüber wundern, wenn der gute alte „Hermann" mittlerweile auch Zylinski gehören würde.

LKW-Flotten der großen Supermarktketten lieferten sich ihre ganz privaten Rennen an den Bergen von Bad Eilsen. ALDI fuhr heute gegen REWE! Dieser Wettkampf der Könige der Landstraße riss Gockel aus seinen Gedanken Er ging in die Eisen. Die eh schon vorhandene Unruhe verstärkte sich durch die Störung des Verkehrsflusses von Sekunde zu Sekunde. Seine Nerven waren zum Zerreißen gespannt. Das Überholmanöver dauerte jetzt schon über drei Minuten.

„Man sollte meinen, die machen das extra", dachte Leopold Gockel. Womit er vermutlich nicht mal Unrecht hatte.

Er legte die Hand auf die Hupe und betätigte gleichzeitig den Hebel für die Lichthupe. Ein Dauersignalton ertönte. Jetzt war er es leid! Gockel zog den BMW nach rechts, schaltete „runter", schoss auf dem Standstreifen an den nebeneinander fahrenden Brummis vorbei und setzte sich, vor den LKWs, wieder dahin, wohin ein BMW gehört: Auf die Überholspur!

Nach geglücktem Überholmanöver ließ Gockel die Seitenscheibe der Fahrertür herunter. Er zeigte den nun ihrerseits hupenden LKW-Fahrern den Stinkefinger, sah lachend in den Rückspiegel, in dem er beobachten konnte, wie ihm einer der Landstraßenkapitäne mit dem größten Schraubenschlüssel drohte, den Leopold Gockel je gesehen hatte.

In diesem Moment lenkte ein „Polenfiat“ mit vollbepacktem Dachgepäckträger aus unerklärlichen Gründen auf die Überholspur. Als der seinen Spurwechsel fast abgeschlossen hatte, konzentrierte sich Leopold Gockel endlich wieder auf die Fahrbahn und stand im nächsten Moment auf der Bremse. Er alterte in den nächsten Sekundenbruchteilen um Jahre, riss das Lenkrad nach links, fuhr an dem Fiat vorbei. Jedoch bestimmte die Leitplanke seine Richtung. Die Büsche, die Männer der Straßenmeisterei unter Lebensgefahr vor einiger Zeit gepflanzt hatten, wurden von dem Auto entwurzelt und flogen in hohem Bogen durch die Luft.

Dann hatte Gockel den Wagen wieder unter Kontrolle und den Fiat hinter sich. Die Insassen des überladenen Autos störten sich nicht weiter an dem zeternden BMW-Fahrer, der gerade versuchte, sie zum Halten auf dem nächsten Rastplatz zu bewegen, auf den er dann auch fuhr. Sie nahmen in aller Seelenruhe weiter Kurs Richtung Hannover.

Leopold Gockel startete wieder durch um das Auto zu verfolgen. Doch vor ihm befanden sich wieder die zwei nebeneinanderfahrenden Laster. Gockel lagen die Nerven blank.

Noch tausend Meter bis zur Abfahrt Bad Münder! Gockel hupte wütend. Endlich, der links fahrende ALDI-LKW beendete seinen Überholvorgang. Leopold Gockel schoss mit seinem Gefährt rasant an den Lastern und an der Ausfahrt vorbei, auf der gerade der polnische Fiat die A2 verließ.

Wütend schlug Leopold Gockel mit beiden Händen auf das Lenkrad. Am liebsten hätte er hineingebissen.

Da, wieder ein Hinweisschild auf einen Parkplatz. Er steuerte ihn an, stoppte den Wagen und stieg aus ohne den Motor abzustellen. Er wollte sich den Schaden ansehen, der beim Entlangschrammen an der Leitplanke entstanden sein musste. Die Tür fiel ins Schloss und verriegelte mit einem leisen „Klack“.

Am Auto waren einige leichte Schrammen und Dellen, nichts

Großartiges. Nur der Türgriff der Fahrertür war vermutlich an einer Niete der metallenen Fahrbahnbegrenzung hängen geblieben, denn er fehlte!

Gockel war fassungslos. Er stand vor seinem verschlossenen Auto. Der Motor lief, der Schlüssel steckte im Zündschloss und die einstmals vorhandene Vorrichtung, die es ermöglichte die Tür zu öffnen, lag einige Kilometer weiter westlich auf dem Mittelstreifen der A2.

Um achtzehn Uhr musste er in Frankfurt/Oder sein. Diesen Termin durfte er nicht verpassen, das hatte ihm Zylinski ausdrücklich mit auf den Weg gegeben. Mit der Drohung, sonst sei er raus aus dem Ostgeschäft.

Nicht ein verdammtes Auto war hier, von dem er Hilfe erwarten konnte! Er spürte ein unangenehmes Ziehen in seiner Brust. Wenn doch zumindest eine Telefonzelle auf dem Parkplatz wäre, dann könnte er wenigstens Rudi auf dem Gut anrufen. Sein Handy lag fein säuberlich auf der Mittelkonsole des verschlossenen BMW.

Wütend suchte er nach einem ordentlichen Stein um die Scheibe des Wagens zu zerschlagen, aber nicht mal den gab es an diesem verfluchten Ort.

Da, ein Auto! Wirklich, ein Auto lief diesen Halteplatz an. Noch nie hatte diese stinkende ‚Rennpappe' aus Zwickau bei ihm ein solches Glücksgefühl ausgelöst, wie dieser Plastebomber. Sonst hielten die Dinger ja immer nur den Verkehr auf, aber im Moment würde er schon einiges dafür geben mit dieser Errungenschaft des Sozialismus über die Autobahn zu donnern.

Er hetzte zu dem Auto, das gleich in die erste Parkbucht des Rastplatzes eingebogen war.

In der „DDR-Karosse" saßen zwei junge Männer. Auf ihren bunten Stoppelhaaren trugen sie Baseballmützen mit dem Emblem eines roten Stieres.

Gockel befand sich in einer Zwangslage. Zum einen verunsicherten ihn die beiden Insassen. Zum andern wollte er die Situation, in der er sich befand, nicht an die große Glocke hängen. Gleichzeitig musste er so schnell wie möglich diese bayerische Nobelkarosse aufbekommen.

Er klopfte an das Seitenfenster des Trabbis. Der Fahrer kurbelte das Fenster runter.

„Hey", versuchte es Gockel so locker wie möglich, „könnt ihr mich bis zur nächsten Raststätte mitnehmen?"

„Nein", antwortete 'Mütze I' und kurbelte die Scheibe wieder hoch.

Gockel klopfte wieder, diesmal hektischer und energischer.

„Hau ab, Grufti!", sagte 'Mütze II' „frag den Vertreter, der diesen BMW da fährt, wenn der vom Pinkeln zurück ist."

„Ich bin, besser gesagt, war der Fahrer des BMW´s."

„Dann setz dich in deine Kiste und verdufte!"

Die Scheibe wurde wieder hochgedreht. 'Mütze I' zeigte Gockel den fiesen Mittelfinger. Der jedoch drosch jetzt beinahe hysterisch mit beiden Fäusten auf das Dach des Fahrzeugs. Das gab Geräusche von sich, als würde auf einem Pappkarton getrommelt.

Wieder wurde die Scheibe herunter gedreht.

„Hey Alter, hast du einen Lattenschuss? Setz dich in deine Vertreterkiste und mach dich vom Acker! Sonst putzen wir dich von der Platte! Und mach endlich den Motor aus. Verpestet die ganze Luft, der Kerl!"

Gockel wollte gerade etwas erwidern, so in der Art wie: Zweitakter sind Stinkekisten, Dreckschleudern und so weiter, sagte dann aber nur:

„Geht nicht."

'Mütze II' starrte ihn an, als hätte er es mit einem Wesen der „Dritten Art" zu tun, stieg aus und sah sich den BMW an. Dann brüllte er laut los. Wahrscheinlich war das seine Art zu lachen. Nun kam auch der Beifahrer, peilte kurz die Lage und fing ebenfalls lauthals zu lachen an.

Nachdem sich ‘Mütze II’ wieder eingekriegt hatte, sagte dieser:

„Na gut, wer so blöd ist, der braucht dringend Hilfe. Okay, bis Raststätte Hannover und keinen Meter weiter.“

Gockel kletterte nach hinten. Der Trabbi wurde angeschmissen. Das ‘Perempempem’ des Motors war deutlich zu vernehmen.

Gerade wollte Gockel seine missliche Lage erklären, da stellte der Kopilot den Kassettenrecorder an. Der Gast auf dem Rücksitz sah verwundert durch das Heckfenster, konnte jedoch keinen Anhänger entdecken, auf dem die Verstärkeranlage, die diesen Sound erzeugen musste, mitgeführt wurde. Gleichzeitig bemerkte er, dass er auf der Abdeckung der Bass-Reflexboxen saß und nicht wie vermutet auf dem Rücksitz. Er hatte das Gefühl auf und ab zu hüpfen. Wo die Hoch- und Mitteltöner versteckt waren, konnte er nicht entdecken. Diese Frage ließ sein Vorstellungsvermögen auch nicht mehr zu, denn es war ihm unmöglich, sich zu erklären, wie ein so kleines Auto soviel Stauraum für eine solche Musikanlage zuließ. „Fünfundsiebzig Jahre lang, Haken für den Duschvorhang“, dröhnten ihm die `Toten Hosen´ in die Ohren. Wenn es möglich gewesen wäre, hätte er die Knatterkiste aus der Ex-DDR sofort wieder verlassen. Selbst der Weg durch das Fenster wäre ihm recht gewesen. Die damit verbundenen Schwierigkeiten waren ihm mittlerweile egal. Langsam wurde ihm schlecht. Er hatte das Gefühl einer ähnlichen Gehirnwäsche unterzogen zu werden, wie es dem hier besungenen „Alex“ widerfahren war. Aussteigen, nur aussteigen, egal, was das für Folgen mit sich brachte. Seine bemützten Mitfahrer verzogen keine Miene. Da endlich das Hinweisschild: *Raststätte Hannover 5000 Meter*. Das Ende der Folter war abzusehen.

Noch fünf Minuten, die Leopold Gockel wie eine Ewigkeit vorkamen. Dann hielt der Trabi. Die beiden bemützten Männer ließen ihren Tramper grinsend aussteigen.

Dieser stürzte in die Büsche, die Bass-Rhythmen waren ihm so auf den ohnehin schon in Mitleidenschaft gezogenen Magen geschlagen, dass er sich übergeben musste. Nach geraumer Zeit kam er zurück zum Trabi.

„Zwanzig Mark!", raunzte ihn der Fahrer an.

„Mein Geld ist in meinem Auto", stöhnte Gockel, „aber in diese Kiste kriegen mich keine zehn Pferde mehr. Wenn ihr Eure Leistung bezahlt haben wollt, müsst ihr schon mit dem Mechanikerauto mit zurück fahren."

„Mal sehen", winkte 'Mütze I' ab und ging mit seinem Kumpel zur Raststätte. Auf dem Weg dorthin sagte er: „War ja gemein, aber diese Typen würden solchen Leuten wie uns nie helfen."

Gockel ging in das Tankstellengebäude der Raststätte und verlangte den Chef. Die Frau an der Kasse sagte:

„Den Trick kenne ich schon, ich suche den Chef und Sie suchen die Kasse. Wenn Sie was von ihm wollen, dann müssen Sie ihn schon selber suchen. Er ist irgendwo da draußen auf dem Hof."

„Irgendwo da draußen auf dem Hof? Was ist das für ein Drecksladen? Ich brauche dringend Hilfe und dann kriege ich so eine Antwort."

„Na, nun bleiben Sie mal ganz ruhig. Männer mit BOSS-Anzügen kommen hier öfter rein und machen den dicken Max. Wo brennt es denn? Ihnen steht ja die Panik im Gesicht".

Von hinten machten nun auch andere Kunden der Tankstelle ihrem Unmut Luft: „Was will der Kerl hier? Halt den Verkehr nicht auf! Ich muss um 18.00 Uhr in Berlin sein und der spielt sich hier auf."

„Genau, wenn Sie was vom Chef wollen, dann suchen Sie Ihn

doch, dies ist eine Kasse, hier wird bezahlt und nicht erzählt!“

Leopold Gockel merkte, dass er hier nicht weiter kam, auch wenn er unter anderen Umständen dieser Auseinandersetzung nicht aus dem Wege gegangen wäre. Heute war er angeschlagen. Das Pech der letzten Stunden saß ihm in den Knochen. Dies könnte sich in den nächsten Sekunden fortsetzen, also lieber raus hier, sonst war es möglich, dass er in wenigen Minuten am ersten Buchstaben der Markentankstelle hängen würde, so dick wie die Luft hier langsam aber sicher wurde. Also gab er klein bei und fragte hinter vorgehaltener Hand: „Wie sieht denn Ihr Chef aus?“

„Grauer Kittel, breit wie hoch, nicht zu übersehen, und jetzt nichts wie raus hier!“

6

Josef Schulte war dreiundvierzig Jahre alt und dunkelhaarig. Er hatte immer einen Dreitagebart. Seit er vor einem halben Jahr mit dem Rauchen aufgehört hatte, deutete sich ein leichter Bauchansatz an. Bestimmte Kollegen beschrieben ihn als schlampig, weil er immer diese Levis 105, oder was für eine Zahl auch immer das war, trug. Schon seit Beginn seines Polizeidienstes hier in Detmold trug er diese Hosen. Es wurde auch von ihm behauptet, dass er eine einzige, natürlich fertig gebundene, Krawatte im Schrank hängen habe. Den Knoten hatte angeblich noch sein Vater geknüpft, der jedoch schon vor zehn Jahren gestorben war. Wieder andere Kollegen bezweifelten selbst dieses, da sie ihn weder mit diesem legendären Stück noch mit einem anderen Schlips je gesehen hatten.

Josef Schulte war geschieden und der Grund für seine frühere Ehe war auch der Anlass, der ihn zum Polizisten werden ließ.

Damals in der Oberprima hieß es eines Morgens: „Schon gehört? Schulten Josef bekommt ein Kind!“ Eine Woche später hieß es dann nochmals: „Schulten Jupp kriegt schon wieder ein Kind!“ Das war zuviel für ihn und seine Mutter, damals Vorsitzende des katholischen Müttervereins der Altstadtpfarrei seiner Geburtsstadt Warburg. Sie machte ihm die ‘Hölle heiß’, bis er eine der werdenden Mütter ehelichte. Der anderen zahlte er Unterhalt, den er sich bzw. seinem Kind am Bau verdiente.

Dieser unerwartete Kindersegen veranlasste ihn, nicht wie geplant Soziologie und Sport zu studieren, sondern zur Polizei zu gehen.

In den langen Nächten, die er sich dann später im Polizeidienst um die Ohren schlug, hatte er oft über das fragwürdige Wochenende nachgedacht, an dem er zweifacher Vater wurde. Alle seine Freunde waren zur Party des damaligen Warburger Jugendzentrums Namens „KOM IN“ am Heinturm in der Nähe von Ossendorf gefahren. Nur er war zum Calenberger Schützenfest gegangen.

„Ich kann es nicht ertragen, wenn Heidi den ganzen Abend mit diesem blöden Typen rumknutscht!“, hatte er zu seinem Kumpel Bruno gesagt, bevor sich auf seine Kreidler Florett setzte und in die entgegengesetzte Richtung davon fuhr. An der Theke der Schützenhalle hatte er dann kräftig über die Strenge geschlagen und war fürchterlich abgestürzt. Um Mitternacht verdrückte er sich mit Erna ‚in die Büsche’. Kurz darauf stand er wieder vor dem Biertresen und kriegte ‚einen Moralischen’. Dies wiederum veranlasste Karin den armen Kerl zu trösten, der mittlerweile ziemlich groggy war. Karins Eltern waren übers Wochenende verreist und so nahm sie aus purem Mitleid den total betrunkenen Schulte mit nach Hause. „Wenn ich mich wenigstens noch erinnern könnte ob's Spaß gemacht hat,“ jammerte er noch Jahre später.

Seit fünf Jahren war er nun bei der Kripo in Detmold. Als Hauptkommissar der Abteilung Diebstahl bekam er heute Morgen das dritte im Kreis geklaute Auto auf den Tisch und das innerhalb von vier Wochen. Insgesamt waren in diesem Zeitraum in Ostwestfalen zehn Autos als gestohlen gemeldet worden und allesamt keine alten Kisten. Und keine Spur, kein Hinweis, nichts.

Seinen Hörer hatte Josef Schulte vorsorglich neben das Telefon gelegt, denn er vermutete jeden Moment den Anruf des Polizeirats, der wahrscheinlich auch schon von dem gestohlenen Mittelklassewagen gehört hatte und ihm jetzt wieder Druck machen wollte.

Um dem zu entgehen, beeilte er sich seine Tasse Kaffee auszutrinken, die ihm Hedwig, der gute Geist der Abteilung, gekocht hatte. Er wollte dann zum Tatort fahren um mit dem Bestohlenen, einem Vertreter aus der Möbelbranche, zu reden. Vielleicht bekam er ja endlich einen Hinweis.

„Er war einfach weg!"

Der dicke Mann fuchtelte wüst mit den Armen herum. Der Schweiß lief ihm am roten, fast kahlen Kopf herunter und tropfte auf den blütenweißen Hemdkragen.

„Heute Morgen war's! Ich ging nach dem Frühstück zur Garage und wollte ins Geschäft fahren. Da war er weg! Einfach weg!"

Der Möbelvertreter Wilhelm Grundkötter rang nach Luft.

Hauptkommissar Josef Schulte versuchte ihn zu beruhigen, indem er dem aufgebrachten Mann eine von dessen eigenen Zigaretten anbot. Er hätte ja selbst auch gern geraucht, aber das war vorerst vorbei.

„Lassen Sie uns mal weniger von heute Morgen reden," sagte er im Plauderton. „Ist Ihnen gestern Abend oder in der Nacht etwas aufgefallen?"

„Nee! Dann hätte ich ja sofort die Polizei angerufen."

„Denken Sie doch mal genau nach. Hat jemand versucht Sie mit irgendwas abzulenken? Hatten Sie den Wagen korrekt abgeschlossen? Ich sehe, Sie haben eine abschließbare Garage. Das Torschloss ist immerhin geknackt worden. Haben Sie nichts gehört?“

Grundkötter dachte nach.

„Nein! Erst habe ich gestern Abend auf DSF Fußball geguckt. Ich stelle den Kasten immer ziemlich laut, weil ich ‘n bisschen schlecht höre. Dann bin ich ins Bett und habe geschlafen.“

„Leben Sie allein, Herr Grundkötter?“

„Aber sicher! Für mich ist die Mark noch ‘ne Mark wert und keine fünfzig Pfennig!“

Josef Schulte musste daran denken, dass er zwar auch allein lebte, aber für ihn die Mark durch zweifache Alimentenzahlung höchstens fünfunddreißig Pfennig wert ist.

„Ich werde mich dann mal bei ihren Nachbarn umhören. Offen gestanden glaube ich aber nicht, dadurch etwas Wichtiges zu erfahren. Hier waren ganz offensichtlich Profis am Werk. Wenn Ihnen noch was Interessantes einfällt, dann melden Sie sich bitte bei mir.“

„Mein schöner Volvo! Wahrscheinlich ist er jetzt schon kurz vor Warschau! Und ich Trottel habe ihn erst vorgestern gewaschen. Und vollgetankt hatte ich auch! Verdammte... !“

7

„**D**a ist nicht mehr viel zu erkennen“, stöhnte der Pathologe Heinz Jakobskrüger.

Jakobskrüger war im Dienst ein tüchtiger Mann und in seiner Freizeit Kassenwart der Anonymen Alkoholiker seines Heimatstädtchens Lage.

„So einen Rasenmäher sollte ich mir auch mal zulegen“, grinste er. „Der reißt echt was weg!“

Axel Braunert schluckte. Diese Art von Humor war nicht sein Ding. Er war eher ein sensibler Mensch. Mit derart makabren

Scherzen, die für Pathologen, Krankenpfleger und Bestatter so typisch sind, weil sie ihnen die nötige Distanz zu ihrer Tätigkeit verschaffen, konnte er erst recht nichts anfangen.

„Soll das heißen, dass wir keinerlei Anhaltspunkte haben, um wen es sich handelt?“, fragte er leise.

„Das würde ich nicht sagen. Aber viel ist es nicht. Der Mann war ungefähr fünfzig Jahre alt, eher mager, hatte gesunde Innereien, war aber wohl ein starker Raucher. Beneidenswert gute Zähne hatte der Mann übrigens auch. Aber es gibt einen Punkt, an dem Sie ansetzen können. Er hatte ein künstliches Hüftgelenk. Ziemlich neu, würde ich sagen. Da müsste man doch was drüber erfahren können. Bei irgendeinem Orthopäden hier in der Gegend muss er das ja machen lassen haben. Alles andere, wie Körper- und Schuhgröße und so, habe ich Ihnen hier in die Akte gelegt. Die Kleidung habe ich nicht untersucht, das ist auch nicht meine Aufgabe. Das machen die Kollegen von der Spurensicherung. Vielleicht finden die ja was raus. Aber nach meinem ersten Eindruck wird das nicht viel hergeben. In den Taschen war jedenfalls nichts. Zufrieden?“

Was blieb Axel Braunert anderes übrig, als traurig zu nicken.

„Was ist mit der Todesursache?“

„Ja, dazu kann ich nur sagen, dass er eindeutig erschossen worden ist. Ich habe die Kugel rausgeholt und sie der ballistischen Abteilung zugeschickt. Mit so was kenne ich mich nicht aus. Der arme Kerl wurde von hinten erschossen. Die Kugel drang durch die Lunge und hat ‘ne ziemliche Ferkelei im Körper angerichtet. Ich würde mal behaupten, dass der Schütze so was nicht jeden Tag macht. Ein Profi hätte das besser hingekriegt. Das Überlebensrisiko war hier viel zu hoch, wenn ich das mal so sagen darf. Mehr kann ich ihnen leider nicht erzählen. Ach ja, die Todeszeit war wahrscheinlich gestern Abend zwischen zehn Uhr und Mitternacht. Reicht das für’s Erste?“

Axel Braunert bedankte sich höflich, klemmte sich die Akte unter den Arm und ging.

Die Kollegen von der forensischen Abteilung hatten auch nicht viel anzubieten.

„In den Taschen war nichts, gar nichts. Der Anzug war zwar teuer, aber auch nicht so exklusiv, dass sich hieraus echte Anhaltspunkte ergeben könnten. Diesen Anzug können Sie für einen Tausender bei jedem besseren Herrenausstatter kaufen. Das gleiche gilt für die Schuhe. Schmuck hatte er keinen. Nicht mal einen Ehering. Den kann ihm aber der Mörder abgenommen haben. Wir wissen also nicht mal, ob der Mann verheiratet war. Eine Patronenhülse haben wir auch noch nicht gefunden, aber es kann ja auch ein Revolver gewesen sein. Mal abwarten. Dafür wissen wir ziemlich genau, wo der Schuss gefallen sein muss. Trotz des gerade gemähten Rasens konnten wir noch einige Druckstellen und Schleifspuren im Gras feststellen, die zur Fundstelle hin führten. Nicht viel, aber vielleicht kommt ja noch was.“

„Tja. Trotzdem, besten Dank!“

Mit diesem mageren Ergebnis in der Tasche machte Axel Braunert sich auf den Weg zur Bielefelder Straße. In seinem Büro, in den heiligen Hallen des Kreispolizeigebäudes, wollte er noch ein paar Anrufe tätigen um sich dann auf den Feierabend vorzubereiten. Er hatte jede Menge Überstunden, die er seit langem vor sich her schob. Da der Fall im Moment noch nicht sehr viel hergab, konnte er sich reinen Gewissens etwas früher auf den Heimweg machen.

Heute Abend hatte er sich mit seiner Kollegin Maren Köster in einer Kneipe verabredet. Eigentlich würde er gern sehr private Themen mit ihr besprechen. Auch wenn er sonst mit Frauen nichts anfangen konnte, war diese Kollegin so etwas wie seine beste Freundin geworden. Aber er kannte sich und er kannte seine Kollegin. Beide würden wieder den halben Abend die aktuellen Fälle durchkauen.

„Ein Scheiß-Beruf!", fluchte er. „Nie hat man richtig Feierabend".

Er schmiss seine Autotür ins Schloss und machte sich auf den Weg zum Haupteingang. Zwei junge uniformierte Polizisten kamen ihm entgegen. Braunert traf der Schlag. Flugzeuge starteten in seinem Bauch. Ihm wurde flau, als ihn der größere der beiden Kollegen anlächelte. Diese Grübchen, diese Augen, Braunert tastete nach einem Halt. Wieso war ihm dieser Adonis in Uniform noch nicht aufgefallen? Noch nie war ihm passiert, dass ihn ein einziger Blick eines Mannes einfach so umhaute. Axel Braunert starrte fassungslos dem davon fahrenden Streifenwagen nach.

8

„**Z**eit ist eben eines der knappsten Güter im Kapitalismus!", erinnerte sich Leopold Gockel an seine VWL-Vorlesungen und verließ den Raum.

Er ging um die Tankstelle herum und fand in einer kleinen Werkstatt einen halslosen Mann in verschmiertem grauem Kittel, ebensolch verschmiertem Gesicht und Händen. Er schwitzte trotz des herbstlichen Wetters. Gestern war noch ein schöner, warmer Tag gewesen, doch heute lagen die Temperaturen um den Gefrierpunkt.

„Na, Meister, wie läuft das Geschäft?", begann Gockel das Gespräch.

„Schlecht, habe keine Zeit zum Quatschen und jetzt raus hier!"

„Schon gut, schon gut, ich auch nicht, aber ich habe ein handfestes Problem und Sie die Möglichkeit, ein paar Mark zu verdienen."

Der Dicke winkte ab und machte Anstalten Gockel stehen zu lassen. Diese Geste machte ihn ganz unruhig. Er war fast geneigt, sich aufs Flehen zu verlegen, die Wahrheit zu sagen, sich zum Gespött der Menschheit zu machen. Hauptsache er bekam den Halslosen dazu, mit ihm zum Parkplatz zu fahren und den BMW zu öffnen.

Dieser hatte natürlich schon gemerkt, dass er hier den Preis hochtreiben konnte.

„Wissen Sie," sagte Gockel „ich brauche die Hilfe eines erfahrenen Kraftfahrzeugmechanikers, nicht irgend einen Schrauber. Sie haben den Ruf, der beste Mann östlich von Oberhausen und westlich von Berlin zu sein. Ich fahre diese Strecke jede Woche mindestens dreimal. Da hört man so einiges und wenn es um Autos geht, dann heißt es immer, bei ´ner Panne nur den Chef. Den, von dieser Tankstelle. Ich bin mit so ein paar jungen Typen hierher gefahren, die wollten mich an einen Freund weiterreichen, aber bevor ich mich auf so jugendliche Pfuscher einlasse, der mir mit seinen kalten Fingern das ganze Auto versaut, ne, habe ich mir gedacht! Ich habe ihnen fünfzig Mark in die Hand gedrückt und gesagt, ich hätte schon jemanden. Sie sollten mich hier zur Raststätte bringen, das würde mir reichen. So und jetzt bin ich hier, in der Hoffnung, den besten Mann für mich arbeiten zu lassen und da können Sie mich nicht enttäuschen."

„Hören Sie, ich habe keine Zeit, ich muss hier noch eine Sache fertig bekommen, wenn ich die bis heute Abend nicht schaffe, gehen mir zweihundert Eier durch die Lappen, also ich habe zu tun", legte der Mann im grauen Kittel den Preis fest.

„Zweihundert Mark, die gebe ich Ihnen auch und die Sache mit meinem Auto dauert für so einen Fachmann wie Sie mal gerade fünf Minuten."

„Außerdem gibt es da noch ein Problem. Ich habe kein Auto dabei. Wir haben hier an der Tankstelle nur den Pick-Up da“, er zeigte auf einen verbeulten VW-Caddy, „den müssten Sie schon mieten“, griente er, „ich mach Ihnen einen Vorzugspreis. Wenn Sie dafür noch mal fünfzig Mark drauf legen, will ich mich mal breitschlagen lassen, auch wenn ich heute Abend mit einem guten Kunden Ärger kriege. Aber es handelt sich ja anscheinend wirklich um einen Notfall.“

„Alter Drecksack“, dachte Gockel, sagte aber: „Meister, ich wusste, dass Sie mir weiterhelfen. Also, ich habe bei meinem Auto die Tür zugeschmissen und der Schlüssel steckt. Ich weiß, das ist fast unmöglich, aber ich habe es geschafft. Na, und ich bin natürlich in Zeitdruck. Ich muss nach Frankfurt/ Oder und wenn ich das heute nicht schaffe, geht mir ein Geschäft durch die Lappen. Da geht es auch um zweihundert, aber um zweihunderttausend Mark.“

Im gleichen Moment wusste Gockel, dass er an der falschen Stelle aufgeschnitten hatte. Hier war Jammern angesagt, wie der Krüppel am Weg, das würde noch mal Geld kosten. Es war und blieb ein Scheißtag.

Der Dicke war unbeeindruckt. Er hielt ihm die Hand entgegen, sagte: „Vorkasse!“, und dachte darüber nach, wie er noch etwas mehr Geld verdienen konnte.

Gockel grinste verlegen: „Meine Brieftasche ist im Auto.“

Er war nun ebenfalls darauf bedacht, dem Schrauber, wenn möglich, den ‘gerechten Lohn’ zu zahlen.

Der Mann ohne Hals zuckte mit den Schultern, soweit das möglich war und sagte: „Dann eben nicht!“

„Mann, das können Sie nicht machen, ich bin in Not, das ist unterlassene Hilfeleistung,!“

Der Dicke ging lachend über den Parkplatz.

„Ich gebe ihnen das Doppelte! Hauptsache, Sie helfen mir“, lenkte Gockel ein.

Der Mann blieb stehen, kratzte sich am Kopf und wechselte die Richtung zum Caddy.

„Fünfhundert und ich will mal nicht so sein."

Leopold Gockel stand der Ärger im Gesicht geschrieben. Er sagte jedoch gar nichts mehr, sondern trottete hinter dem Halsabschneider her.

Der Dicke schwang sich ins Auto und öffnete die Beifahrertür. Gockel wollte gerade einsteigen, doch sein Blick fiel auf den ölverschmierten Sitz. „Der Boss-Anzug wird diesen Tag also auch nicht überleben", dachte er und setzte sich schmutzverachtend in die Öllache, die bis vor einer Sekunde den Sitz zierte.

Ungefähr zur gleichen Zeit fuhr ein grünweißer Opel Vectra, mit zwei uniformierten Polizisten besetzt, zur Routinekontrolle auf den letzten Parkplatz vor der Abfahrt Hannover. Sie bemerkten kurze Zeit später die vor sich hin tuckernde Karosse aus Bayern.

„Guck dir diese Umweltsau an, Egon", meinte der eine der beiden Streifenpolizisten, „liegt da in seiner Karre, pennt und haut die Abgase in die Gegend. Dem drücken wir jetzt erst mal eine rein, solche Leute müssen zahlen bis sie schwarz werden."

Egon hatte zwar nicht das ökologische Gewissen seines jungen Kollegen, aber das Pflichtbewusstsein eines guten deutschen Beamten. Seitdem diese Art von Umweltverschmutzung nicht mehr nur ein Kavaliersdelikt, sondern eine Ordnungswidrigkeit war, stimmte er zumindest in der Konsequenz mit ihm überein.

Sie parkten den Wagen und gingen zu dem BMW. Zu ihrer Verwunderung war dieser jedoch leer. Sie sahen auch gleich, dass der Türgriff fehlte, doch als Egon Löns an die Beifahrertür griff, ließ sich diese ohne Probleme öffnen. Im Auto selber lag eine schicke schweinslederne Aktentasche und ein Kamelhaarmantel, dessen Anschaffung das halbe Monatsgehalt des Wachtmeisters verschlingen würde.

„Komisch“, sagte Egon Löns und ging zum Funkgerät, um das Fahrzeug zu überprüfen. Nach fünf Minuten kam er zurück.

„Die Kiste wurde gestern in Detmold gestohlen! Keine Ahnung, wo das nun wieder liegt. Mal sehen was dabei noch rumkommt! Ich fahre erst mal den Vectra hinter die Büsche, wir müssen ja nicht gleich von jedem gesehen werden.“

Kaum war der Opel im Versteck geparkt, da fuhr auch schon ein VW-Caddy auf den Parkplatz und hielt direkt hinter dem BMW. Dem Fahrzeug entstiegen ein Dicker im schmutzig grauen Kittel und ein gut gekleideter Mann um die Vierzig, der hektisch auf den Handwerker einredete.

Dieser sah sich die Fahrertür an und ging dann, wie vor einigen Minuten Wachtmeister Löns, um den Wagen herum und öffnete ebenfalls die Beifahrertür.

„Schnell verdiente fünfhundert Mark“, dachte der dicke Automechaniker. Der eben noch gestikulierende Gockel wurde blass, ihm hatte es die Sprache verschlagen.

In diesem Moment tippte ihm auch schon ein Mann in Uniform auf die Schulter. „Ist das Ihr Wagen?“

Dieser war jetzt doch etwas verunsichert.

„Ja, ähm, nein, ist mein Firmenwagen“, brachte er hervor.

„Dann zeigen Sie mir doch mal die Wagenpapiere!“

Leopold Gockel wollte durch die Beifahrertür in den Wagen einsteigen, doch der Polizist kam ihm zuvor.

„Moment“, sagte er, „das möchte ich doch selber erledigen. Sagen Sie mir, wo die Papiere liegen, dann werde ich sie holen.“

„Unverschämtheit! Ich kenne euren ehemaligen Ministerpräsidenten persönlich! Und der ist jetzt Bundeskanzler und dem werde ich ...“

„Nur die Ruhe“, fiel Wachtmeister Löns dem aufgebrachten Mann ins Wort.

„Was, Sie glauben mir nicht? Der kommt aus Lippe! Mein älterer Bruder hat mit dem zusammen Fußball gespielt. Bei dem werde ich mich über Sie beschweren, dann werden Sie Ihr Leben lang nichts anderes mehr tun als Streife fahren. Geben Sie mir mal Ihren Namen und Ihre Dienstnummer!“

„Das können wir später erledigen“, sagte der Mann in Uniform, „ jetzt erst mal die Papiere!“

Gockel wollte gerade wieder ansetzen, doch der Polizist sagte mit strengem Unterton: „Die Papiere!“

„Hinter der Sonnenblende des Fahrersitzes.“

Doch der Platz war leer.

„Ihren Führerschein haben Sie wohl auch nicht dabei?“, fragte Wachtmeister Löns.

„Doch“, sagte Gockel nun kleinlaut und holte seine Brieftasche aus der Innenseite seiner Jacke.

Der dicke Autoschlosser zog die Augenbrauen zusammen. Er bekam ein ungutes Gefühl bezüglich seines Verdienstes.

Der Wachtmeister besah sich das Dokument.

„Herr Gockel, ich muss Sie verhaften, der BMW wurde als gestohlen gemeldet. Was ist in der Ledertasche?“

„Das geht Sie gar nichts an! Ich will meinen Anwalt sprechen!“

„Können Sie, doch jetzt kommen Sie mit zur Wache!“

„Moment, Moment, was ist mit meinem Geld? Ich bekomme noch fünfhundert Mark!“, machte sich der Mann im grauen Kittel nun lauthals bemerkbar.

Doch jetzt sah Gockel die Stunde der Rache, klein aber fein.

„Das ist ja wohl die absolute Frechheit! Erst presst mir der Kerl für einmal die Tür aufmachen hundert Mark ab und jetzt, wo Sie mich wie einen Verbrecher behandeln, Herr Wachtmeister, versucht er mich auch noch zu betrügen! Das ist der Mann, den Sie festnehmen müssen! Hier geschieht ein Justizirrtum erster Ordnung. Ich bin unschuldig und soll jetzt vor den Augen des Gesetzes auch noch betrogen werden! Was soll das? Da glaube ich doch eher an die Unschuld einer Hure, als an die Gerechtigkeit der deutschen Justiz!“

Wachtmeister Egon Löns wurde unruhig. Er hatte das Gefühl, dass ihm hier etwas aus den Händen glitt. Er konnte nur nicht genau orten, was.

„Wieso bekommen Sie fünfhundert Mark?“

Dieser winkte ab und machte Anstalten, unter Flüchen in den Caddy zu steigen. Löns wurde immer unsicherer, daher sagte er: „Sie kommen auch erst mal mit, sicher ist sicher!“

Den Dicken packte die Wut. Er wollte Gockel an den Kragen, doch die beiden Polizisten gingen dazwischen. Hier war Verstärkung angesagt, das war zuviel für zwei brave Staatsdiener.

„Herr Gockel, Sie stellen jetzt endlich den Motor des Wagens ab!“, entschied nun der zweite der beiden Polizisten, während Egon Löns Verstärkung anforderte.

9

Kommissar Axel Braunert saß bereits bei seinem zweiten Glas Detmolder Pils und betrachtete geistesabwesend das bunte Publikum in der Kneipe „Neuer Krug“. Ein Laden, der für seine ungewöhnlich hübschen Kellnerinnen bekannt war. Ihm düsten immer noch die Flugzeuge durch den Körper, die vor einigen Stunden in seinem Bauch gestartet waren. Dieser eine Blickkontakt mit dem Kollegen in Uniform hatte ihn handlungsunfähig gemacht. Nachdem er heute Nachmittag mit weichen Knien seinen rettenden Schreibtisch erreicht hatte, versuchte er sich einzuhämmern „Nicht mit einem Kollegen! Lass dich bloß nicht auf so eine heiße Sache ein! Du riskierst Kopf und Kragen!“

Dann wieder hatte er mit verklärtem Blick auf das mit einer Alu-Jalousie verhängte Bürofenster gestarrt, als wäre es die Aussicht ins Paradies. Ihm fiel Erich Frieds „Es ist, wie es ist, sagte die Liebe“ ein. Doch das Wohlgefühl, das sich dadurch in ihm breit machte, wurde von ihm sofort wieder bekämpft: „Lass die Finger von dem Jungen ...“. So verbrachte er den Rest seines Arbeitstages.

Zwei junge Frauen am Nachbartisch hatten durchaus Blikke für ihn. Ihr Tuscheln und Kichern signalisierte eindeutiges Interesse. Er kannte das schon. Die Frauen ‘flogen’ auf ihn. Das hatte er wohl einerseits seinem Gardemaß von 1,86 m als auch der athletischen Figur, den hellblonden Locken und dem markanten männlichen Gesicht mit strahlend blauen Augen zu verdanken. Aber vor allem reizte die Frauen etwas Undefinierbares, ein gewisses Etwas, was ihn von anderen Männern unterschied. Axel wusste wohl, was dieses ‘Etwas’ ausmachte, aber das ging niemanden etwas an.

Er lächelte den beiden Mädels etwas gequält zu. Dieser Gesichtsausdruck begeisterte die beiden restlos. Schüchtern war dieser Märchenprinz auch noch. Herrlich, darauf standen sie ja total!

Am liebsten hätte Axel Braunert, dem der Umgang mit Frauen häufig wirklich schwer fiel, die Schwärmerinnen am Nachbartisch angeschrieen: Mädels, lasst mich bloß in Ruhe! Ich bin weder schüchtern noch sonst irgend etwas, ich bin lediglich stockschwul! Aber aus naheliegenden Gründen ging so etwas als Polizist nicht.

Er konnte seine Rolle nicht öffentlich leben, das hätte ihn bei der Polizei in allergrößte Schwierigkeiten gebracht. Und so spielte er vor Kollegen schon mal den großen Frauenhelden, was ihm gut gelang, da sie ja den Erfolg sehen konnten, wo immer er auch auftrat.

Über den echten Axel Braunert wusste nur seine Kollegin Maren Köster Bescheid. Und auf die wartete er jetzt schon fast eine halbe Stunde.

Als sie dann endlich kam, seufzten Axels Verehrerinnen resigniert und wandten sich anderen Themen zu. Bei so einer 'Rakete' hatten sie sowieso keine Chance. Das erklärte natürlich seine Zurückhaltung. Er hatte auf diese Frau gewartet. Und auf was für eine!

Maren Köster war keine Schönheit auf den ersten Blick. Aber auf den zweiten. Und dritten, und ...

Klein und zierlich war sie. Lange dunkelrote Locken umschmeichelten ein feines Gesicht mit frischer Urlaubsbräune und Sommersprossen. Und dann die grünen Augen!

Ihr Outfit passte eigentlich nicht so recht in die eher legere Umgebung. Sie trug eine elegante und bestimmt nicht billige Kombination aus Blazer und Minirock. Dazu passend bestellte sie sich natürlich auch kein Bier, sondern einen roten Martini, als sie sich mit strahlendem Lächeln an Axels Tisch niederließ.

„Na, hast du wieder Herzschrittmacher für romantische junge Frauen gespielt?", begrüßte sie ihn fröhlich. Die enttäuschten Gesichter am Nachbartisch waren ihr natürlich nicht entgangen.

Axel grinste zurück. Dieser Frau gegenüber war er völlig unbefangen. Die Kollegen lästerten viel über die beiden. Sie seien zwar nicht das erfolgreichste Ermittlerteam, aber mit Sicherheit das schönste, das der Nordrhein-Westfälische Innenminister Behrens auf seiner Lohnliste habe.

„Hör bloß auf, ich glaube bei mir bahnt sich ein Problem an", sagte Braunert und erzählte seiner Kollegin von dem Ereignis auf dem Parkplatz. „Ich glaube, ich habe mich verliebt."

Maren hatte sich den Bericht in Ruhe angehört und meinte:

„Axel, ich würde mir diesen Jungen aus dem Kopf schlagen. Der kommt bei Frauen mindestens genau so gut an wie du. Im Gegensatz zu dir wirft der jedoch keine von der Bettkante. Mit andern Worten die halbe Damenwelt von Detmold steht bei ihm Schlange."

10

Josef Schulte hatte sich heute Abend mit einem alten Kumpel von der Fachhochschule für Verwaltung zum Fußball verabredet. Arminia Bielefeld spielte in einem Nachholspiel, das ausnahmsweise an einem Dienstag stattfand, gegen den HSV. Dieses Vergnügen leistete er sich ab und zu. Für ihn gab es kaum etwas Schöneres als diese Spannung im Fanblock zu erleben, die Sprüche und Kommentare, die jede Aktion auf dem Spielfeld begleiteten. Die besten Spieler oder ehemalig besten Spieler, aber als Fußballfachleute immer noch besser als jeder Trainer, saßen eben auf der Tribüne.

Ein Wermutstropfen bei diesem Vergnügen waren die immer wieder auftauchenden rechtsradikalen Sprüche und das Gefühl, nichts dagegen machen zu können.

Hauptkommissar Schulte war der Arminia immer treu geblieben, selbst als die Mannschaft in der Oberliga rumkrebste. Doch heute ging es gegen den Tabellendritten der Ersten Bundesliga.

Anschließend hatte er sich mit einer alten Jugendliebe verabredet. Heidi war die selbstbewussteste Frau, die er je kennen gelernt hatte. Oft hatte er versucht, mit ihr anzubändeln, doch am nächsten Morgen musste er immer gehen und brauchte in der nächsten Zeit nicht wiederzukommen. So ging es nun schon seit über zwanzig Jahren. Dass sie in gewisser Weise auch der Grund dafür war, dass Schulte sich vor Urzeiten dazu entschloss, Polizist zu werden, hatte er ihr nie erzählt. „Geheimnisse sind die Seele der einsamen Wölfe“, pflegte er immer zu sagen. Dass er bei ihr jedoch immer wieder zum Schoßhund mutierte, übersah er geflissentlich. Mit all seinem Baggern hatte er nie mehr als eine Nacht herausgeholt. Die endete regelmäßig mit einem Spruch, den er schon so häufig bei seinen Versuchen, aus einer flotten Nacht eine feste Beziehung zu machen, zu hören bekommen hatte.

„Du bist ein netter Kerl, Josef, aber ich liebe dich eben nicht. Aber Spaß macht es trotzdem mit dir!“

Dann hauchte sie ihm meist einen Kuss auf die unrasierte Wange. Besser als nichts! Er freute sich aber trotzdem immer auf Möglichkeiten, sie zu sehen. Seitdem er wieder Junggeselle war, kam das ab und an vor. Doch vor diesem Rendezvous ging es mit Willi Potthast aus Paderborn zu Arminia.

Obwohl auch Paderborn zeitweilig eine ganz gute Mannschaft hatte, ging Potthast zu Arminia, wenn er Fußball außerhalb seines Wohnzimmers sehen wollte.

Das hatte er sich bei seiner Polizeiausbildung angewöhnt. Damals spielten die Kicker aus Bielefeld auch schon mal einige Zeit in der Bundesliga. Wenn er an die schwankende Holztribüne dachte, die es damals noch gab und auf der er mit Schulte schon so manches gute Spiel, aber auch schon den ein oder anderen Abstieg erlebt hatte, wurde er immer ganz sentimental. Auch jetzt pfiff Bielefeld wieder aus dem letzten Loch. Vorletzter war seine Mannschaft und heute kam immerhin der Tabellendritte, der HSV. Eigentlich hätte er sich die ‚Leichenschändung‘, wie er das nannte, ja gar nicht angetan. Aber Schulte hatte ihn mal wieder überredet. Willi Potthast war echter Paderborner, verheiratet, drei Mädchen, ein Haus in einem dörflichen Stadtteil von Paderborn und natürlich im Schützenverein und im Pfarrgemeinderat. Seine Freundschaft zu Schulte hatte schon lange Bestand. Vielleicht gerade deshalb, weil sie so unterschiedliche Naturelle waren. Vermutete er jedenfalls.

Heute war Willi Potthast genervt, als Schulte ihn in Fritzis Pizzapinte traf, ihrer alten Stammkneipe, in der sie sich vor dem Spiel immer noch eine ‘Mafiatorte‘ gönnten.

„Na, Willi? Was gibt es Neues bei der Abteilung Betrug in Paderborn?

„Ach, hör bloß auf! Selig sind die Ehrlichen, denn ihrer ist das Himmelreich! Du wirst es morgen in der Zeitung lesen. Selbst bei euch in der Diaspora. Unser Erzbischof ist das Opfer eines Betruges geworden. Ein falscher Bischof aus Kinshasa in Zaire hat seiner Exzellenz 20.000 Mark aus der Privatschatulle geluchst.“

Schulte hatte bei den Katholen längst das Handtuch geworfen. Er danke Gott, dass er ein Atheist sei, sagte er immer, wenn er darauf angesprochen wurde. Grund für diesen Schritt war nach eigenen Aussagen die Weltfremdheit der Männer im schwarzen Rock. Als er nun diese Geschichte hörte, konnte er eine klammheimliche Freude nicht verhehlen.

„Mann, das ist ja ein innerer Kirchentag für mich. Dass euer Merkwürden schon immer etwas ab von Gut und Böse war wusste ich seit langem. Aber wenn es um Geld geht hört der doch sonst immer die richtigen Glocken läuten. Wie ist das denn passiert?“

„Ja, wenn so Priester von Mann zu Mann reden, haben die Jungens noch richtig Vertrauen. Am 11. September meldete sich unser falscher Bischof angeblich aus Kinshasa und erzählte dem Erzbischof, dass seine Schwester gerade gestorben sei. Rein zufällig lebe ein Sohn der Toten in Paderborn und der wolle mit seiner Familie zur Trauerfeier nach Afrika. Du kannst dir ja vorstellen, wie es weiter ging. Leider hatte der gute Junge im Augenblick kein Geld und der Anrufer bat nun seinen Amtsbruder, ob er nicht die 20.000 Kohlen vorstrecken könne. Unser falscher Bischof versicherte, er werde die Summe über die Nuntiatur in Bonn zurückzahlen. Ja, der Erzbischof hat eben ein großes Herz! Am nächsten Tag erschien dann der 'Neffe', der wahrscheinlich gleichzeitig auch der falsche Bischof war, um sich das Geld abzuholen. Der Sekretär des Erzbischofs persönlich begleitete den bedürftigen Sünder zur kircheneigenen Darlehenskasse im Bistum. Er sah zu, wie dem Mann mit der schwarzen Seele 20 Tausendmarkscheine auf die Hand gezählt wurden. Der nahm's und entschwand mit einem 'Vergelt's Gott'. Und da die bei uns in Paderborn immer an das Gute im Menschen glauben, haben sie in den nächsten Wochen keinen Verdacht geschöpft."

„Und wie ist euer Erzbischof darauf gekommen, dass man ihn beschissen hat?", fragte Schulte.

„Die Bayern haben irgendwann einen Rundbrief losgelassen und vor einem Bischofsbetrüger gewarnt. Als wir nachfragten, na ja, den Rest kannst du dir ja denken."

„Ging doch prima! Der Fall ist gelöst, mit etwas Glück ist das Geld auch noch da, warum ziehst du so eine Fleppe?"

„Na, vernimm du mal den ganzen Tag diese 'Heiligen', dann möchte ich dich mal sehen!"

„Wieso, du hast doch Training, du hörst dir doch jeden Sonntag die Predigt an."

Potthast zeigte ihm einen Vogel.

„Und wie ist es bei dir? Wird im Fürstentum noch geklaut?"

„Hör bloß auf, zehn Autos in den letzten Wochen und keine Spur, kein Indiz. Ich traue mich schon nicht mehr ans Telefon. Mein Chef ist ein Oberklugscheißer, dumm wie Brot, aber immer einen guten Rat. Und was für einen, da fällt dir nichts mehr ein. Der ist auch nur Polizeirat geworden, weil er das richtige Parteibuch hatte."

Schulte sah auf die Uhr: „Trink aus, wir müssen los, das Spiel fängt an!"

Die beiden ehemaligen Arbeitskollegen fuhren mit Willi

Potthast's Auto zum Stadion, denn Schulte war mit dem Zug nach Bielefeld gefahren. Er hatte ja noch eine Verabredung.

„Mensch Willi, neues Auto? Pass bloß auf, sonst hast du bald zwei davon, Audis sind im Moment sehr gefragt."

Das Stadion war ausverkauft und schon in der ersten Halbzeit war die Bielefelder Mannschaft ein gleichwertiger Gegner für die Hamburger, die noch von der möglichen Tabellenführung träumten, wenigstens heimlich. Von Anfang an bestimmten die Abstiegskandidaten, wenn auch nur mit leichter Feldüberlegenheit, das Spiel. Es dauerte gar nicht lange und Bielefeld machte das erste Tor. In der Folgezeit entwickelte sich das Spiel ausgeglichen. Viele Zweikämpfe im Mittelfeld, die Hamburger mussten kommen und die Bielefelder konnten auf Konterchancen warten. Der HSV hatte wenig Torgelegenheiten.

Nach der Pause ging es dann Schlag auf Schlag und am Ende stand es 3:0 für die Arminia. Drei Minuten vor Schluss, sagte Potthast:

"Totgesagte leben länger! Wenn die so weiter machen steigt eher Dortmund ab als Bielefeld."

„Optimist!", schmunzelte Schulte. „Komm, lass uns gehen! Hier passiert nichts mehr."

Die beiden Freunde machten sich auf den Weg zum Parkplatz.

„He, guck mal, Willi. Da fährt dein Auto!"

„Jau, sieht genauso aus! Hat, glaube ich, sogar ein Paderborner Nummernschild gehabt."

Die Männer gingen feixend weiter.

„Nur die umhäkelte Klopapierrolle, die du auf der Hutablage hattest, die fehlte!"

Potthast gab Schulte einen leichten Schlag in den Nacken. Wie zwei große Jungen alberten und blödelten sie weiter.

Doch als sie zu der Stelle kamen, an der sie den Wagen

abgestellt hatten, stand dort ein VW-Käfer. Die beiden Polizisten rieben sich die Augen. Willi Potthast wurde ganz hektisch. Er verfiel vor Aufregung in seinen Paderborner Dialekt:

„Mensch Jupp, das chippt et doch chanich! Mein Auto is wech! Chlaupse, dat hamse cheklaut?“

Schulte ging eine Telefonzelle suchen. Er wollte die Bielefelder Kollegen anrufen und Heidi. Sie würde ihn sicher abholen.

Potthast wartete auf den Streifenwagen. Seine Laune wurde von Minute zu Minute schlechter. Er tippelte von einem Fuß auf den anderen. Er sah aus, als müsse er ganz nötig aufs Klo.

„Erst wird einem das Auto geklemmt und jetzt noch die verdammte Warterei“, dachte er.

Dann endlich kam der Streifenwagen. Willi Potthast gab sich durch aufgeregtes Winken zu erkennen. Kaum war der Beifahrer, ein Hauptwachtmeister, ausgestiegen, da raunzte er ihn schon an: „Wo bleibt ihr denn? Bis ihr eingetrudelt seid, sind die Gangster doch längst über alle Berge!“

Diese Begrüßung passte dem diensthabenden Polizisten überhaupt nicht. Er nahm sich vor, seinem Gegenüber ein bisschen auf den Nerven herumzutreten.

„Nur die Ruhe, junger Mann! Zeigen Sie mir erst mal ihren Führerschein und Ihre Fahrzeugpapiere und dann sehen wir weiter:“

Potthast begann zu kochen.

„Junger Mann, junger Mann! Was soll der Unsinn? Ich habe euch nicht gerufen, damit ihr mir Komplimente macht oder meinen Führerschein kontrolliert. Mir ist mein Auto gestohlen worden und das sollt ihr mir wiederbeschaffen. Es handelt sich um einen Audi A4, Farbe silbermetallic, Baujahr 1999, Kennzeichen ...“

Der Wachtmeister unterbrach ihn unwirsch: „Ich möchte Ihren Führerschein sehen und Ihre Papiere. Alles andere überlassen Sie mal uns!“

„Die Papiere sind im Auto“, stöhnte Potthast.

Der zweite Polizist kam jetzt grinsend hinzu. Er kannte dieses Spielchen.

„So so, die Papiere sind im Auto! Wo sie hingehören, stimmt's? Da haben Sie den Fahrzeugbrief bestimmt auch gleich auf dem Rücksitz liegen lassen, oder? Rein zufällig, natürlich! Können Sie sich wenigsten ausweisen, oder haben Sie auch keinen Personalausweis dabei?“

Jetzt sah Willi Potthast rot.

„Nein“, schrie er den Streifenpolizisten an, „den habe ich nicht dabei! Aber ich habe einen anderen Ausweis in der Tasche!“

Er nestelte an seiner Jackentasche.

Diese Unterbrechung des Wutanfalls nutzte der erste Streifenpolizist wieder aus. Er fühlte sich ziemlich sicher und natürlich im Recht. So war er fest entschlossen, gegen diesen wütenden Mann eine erzieherische Maßnahme einzuleiten, zu der er Kraft seines Amtes in der Lage war. Er hatte die Absicht, ihm zu zeigen, wie man sich Polizisten gegenüber verhält.

„Ein anderer Ausweis zählt nicht. Bei uns in Deutschland braucht man einen Personalausweis oder einen Reisepass, den aber mit Meldebescheinigung und nicht den Mitgliedsausweis irgendeines Sportvereines. (Dies war eindeutig eine Anspielung auf Potthasts blau-weißen Schal). So und jetzt nehmen wir Sie erst einmal mit auf die Wache! Dann werden Sie vielleicht auch wieder etwas ruhiger.“

Jetzt hielt Potthast dem Hauptwachtmeister seinen mittlerweile gefundenen Dienstausweis unter die Nase. Er wurde gefährlich leise, biss seine Zähne aufeinander und presste die Worte hindurch:

„So, andere Ausweise zählen nicht? Werfen Sie doch mal einen Blick auf diesen Mitgliedsausweis und dann zeigen Sie mir den Ihren“.

Der Streifenpolizist wurde bleich. Das konnte Ärger geben und dann hieß es eventuell noch ein paar Jahre Warteschleife bis zur nächsten Beförderung.

In diesem Moment kam Schulte wieder hinzu.

„Na, ham die Kollegen die Sache geregelt?“

„Nix haben die geregelt! Erst haben die mich ne halbe Stunde warten lassen, dann wollten sie meine Identität überprüfen. Das geklaute Auto interessiert die überhaupt nicht.“

Schulte zog die Stirn in Falten und sah die beiden Kollegen in Uniform fragend an. Die wollten gerade anfangen sich zu rechtfertigen, da sagte er:

„Also, wir haben den Audi um ca.18.00 Uhr hier abgestellt und als wir vor etwa fünfundvierzig Minuten zurückkamen, war das Fahrzeug weg. Entweder abgeschleppt, was ich nicht vermute, oder gestohlen! Vielleicht sollten Sie einfach mal die Fahndung einleiten.“

Die beiden Polizisten waren froh, dass die Situation durch Schultes Anweisung eine sachliche Wende nahm. Sie fragten ihn nicht, wieso er bestimmte, welche Schritte sie einzuleiten hätten. Sie waren einfach erleichtert eine Möglichkeit zu haben, sich nicht mehr mit dem wütenden Potthast auseinandersetzen zu müssen.

Sie gaben eine Suchmeldung durch, auch an die Autobahnpolizei, und nahmen die Anzeige auf.

Potthast verspürte brutalste Rachegelüste. Doch mehr beschäftigten ihn schon die Gedanken, wie er nach Hause kommen und was wohl seine Frau Mechtild dazu sagen würde.

Ein roter Fiat Spider, Baujahr 1978, fuhr auf den Parkplatz. Potthast, der langsam anfing immer nur das Schlimmste anzunehmen, dachte: „Der wird auch noch geklaut." Der Wagen hielt bei der Personengruppe und dem Auto entstieg eine Frau, die alle vier Männer gleichzeitig dazu veranlasste „Auch nicht schlecht!", zu denken.

Es war Heidi Eikenberg. Sie wollte Josef Schulte abholen. Eine interessante Frau, keine Schönheit von der Stange. Ungeschminkt, um die Augen ordneten sich symmetrisch kleine Lachfalten an, die, wenn sie gute Laune hatte, anderen das Gefühl gab, sie würden angestrahlt. Zwar hatte sie in den letzten Jahren einige Pfunde zugelegt, doch diese Veränderung wirkte sich in keiner Weise unvorteilhaft aus. Als Willi Potthast sie sah, war das geklaute Auto für's erste vergessen und er hatte es überhaupt nicht eilig, zurück nach Paderborn zu kommen.

„Mann, wie macht der Schulte das nur immer, so gut sieht der doch nun wirklich nicht aus."

In dem Moment klopfte dieser ihm auf die Schulter und grinste ihn an.

„ Das ist Heidi! Der Grund für viele meiner schlaflosen Nächte!", stellte er die Frau vor. Sie lachte Potthast an und der wurde verlegen wie der Freund seiner zwölfjährigen Tochter.

„Wir fahren jetzt ins 'Prawda'. Du kannst ja Mechtild von da anrufen. Sie wird dich bestimmt abholen. Das 'Prawda' ist auch einfach zu finden. Es liegt in der Nähe des Gerichts, an der Detmolder Straße. Wir nehmen dich aber nur unter einer Bedingung mit. Du musst auf den Rücksitz!"

„Sei nicht so unhöflich, Josef." Heidi knuffte ihn in die Seite.

Aber Schulte wusste, was es bedeutete, in diesem Auto hinten zu sitzen und so ließ er nicht mit sich reden.

Dem CDU-Wähler war etwas seltsam zumute, in einer Kneipe mit dem Namen des ehemaligen Parteiorgans der sowjetischen Kommunisten zu sitzen. Als er aber merkte, dass hier keinerlei politische Agitation stattfand, unterhielt er sich angeregt mit seinen beiden Begleitern. Das gestohlene Auto hatte er schon fast vergessen, als Mechtild kam.

Sie war alles andere als gelassen, daher konnte sie es kaum fassen, ihren Gatten hier beim Small-Talk vorzufinden, als sei nichts geschehen. Immerhin war ihnen gerade ein Wagen gestohlen worden, der über vierzigtausend Mark gekostet hatte.

Sie machte ihrem Unmut deutlich Luft:

„Das geht doch auf keine Kuhhaut! Erst lässt sich der Kerl das Auto klauen und dann versäuft er auch noch die letzten Groschen!"

„Ach Mutter, reg dich doch nicht auf. Die Farbe von dem Audi hat dir doch sowieso nicht gefallen und jetzt gibt es einen neuen." Willi Potthast redete schon wie sein Vater und sie sagte wie immer an dieser Stelle: „Sach nich imma Mutta zu mir!"

Schulte grinste.

„Ach, Mechtild! Vor zwei Stunden war dein Willi mindestens doppelt so aufgeregt wie du. Aber es bewahrheitet sich mal wieder der Spruch, dass die Zeit alle Wunden heilt und wenn ich mir ansehe, wie schnell er sich wieder beruhigt hat, muss ich meine Meinung über ihn noch einmal revidieren. Anscheinend ist Willi doch nicht so ein Autofetischist, wie ich immer angenommen habe."

Potthast glotzte ihn an und bestellte die letzte Runde. Dann nahm er Mechtild in den Arm, drückte sie an sich und meinte: „Wird schon werden!"

Das „Mutta" ließ er sicherheitshalber weg.

Schulte übernachtete bei Heidi. Leider nicht lecker warm und kuschelig unter ihrer Decke, sondern leicht frierend auf dem Gästesofa. Jetzt saßen sie am Frühstückstisch. Sie, trotz der Morgenstunde geduscht, geföhnt und adrett gekleidet. Er, trotz der Morgenstunde bereits mit einem gesunden Appetit gesegnet. Natürlich noch völlig ungepflegt. Heidi kannte und mochte ihn genau so.

„Na, Jupp, was macht die Liebe? Hast du mir nicht neulich was von so einer netten Kollegin erzählt?“

„Ach, Liebe ist übertrieben und im Moment ist sie auch noch sauer auf mich. Nur weil ich zu ihr gesagt habe, dass ich zwar nichts Grundsätzliches gegen weibliche Polizisten hätte, aber wenn schon, dann sollten sie wenigstens ordentlich Kaffee kochen können. Da hat sie mir fast einen Tacker an die Birne geworfen. Und so eine arbeitet beim Mord. Ich konnte gerade noch schnell die Tür hinter mir zuziehen, sonst hätte sie getroffen. Jetzt redet sie natürlich kein Wort mehr mit mir und verkehrt nur noch mit ihrem Kollegen Braunert. Die beiden sind im übrigen das schönste Paar bei der Polizei Nordrhein-Westfalens. Wenn der Kommissar Axel Braunert durch die Stadt geht, dann schlagen die Frauen immer lang hin. Der hat mehr Erfolg als Mick Jagger in seinen besten Jahren.“

„Jupp, du bist der Elefant im Porzellanladen. So wird das nie was mit dir. Aber wenn du sie so magst, verstehe ich nicht, wieso du dir keine Sorgen machst, dass dein schöner Kollege jetzt die Nummer Eins bei ihr ist?“

„Die Frage kann ich unbeschwert beantworten. Ich glaube nämlich, dass unser Axel Braunert rattenschwul ist. Und zweitens war ich auch vorher nie die Nummer Eins bei ihr und jetzt sowieso nicht mehr! Die ist einfach nachtragend. Außerdem ist mein Verhalten purer Selbstschutz, nachher werde ich wieder Vater, dann nage ich vollends am Hungertuch. Dieses Leben als einsamer Wolf gefällt mir im übrigen auch ganz gut.“

„Na, für einen einsamen Wolf hast du gestern Abend aber ganz schön gebaggert. Apropos schwanger, ich bekomme auch ein Baby!“

Schulte starrte sie an.

„Du willst doch nicht...? Sag sofort nein! Manchmal habe ich das Gefühl, ich brauche eine Frau nur anzusehen, dann bekommt sie ein Kind! Wann war ich denn überhaupt das letzte Mal hier?“

„Hör sich einer diesen Alimenten-Schulte an, wie selbstsicher er ist, wenn es um seine Fruchtbarkeit geht. Aber tröste dich, du warst es nicht! Aber du bist der erste Mensch, dem ich es erzähle. Ich war gestern bei meiner Ärztin“, strahlte Heidi ihn an. Sie freute sich auf ihr Kind.

Schulte sah sie erleichtert und beleidigt zugleich an.

„Und wer ist der Glückliche?“

„Ach, weißt du, ich hatte neulich ein Techtel mit so nem netten Studi, da ist es wohl passiert. War nicht geplant, aber jetzt ist es, wie es ist. Ich bekomme das Kind, der Vater braucht nichts davon zu erfahren, das regele ich schon alleine.“

Schulte dachte an die Mühen, die er als Abiturient hatte, um seine Alimente aufzubringen und sagte: „So hätte mir das auch passieren müssen.“

„Ist es vielleicht ja, vielleicht weißt du nur nichts davon! Los jetzt“, sie sah auf die Uhr, „ich muss zur Schule! Fahr bitte mit der Straßenbahn zum Bahnhof, ich schaffe es nicht mehr, dich dort vorbei zu bringen. Finde ich übrigens gut, dass du nicht mehr so oft mit dem Auto fährst.“

Sie zog ihre Jacke an, küsste ihn zum Abschied auf die Wange, sagte: „Bis dann!“, und zog die Tür hinter sich zu.

Schulte trank seinen Kaffee aus und machte sich dann auf den Weg zur Straßenbahn, die ein paar hundert Meter vor dem Bahnhof zur U-Bahn wurde. Endlich war auch Bielefeld eine Weltstadt und stand selbstbewusst in einer Reihe mit London, New York und Tokio. U-Bahn sei Dank!

11

Maren Köster hatte gerade ihren Bericht in ihren PC getippt und noch schnell eine Runde „Moorhuhn“ gespielt. Ein Spiel, in dem man in kurzer Zeit viele kleine, süße Moorhühner abknallen musste. Das wirkt zwar nicht unbedingt entspannend, baut aber Aggressionen ab. Und davon besaß Maren Köster mehr als genug. Dann steckte ein ‚Streifenhörnchen' den Kopf in die Tür und es hieß:

„Sofort zum Chef kommen!“

Maren Köster klemmte sich ihren Aktenordner und Axel Braunert unter den Arm und betrat kurze Zeit später das Büro ihres Vorgesetzten. Polizeirat Klaus Olmer lag mehr auf seinem Chefsessel als er saß. Er hatte die unterste Schublade seines Chefschreibtisches herausgezogen und sie als Fußbank entweiht.

„Ihre Ergebnisse bitte!“, näselte er.

Dann zog er mit der rechten Hand einen Stahlkamm aus der Innentasche seines Sakkos und strich sich damit durch die dunklen dünnen, nach hinten gekämmten Haare. Eine Geste, die er irgendwann einmal bei einem Gebrauchtwagenhändler abgeschaut haben musste. Und wie ein solcher wirkte er auch. Zweieinhalb Zentner fleischgewordene Selbstgefälligkeit! Er war wie immer tadellos gekleidet, in einem dunkelblauen Anzug und einem Seidentuch anstelle der Krawatte. Das fette, solariengebräunte Gesicht zierte ein dünnes schwarzes Oberlippenbärtchen. Maren Köster musste bei seinem Anblick wieder an die Moorhühner denken. Wenn Sie diesen Widerling doch auch mal eben so...

„Wir kommen ja praktisch gerade erst vom Tatort und haben viel Zeit mit Bürokram verplempern müssen“, antwortete Maren Köster. „Wie können wir da schon Ergebnisse vorweisen?“

Der rechte Mundwinkel Olmers zuckte nervös. Wieder griff

er zu seinem Kamm und fuhr sich damit durchs Haar.

„Alles, was wir wissen, ist der Name des Mannes, der ihn gefunden hat und der ungefähre Zeitpunkt des Todes. Und natürlich die Lage des Fundortes!“, fuhr die Kommissarin fort.

Ihr Kollege Axel hielt sich, wie immer in solchen Situationen, schüchtern zurück. Das Reden übernahm die selbstbewusste Maren, die konnte das besser, fand er.

„Wie auch immer“, näselte Olmer leicht verärgert, „Ich muss Sie dringend bitten Ihre Untersuchungen so schnell wie möglich durchzuführen. Und so diskret wie möglich!“

Wichtigtuerisch hielt er den rechten Zeigefinger dabei in die Höhe.

Und weil keiner der beiden etwas erwiderte, dozierte er weiter: „Während Sie noch Ihren Bericht geschrieben haben, habe ich richtig gearbeitet. Wir, also ich und der Erkennungsdienst, haben den Toten inzwischen identifiziert. Und ich muss Sie leider darauf hinweisen, dass es sich hierbei um einen ausgesprochen delikaten Fall handelt. Die Untersuchungen müssen subtil und mit viel Fingerspitzengefühl...“

„Wie heißt der Mann denn nun?“, fuhr ihm Maren Köster gereizt dazwischen.

Wieder fuhr sich Olmer schmierig grinsend mit dem Kamm durchs Haar.

„Es handelt sich hier um einen bedeutenden Geschäftsmann und Lokalpolitiker. Und um einen Golfpartner von mir. Sein Name ist...“, hier hätten die beiden Zuhörer eigentlich Trommelwirbel erwartet, „sein Name ist Heinz Zylinski! Einer der größten Immobilienhändler unseres Fürstentums und verdienter Kreistagsabgeordneter.“

Die beiden Ermittler hatten nie von ihm gehört. Das mag daran gelegen haben, dass sie mit ihrem Polizistengehalt keine Immobilien kaufen konnten und dass beide kein Interesse an Lokalpolitik hatten.

Die fehlende Reaktion hatte Olmer sichtlich enttäuscht.

„Sie können sich sicher denken, welche Resonanz die Nachricht über so ein prominentes Opfer in der Presse haben wird. Wir alle, besonders ich, werden großem Druck seitens der Öffentlichkeit ausgesetzt sein. Also, meine Dame, mein Herr, größte Eile, größte Diskretion und allergrößte Vorsicht im Umgang mit der Presse. Sie beide geben keinerlei Erklärungen ab. Alle Informationen, die für die Öffentlichkeit bestimmt sind, gehen über meinen Schreibtisch. Ist das klar?"

„Klar!", murmelten beide, verabschiedeten sich und gingen.

Polizeirat Olmer setzte sich wieder aufrecht hin, nahm die Füße von der Schreibtischschublade, fuhr sich mit dem Stahlkamm durchs strähnige Haar und hatte düstere Vorahnungen.

12

Der grün-weiße Polizisten-Vectra raste in polizeiwidrigem Tempo die schmale Landstraße runter.

Kommissarin Maren Köster war zwar von engelhaftem Äußeren, fuhr aber wie der Teufel.

„Also, ich habe jetzt auch rausgekriegt, wer dieser Zylinski ist", sagte sie zwischen zwei atemberaubenden Überholmanövern.

„Er war noch bis vor zehn Jahren ein mittelmäßig erfolgreicher Schrotthändler. Nach der Wende ist er dann über den Immobilienmarkt im Osten hergefallen und hat da wohl richtig abgeräumt. Dann hat er auch hier angefangen Geld zu investieren und hatte mit allem viel Glück. Er muss so manche Mark verdient haben."

„Konnte er vielleicht seine Beziehungen als Kreistagsabgeordneter dabei nutzen?“, fragte Axel Braunert, während er sich verkrampft am Haltegriff festhielt. Er stellte fest, dass sein rechter Fuß ständig auf eine nicht vorhandene Bremse trat. Nein, er war nicht zum Stuntman geboren, aber es war einfach klar, dass bei gemeinsamen Fahrten die Kollegin den Polizeiwagen lenkte. Jeder Zweifel daran hätte ihm nur bittere Vorwürfe über sein Macho-Verhalten eingebracht. Und eine Diskussion mit Maren Köster... nein, dann lieber ‘n bisschen Angst ertragen.

„Und ob er das konnte! Bei einigen seiner Geschäfte stand er im Verdacht, Insiderwissen genutzt zu haben. So zum Beispiel bei einem bis dahin völlig wertlosen Grundstück, das kurz nach seinem Erwerb durch Zylinski eine Kreismülldeponie geworden ist. Dafür ist Zylinski natürlich fürstlich entschädigt worden. Und so einige Sachen mehr.“

Beide schwiegen eine Zeit.

„Ach ja, übrigens ist Zylinski, was für ein Scheißname übrigens, auch der Besitzer des Schlosses, in dessen Park er gefunden wurde. Komisch, dass sein Gärtner oder was der war, ihn nicht sofort erkannt hat.“

„Entweder stand der furchtbar unter Schock oder er ist ein Volltrottel. Ich tippe eher auf letzteres! Aber eines verspreche ich dir: Wenn ich diesen Arschkriecher vom Erkennungsdienst erwische, der den Toten identifiziert hat, dem... na, du weißt schon. Anständiges Kollegenverhalten wäre gewesen, sofort uns, die Ermittler, zu informieren. Aber nein, der schleimige Streber muss gleich damit zum Chef, Punkte sammeln. Und dann Olmers blöder Spruch. Er habe richtig gearbeitet. Nichts hat er gemacht. Feist dagesessen hat er. Und sich das Fett aus den Haaren gekämmt. Dem ist die gebratene Taube ins Maul geflogen!“

Mittlerweile waren sie am Tatort angekommen, am Gut des ermordeten Heinz Zylinski.

Sie standen jetzt vor einem kleinen, aber feinen Herrenhaus, das allerdings mal bessere Zeiten gesehen hatte. Es war nicht nur in die Jahre, sondern auch ziemlich runtergekommen.

Aber dennoch hatte das historische Gebäude seinen Reiz. Es war eigentlich ein schlossartiger Landsitz. Der im Kern streng symmetrisch gegliederte Werksteinbau, mit Walmdach und übergiebelten Mittelrisaliten, wurde durch asymmetrische Flügelbauten und den über Eck gestellten viergeschossigen Turm aufgelockert.

Die Innenausstattung des Wohntraktes war in bemerkenswert seltener Vollständigkeit fast unverändert erhalten und vermittelte, mit dem eigens für das Haus gefertigtem Mobiliar, ein anschauliches Bild repräsentativer Wohnlichkeit.

Der zum Haus gehörende Garten war großzügig im englischen Stil gestaltet, mit weiten Rasenflächen und altem, stattlichem Baumbestand. Die Zufahrt wurde von einer Birkenallee gesäumt.

Die beiden Polizisten traten durch das schmiedeeiserne, rostige Gartentor in den großen, ungepflegten Park. Ein erboster Irish Setter sprang ihnen laut bellend entgegen. Sie kümmerten sich nicht drum und ließen den verdutzten und frustrierten Hund einfach links liegen.

Auf halbem Weg zum Haupthaus sahen sie den Mann, dessen Fund diesen Fall ausgelöst hatte.

Rudi Lüke versuchte gerade den Rasenmäher zu reparieren. Doch die drei Semester Maschinenbau reichten in diesem Fall wohl nicht aus. Zwei Stunden hatte er das Gerät abgespritzt, von unten, von hinten und von der Seite. Alle Reste seines grausigen Fundes wollte er wegspülen. Und jetzt sprang der Mäher nicht mehr an.

Er fluchte kräftig, zog eine Zigarette aus der Schachtel und wollte gerade nach dem Feuerzeug kramen, als ihm überraschend Kommissar Braunert eine Streichholzflamme unter die

Nase hielt. Lüke hatte die beiden nicht kommen hören und zuckte kräftig zusammen.

„Mensch! Haben Sie mich erschreckt!“, stammelte er und nahm einen tiefen Zug.

„Wir möchten uns einmal ganz in Ruhe das Gut und die nähere Umgebung ansehen. Und Ihnen ein paar Fragen stellen. Übrigens, wissen Sie denn schon, wer der Tote war?“

Rudi Lüke starrte Maren Köster dämlich an.

„Nein! Natürlich nicht, aber es handelt sich hier offenbar um Ihren Chef, den müssen Sie doch kennen.“

Lüke kuckte noch etwas blöder.

„Mein Chef? Leopold? Unmöglich, den würde ich sogar erkennen, wenn ihn eine Dampfwalze überfahren hätte!“

„Wer ist denn eigentlich ihr Chef?“

„Ja, also mein direkter Boss ist eben Leopold Gockel. Der hat mich eingestellt und der hat hier auch das große Sagen. Andererseits ist er nicht der Besitzer, soweit ich weiß. Den Besitzer kenne ich aber nicht, den habe ich noch nie gesehen.“

„Aber um den handelt es sich hier!“

„So? Dann habe ich meinen eigenen Arbeitgeber überfahren? Schöne Scheiße!“

Rudi Lüke war sichtlich verzweifelt.

„Nun machen Sie sich mal nicht solche Sorgen“, tröstete Axel Braunert. „Der Mann ist bestimmt nicht mehr nachtragend. Es besteht übrigens kein Zweifel daran, dass er durch eine Gewehrkugel umgekommen ist und nicht durch Ihren Rasenmäher. Keiner beschuldigt Sie, ihn getötet zu haben.“

Rudi Lüke atmete durch.

„Das heißt aber nicht, dass Sie völlig aus dem Rennen sind. Vielleicht haben Sie ihn ja erschossen und dann scheinheilig gefunden. Haben wir alles schon gehabt“, kam es bissig von der Kommissarin.

Wieder ging Rudi Lüke in die Knie.

„Wer ist denn eigentlich dieser Leopold?“, wollte Maren Köster jetzt wissen. „Spielt der hier irgendeine Rolle? Und wie heißt der denn richtig?“

„Gockel heißt er! Leopold Gockel. Und so benimmt er sich auch. Er ist in dem Laden hier so was wie ein Geschäftsführer.“

Bei diesen Worten zeigte er einmal mit ausgestrecktem Arm in die Runde.

„Was er sonst noch für ‘ne Rolle in dieser Firma spielt, die von dem... wie heißt der Mann, also der Tote, denn eigentlich?“

Axel Braunert sagte es ihm.

„Also“, fuhr Lüke fort, „was er sonst noch für eine Rolle gespielt hat, weiß ich nicht. Und wenn Leopold es mir erzählt hätte, hätte ich es ihm nicht geglaubt. Er ist der größte Schaumschläger den man sich vorstellen kann. Dem glaube ich gar nichts mehr!“

„Wo ist denn dieser Herr Gockel zu finden?“, fragte Braunert sanft.

„Warten Sie, der wollte, glaube ich, nach Frankfurt an der Oder. Dienstlich. Hat er jedenfalls behauptet. Wie Sie den jetzt finden könnten, weiß ich aber beim besten Willen nicht.“

Die beiden Ermittler durchsuchten das Herrenhaus, fanden aber nichts, was irgendeinen Hinweis hätte geben können. Es gab keine persönlichen Gegenstände des Toten. Was damit zu erklären war, dass er sich ja nie in diesem Gut aufhielt, wie Rudi Lüke berichtete. Die meisten Räume standen leer. Nur einige Schlafzimmer schienen bewohnt.

Laut Rudi Lüke wurde eines von ihm selbst bewohnt, eines war für Leopold Gockel reserviert, wenn der mal mit ‘ner neuen Freundin hier auftauchte. Und die anderen waren für etwaige Besucher, es hatte aber in der letzten Zeit keine Gäste im Schloss gegeben.

„Wie lange wohnen und arbeiten Sie denn schon hier“, fragte die Kommissarin.

„Etwa seit vier Monaten!“

„Das ist ja noch nicht allzu lange. Kein Wunder, dass Sie ihren Chef noch nie gesehen haben."

„Sag ich doch!"

„So, Herr Lüke, jetzt werden wir uns einmal in den Stallungen umschauen. Gibt's da noch irgendwelche Tiere?"

„Sicher, aber nur wilde!"

„Wie bitte?"

„Na ja, da sind natürlich Ratten und Mäuse und Spinnen und sonst was. Aber keine richtigen Tiere, also keine Haustiere."

Keine verlockende Aussicht für Maren Köster. Sie hasste alle Kriech-, Spinnen- und Nagetiere, von Eichhörnchen einmal abgesehen. Aber sie war Polizistin und musste da durch.

Also liehen sie sich derbe Arbeitshandschuhe und krempelten die ganzen Stallungen um. Der ehemalige Pferdestall war zu einem Lager- und Werkstattraum umgebaut worden. Die Umbaumaßnahmen konnten noch nicht allzu lange her sein, es sah alles noch sehr frisch und sauber aus. Im Gegensatz zu den restlichen Ställen.

Nach einigen Minuten rief Axel Braunert:

„Komm mal her und schau dir das an!"

Aus einer großen Holzkiste holte er ein Nummernschild und hielt es gegen das Licht.

Maren Köster sah, dass in der Kiste noch eine Menge Nummernschilder lagen. Alle hatten sowohl TÜV- als auch die Steuermarke. Und alles war noch gültig. Und die meisten, aber nicht alle, hatten das Kennzeichen des Kreises Lippe.

Axel Braunert pfiff durch die Zähne.

„Das sieht mir ganz nach Autodiebstahl im großen Stil aus! Maren, ich glaube, wir haben endlich eine Spur gefunden!"

13

Maren Köster und Axel Braunert kamen gerade vom Staatsanwalt. Sie hatten einen Haftbefehl gegen Rudi Lüke verlangt und erhalten. Der Fund der Leiche, seine Verstümmelung durch den Rasenmäher, konnten natürlich reiner Zufall sein, mussten aber nicht. Aber die Kiste voller Nummernschilder in seinem Einflussbereich, das war den beiden Kommissaren des Zufalls zuviel. Die Summe des bisherigen Ermittlungsstandes hieß Rudi Lüke.

Axel Braunert erbot sich den Verdächtigen zu verhaften und ins Präsidium zu bringen.

Verhören wollten sie ihn dann beide.

Maren Köster hatte dadurch die schlechtere Karte gezogen. Sie wurde unmittelbar nach Braunert's Abfahrt zum Chef gerufen. Missmutig trat sie ihren Weg nach oben an.

Polizeirat Olmer war begeistert, als er von der bevorstehenden Verhaftung hörte.

„Wir haben hier also nicht nur eine besonders reizvolle Kommissarin, sondern auch eine erfolgreiche!“, schleimte er, während Maren Köster gespannt darauf achtete, wann er denn wohl zu seinem Stahlkamm greifen würde. Und da war er auch schon, der bei den Mitarbeitern so bekannte Griff in die Reverstasche seines teuren Sakkos. Gedankenverloren zeichnete Olmer mit dem Kamm eine Acht in der Luft und führte ihn dann an den dünnen Haaransatz. Nachdem er mit dem Kamm in der rechten Hand durchs Haar gefahren war, glättete er mit der Linken, deren Fingerspitzen er zuvor mit der Zunge angefeuchtet hatte, nach.

Maren Köster wurde etwas übel.

„Gestatten Sie mir, Ihnen meine Glückwünsche zu der schnellen Verhaftung auszusprechen!“, ölte Olmer weiter. „Ich werde noch heute Abend eine Pressekonferenz durchführen. Besorgen Sie mir bis dahin alles verfügbare Material über den Täter. Wie heißt er eigentlich?“

„Lüke heißt er. Aber, dass er der Täter ist, wissen wir ja noch nicht. In einem Rechtsstaat gilt bekanntlich jeder solange als unschuldig, bis ihm sein Vergehen nachgewiesen werden kann. Und davon sind wir noch weit entfernt."

Olmer zuckte zusammen, tief getroffen!

„So, so! Nicht nur hübsch, sondern auch keck! So was gefällt mir!", kicherte er gekünstelt. Dann wurde er wieder sehr wichtig:

„Ich will Ihnen was sagen, und merken Sie sich meine Worte. Die Presse braucht Futter! Und wenn wir sie nicht füttern, dann suchen sie sich selber was zu beißen. Und das sind dann meist wir. Ganz besonders schade wäre es, wenn man Ihnen in den reizenden Hintern beißen würde, nicht wahr?"

„Dass ich einen hübschen Arsch habe, das habe ich schon vor zwanzig Jahren gemerkt. Und, glauben Sie mir, wenn mir ein Mann gefällt, dann darf der ruhig ein bisschen daran rumknabbern. Aber, wer mir gefällt, das bestimme nur ich. Alle anderen dürfen meinen Hintern nur bewundern, wenn ich mich umdrehe und gehe. Genießen Sie es!"

Dann ging sie mit ruhigem Schritt aus dem Büro.

Zurück blieb ein völlig verblüffter Polizeirat.

„Bleiben Sie hier!", wollte er hinterher schreien, kriegte aber vor Überraschung kein Wort raus. So 'ne Abfuhr hatte er bei einer Untergebenen noch nie erlebt.

„Warte, du kleine Schlampe! Dich lege ich auch noch flach!", murmelte er dann wütend.

Maren Köster kochte vor Zorn, als sie in ihr eigenes Büro zurückkam. Sie konnte diesen Olmer nicht ausstehen und diese ölige und selbstgefällige Anmache erst recht nicht. Ihr war klar, dass ihr Verhalten die nächste Beförderung nicht gerade beschleunigte, aber das war ihr in diesem Moment völlig egal. Lieber für den Rest des Berufslebens Strafmandate an Falschparker verteilen, als sich von so einem aufgeblasenen Widerling demütigen zu lassen.

In dieser Stimmung traf sie auf den Verdächtigen Rudi Lüke, den Axel Braunert bereits ihn ihr Büro gesetzt hatte.

Rudi Lüke war restlos fertig.

Dann legte die Kommissarin los.

„Herr Lüke, wo waren Sie vorgestern Nacht zwischen zweiundzwanzig Uhr und Mitternacht?"

Rudi Lüke überlegte kurz.

„In der Kneipe! Ich war die ganze Zeit in der Kneipe! Mit Leopold. Wir haben über meinen Vertrag gesprochen."

„Wer kann das bezeugen?"

„Ja, eben Leopold. Und seine Freundin."

„Wo wohnt dieser Leopold, wie heißt er mit Nachnamen und wie heißt seine Freundin?"

„Er heißt mit Nachnamen Gockel und wohnt in Paderborn. Wo, weiß ich nicht. Und wie seine Freundin heißt und wo die wohnt, weiß ich auch nicht."

Axel Braunert ging ins Nebenbüro um Nachforschungen über Leopold Gockel anzustellen.

„Wie sind Sie denn nach Hause gekommen, Herr Lüke? Sie hatten doch bestimmt getrunken. Haben Sie ein Taxi genommen? Wissen Sie vielleicht noch den Namen des Taxiunternehmens?"

„Taxi? Ich habe kein Taxi genommen. Das wäre doch viel zu teuer geworden. Leopold hat mich in seinem neuen Auto zum Gut gebracht und ist dann weitergefahren."

„Schon wieder dieser Leopold! Ich hoffe für Sie, dass dieser Mann alles bestätigt, was Sie sagen! Und dass es den überhaupt gibt."

„Was für ein alter Stinkstiefel!", schimpfte Maren Köster laut, als sie den Hörer wieder aufgelegt hatte.

„Wen meinst du?“, rief Braunert von seinem Schreibtisch aus.

„Hast du etwa mit Jupp Schulte telefoniert?“ Er kannte diese Art von Wutausbrüchen.

Sie stand auf und ging zu ihm.

„Ja, ich habe gerade beim Kollegen Hauptkommissar Josef Schulte meinen Besuch angemeldet.“

Maren Köster blies sich eine nicht vorhandene Wutlocke aus der Stirn.

„Er leitet schließlich die Sonderkommission zur Aufklärung der Autodiebstähle. Und irgendwie hat unser Fall ja wohl auch damit zu tun. Eine Zusammenarbeit lässt sich also nicht vermeiden.“

„Und wo ist das Problem?“

„Der Penner hat doch wahrhaftig gesagt, er freue sich riesig auf meinen Besuch. Ich solle aber noch zehn Minuten warten, denn er wolle im ganzen Büro Staub putzen, damit sich ja kein Flusen an meinem Designer-Kostüm festsetze. Hat er wirklich so gesagt!“

Braunert lachte.

„Das sieht ihm ähnlich! Aber wahrscheinlich muss er noch einige leere Bierflaschen und Currywurst-Pappschalen vom Schreibtisch räumen, damit deine Akten draufpassen. Nimm's nicht persönlich, ihr seid wirklich zu unterschiedlich. Nur gut, dass ich nicht regelmäßig mit ihm zusammenarbeiten muss. Wahrscheinlich würde ich nach einiger Zeit auch mit 'ner Uralt-Jeans und kariertem Baumwollhemd rumlaufen und anstatt Blanc de blanc würde ich Bier saufen.“

„Und auf deinem Dienstausweis wären alte Ketchup-Flecken!“

Beide lachten und Maren Köster ging.

Auf dem trostlosen Flur des Polizeigebäudes zog sie sich einen Pappbecher Kaffee aus dem Automaten. Unterschied sie sich wirklich so sehr von Schulte oder gab es andere Gründe für ihre Differenzen? Denn, auch in ihrem nach außen so perfekten Dasein gab es schulte'sche Elemente. Aber das wusste nur sie und ihre Mutter. Zu Hause war nämlich auch Maren Köster eine unglaubliche Schlampe. Zum Teil war das auch der Grund dafür, dass sie noch nie einen Kollegen oder eine Kollegin zu sich nach Haus eingeladen hat. Es wäre ihr schlicht und einfach peinlich gewesen. Ihr Lebensstil ließ sich mit Recht beschreiben: Außen hui, innen pfui!

Nein, nicht Schultes Schlampigkeit, nicht seine genussvoll zur Schau gestellte Emanzenfeindlichkeit war der Grund für ihre Schwierigkeiten miteinander. Der eigentliche Knackpunkt war schlichtweg eine Interessenkollision. Wie Schulte hatte auch Maren Köster keinen Funken Respekt vor höheren Dienstgraden und nichts als Verachtung übrig für erstarrte Konventionen innerhalb des Polizeiapparats. Eigentlich hätte sie gern die Rolle des Ober-Anarchisten bei der Detmolder Polizei gespielt. Doch diese Rolle war seit Jahren souverän durch Josef Schulte besetzt. Schulte schränkte also durch seine Präsenz ihre Entfaltungsmöglichkeiten ein und das nahm sie ihm übel.

Sie holte ihre Unterlagen, trippelte zwei Treppen hoch, einen langen Flur entlang und klopfte bei Hauptkommissar Josef Schulte. Ohne auf ein 'Herein' zu warten, öffnete sie die Tür.

Schulte hatte beide Füße, die Schuhe standen auf dem Fußboden, auf den Schreibtisch gelegt. Dabei waren die Hosenbeine etwas hochgerutscht und entblößten zwei kräftige haarige Beine. Maren Köster sah sofort, dass er zwei verschiedenfarbige Strümpfe anhatte. Das hinderte ihn aber nicht daran, seine junge Kollegin fröhlich zu begrüßen und einen Stuhl anzubieten, der vollbepackt war mit Papieren. Es schien ihm selbstverständlich, dass sie den Stuhl erst frei räumen musste. Seufzend und ohne ein Wort der Klage erledigte sie alles.

Schulte steckte sich ein Fruchtgummi zwischen die Zähne. Seitdem er nicht mehr rauchte, hatte er diese Süßigkeit schätzen gelernt.

„Womit kann ich dir helfen, werte Kollegin?" Schulte wäre gar nicht auf die Idee gekommen sein Gegenüber zu siezen. Für sich selbst legte er allerdings auch keinen Wert auf das förmliche 'Sie'. Maren Köster war dreist genug um darauf einzusteigen.

„Wer hier wem helfen kann, muss sich noch herausstellen! Auf jeden Fall haben wir etwas entdeckt, das dir für deine Arbeit nützlich sein kann. Ob auch du uns nützen kannst, wird sich herausstellen."

Josef Schulte pfiff anerkennend durch die Zähne. Diese Frau gefiel ihm! Die sah nicht nur schwindelerregend gut aus, die hatte auch Mumm. Leider waren seine Chancen bei ihr nach dem Eklat letztens gleich Null. Wenn er sich die bisherigen Zusammentreffen mit ihr durch den Kopf gehen ließ, waren sie eigentlich nie besser gewesen.

Immerhin nahm er jetzt die Füße vom Tisch und das tat er nur, wenn er Respekt vor seinem Gegenüber hatte.

Sie berichtete ihm so sachlich und so knapp wie möglich, wie und wo und unter welchen Umständen sie die Kiste mit den Nummernschildern gefunden hatten. Sie schloss ihre Ausführung mit den Worten:

„... und deshalb ist eine gewisse Zusammenarbeit unserer Abteilungen, wenn auch auf niedrigstem Niveau, nicht zu vermeiden."

Er vermied die Peinlichkeit, sie zu fragen, ob sie das mit dem Niveau quantitativ oder qualitativ meinte. 'Wenn dieses Weib ebenso leidenschaftlich wie giftig ist, dann muss sie eine Offenbarung sein', dachte er bewundernd.

„Dann bringt mir mal die Kiste rein", antwortete er fröhlich.

„Woll'n doch mal sehen, ob wir mit den Schildern was anfangen können! Ich werde dann mal meinen Computer füttern. Und der ist genau wie ich. Wenn er was zu futtern kriegt, wird er irgendwann auch mal was ausscheiden. Dann habt ihr eure Spur!"

„Sehr charmant ausgedrückt", stöhnte sie innerlich.

Schulte irritierte sie. Sie war es gewohnt, dass sich Männer alle Mühe gaben, bei ihr einen guten Eindruck zu machen. Diesem Mann jedoch schien ein solches Verhalten völlig fremd zu sein. Der spulte so konsequent seine Rolle als 'Prolet in der gehobenen Beamtenlaufbahn' ab, dass es schon etwas exotisch war. Damit konnte sie nicht umgehen.

„Und wie gestalten wir unsere weitere Zusammenarbeit?", fragte er. „Konferenzen hier im Büro oder darf ich dich heute Abend zu einer köstlichen Schale Pommes rot-weiß mit einem Gläschen '99-er Hansa-Export einladen?"

Hier fehlten sogar Maren Köster die Worte und sie ging kopfschüttelnd raus. Als sie wieder zu Axel Braunert ins Büro kam, fand sie bei ihm zwei ihr nicht bekannte Verkehrspolizisten vor, die sich vor Lachen bogen. Braunert winkte sie lachend rein.

„Hör dir das mal an, Maren!", keuchte er. „Los, Elmar, erzähl noch mal!"

Einer der beiden Männer setzte sich in Positur und erzählte: „Wir kommen gerade vom Parkhaus am Schlossgarten. Also so was gibt's eigentlich nur im Film!" Ein Lachanfall unterbrach ihn. „Da hat ein 75-jähriger Rentner doch wahrhaftig ganz allein ein komplettes Parkdeck lahmgelegt. Er wollte in der mittleren Etage seinen BMW aus der Parkbucht herausmanövrieren. Dabei touchierte er den Passat, der neben ihm stand. Und das erschreckte ihn so sehr, dass er die Pedale seines BMW verwechselte. Statt der Bremse erwischte er das Gaspedal! Und schon ging's mit Volldampf rückwärts raus aus der Parkbucht und voll drauf auf's Heck des Astra, der gegenüber stand. Der Astra flog zurück und prallte auf einen Suzuki. Jetzt geriet der Rentner völlig in Panik. Er legte den ersten Gang ein und gab so heftig Gas, dass er den Passat noch mal erwischte. Der wurde schräg nach hinten gedrückt, beschädigte einen Mazda und knickte die Beton-Brüstung des Parkdecks um. Der Passat steht jetzt immer noch mit dem Heck halb in der Luft. Er kann erst geborgen werden, wenn das untere Parkdeck aus Sicherheitsgründen geräumt wird. Denn die Brüstung könnte herabfallen. Mensch, wenn einer da zufällig mit 'ner Videokamera gestanden hätte, dem wäre ein Oscar für die beste Reality-Show sicher gewesen."

„Schön, dass es auch noch Bullen gibt, die bei ihrer Arbeit was zu lachen haben", schmunzelte Maren Köster und dachte an die meist grausigen Anblicke, die der Kripo ständig zugemutet werden.

14

„**W**as für ein Scheiß-Tag!", fluchte Schulte. „Typisch Mittwoch!"

Erst war er zu spät zum Dienst gekommen, weil die Bundesbahn nicht in der Lage war, die Fahrt von Bielefeld nach Detmold pünktlich zu organisieren. Dann hatte ihn die Kollegin Köster mit Arbeit zugeschmissen.

Jetzt sah er die Kiste mit den Nummernschildern durch, die sie ihm auf den Schreibtisch gestellt hatte. Doch das Kennzeichen von Wilhelm Grundkötter war nicht dabei. Aber ein anderes, mit einer Paderborner Nummer, kam ihm bekannt vor. Sollte das etwa das von Willi Potthast sein? Er hatte sich die Nummer nicht gemerkt, da dies ja erst mal ein Fall der Bielefelder Kollegen war. Aber wenn es wirklich das von Potthast war, änderte sich die Sachlage natürlich. Erst würde er mal diesen anrufen und dann die anderen Nummernschilder überprüfen.

Nach dem vierten Signalton des Telefons hatte er Potthast am Telefon.

„Hey, Willi, wie läuft's denn in Paderborn so ohne Auto?"

„Sei bloß ruhig! Das einzige, was hier läuft, bin ich. Ich habe eben mit meiner Versicherung telefoniert, das Gespräch war noch unerquicklicher als das gestern Abend mit den beiden Streifenbullen!"

„Na, na, na Willi, wie redest du über unseren Berufsstand? Für solche Sprüche mussten manche Leute schon ganz schön viel Geld bezahlen!"

„Ach, hör mir auf! Die beiden von gestern Abend interessieren mich gar nicht mehr, aber die von der Versicherung! Das sind doch alles Verbrecher, gegen die ist der falsche Bischof ein Messdiener! Ich hatte kaum zwei Sätze gesagt, da unterstellte mir der Sachbearbeiter schon, nicht so direkt, aber ich habe ihn schon verstanden, dass ich den Diebstahl wohl provoziert hätte! Und das mir, dem ehrlichsten Menschen aus Paderborn. Mal gut, dass ich gestern noch den Fahrzeugbrief zur Bank gebracht habe. Der wurde von mir schon drei Wochen auf dem Rücksitz durch die Stadt kutschiert!"

„Bist du sicher, dass du den Brief gestern auch wirklich in dein Schließfach gepackt hast? Wenn ich das so höre und deine Sprüche gestern Abend zu deiner Frau, von wegen, die Farbe von meinem Auto gefiel mir sowieso nicht mehr und was du noch alles erzählt hast, dann werde ich langsam auch skeptisch. Vielleicht kriegt der Fall ja noch ne Wendung!"

„Du altes Kameradenschwein! Heute kann man sich wirklich nicht mal auf seinen besten Freund verlassen! Ich wollte doch nur Mechtild ein bisschen beruhigen."

„Komm Willi, ich sage es nicht weiter! Aber mal was anderes, was hattest du für eine Autonummer?"

Willi Potthast nannte die Nummer, worauf Schulte erwiderte: „Dann kann ich dir jetzt ganz offiziell mitteilen, dass wir zumindest dein Nummernschild gefunden haben."

„Ist ja wenigstens etwas! Hoffentlich findest du die Karre auch noch, dann erspare ich mir den ganzen Ärger mit der Versicherung, von denen kriege ich so schnell keinen roten Heller! Die Autoknacker von heute sollen ja gar nicht so schlecht sein, habe ich gehört. Vielleicht ist ja nicht mal ein Kratzer an der Tür. Die Nummernschilder kriege ich schon alleine ausgetauscht, dann kann mich die Concordia-Versicherung mal am Arsch lecken und ich wechsle erst mal den Verein, auch wenn die neue nicht besser sein wird."

„Übrigens Willi, was machst du denn Samstag Nachmittag? Ich muss am Wochenende kurz bei meiner Mutter vorbei, dann kann ich auf dem Rückweg über Paderborn fahren. Wir könnten einen kleinen Spaziergang machen und dann im Haxtergrund bei Weyhers eine schöne Schlachteplatte mit Bratkartoffeln essen."

„Nee Jupp, tut mir leid, aber ich muss mit meinem Schützenverein los."

„Wieso? Totensonntag ist doch erst in einigen Wochen oder musst du jetzt auch schon mal samstags zum Kriegerdenkmal-Putzen antreten? Die Gemeinden sparen ja wo sie nur können."

Willi Potthast druckste rum, dann sagte er: „Wenn du jetzt lachst, rede ich kein Wort mehr mit dir, du rote Socke! Du kennst doch das Denkmal mit dem Soldaten aus dem Ersten Weltkrieg im Park am Westfalen-Kolleg?"

„Ach, du meinst den, für den ihr schon Tausende von Marken ausgegeben habt um die Farbe wieder ab zu kriegen, die irgendwelche Spontis vorher mit Hilfe von Tüten, die aus zwei Meter Entfernung geworfen wurden, aufgetragen haben. Der muss mittlerweile eine ganz schön dünne Haut haben."

„Ja, genau den! Nur diesmal haben diese linken Spinner nicht nur ein paar Beutel Farbe an das Denkmal geworfen, sondern sie haben dem Soldaten den Kopf abgehauen. Samstag will die Stadtschützenbruderschaft ihn suchen. Der kann ja nicht weit sein! Unser Schützenverein hat bei der Aktion seine Hilfe angeboten. Da kann ich nicht fehlen, wenn ich nächstes Jahr König werden will."

„Mensch, Willi! Für solche Sachen hast du doch sowieso kein Geld mehr! Du muss doch für ein neues Auto sparen!"

„Find' du Arsch mein Auto!" Der Paderborner Kollege unterbrach die Verbindung.

Es klopfte an der Tür. Fast gleichzeitig trat Hedwig Hansmeier ein. Sie hatte ein Blatt Papier in der Hand, es kam von der Autobahnpolizei Hannover.

„Herr Schulte, ich habe ein Fax für Sie. Die Kollegen aus Hannover haben ein in Detmold als gestohlen gemeldetes Auto sichergestellt und zwei Personen verhaftet. Aber bitte lesen Sie selbst!"

Sie legte das Fax auf den Tisch und sagte: „Ich habe einen frischen Kaffee gekocht, wollen Sie auch einen?"

„Ich bitte darum! Wer weiß, wann ich dazu komme, wieder einen zu trinken. Heute scheinen sich die Ereignisse ja zu überschlagen. Im übrigen ist Ihr Kaffee immer noch der beste im ganzen Fürstentum Lippe."

Josef Schulte wusste, wie er sich auch in Zukunft sowohl Kaffee als auch Loyalität sichern konnte.

„Übrigens, sollte der Chef nach mir fragen, sagen Sie ihm bitte, dass ich nicht mehr im Hause wäre. Ich habe schon genug mit geklauten Autos zu tun, da muss ich mich nicht auch noch mit einem Vorgesetzten rumärgern, der mich an einen Gebrauchtwagenverkäufer erinnert!"

Hedwig Hansmeier schmunzelte verschwörerisch und ging

aus dem Raum um kurze Zeit später mit einer Tasse Kaffee zurückzukommen.

„Was für ein Leben!", dachte Josef Schulte, „die gute Hedwig ist wirklich unbezahlbar."

Er nahm vorsichtig einen Schluck von dem gerade kredenzten Lebenselixier und studierte die Nachricht aus Hannover. Die Kollegen hatten einen Mann mit Namen Leopold Gockel verhaftet, wohnhaft in Paderborn, mit Zweitwohnsitz hier im Fürstentum. Auf dem Gut, auf dem die Kollegen vom Mord die Kiste mit den Nummernschildern gefunden hatten und wo der Gärtner, oder wer auch immer, mit dem Rasenmäher über eine Leiche gefahren war. Na, wenn es da keine Zusammenhänge gab. Und natürlich eine notwendige Zusammenarbeit mit der Kollegin Köster. Schulte grinste.

Der zweite Verhaftete war ein Tankstellenpächter in Hannover.

Der Polizist griff zum Telefon, wählte die auf dem Fax angegebene Nummer und wartete.

„Guten Tag! Hier Hauptkommissar Schulte, Kripo Detmold. Bitte? Ja, Detmold. Wo das liegt? In Nordrhein-Westfalen, wo denn sonst?" Schulte unterdrückte sehr mühsam einen Fluch. „Ich habe gerade ein Fax von Ihnen bekommen. Wir haben nämlich auch in der Provinz schon Faxgeräte, ob Sie's glauben oder nicht. In dem teilen Sie mir mit, dass Sie einen Herrn Leopold Gockel verhaftet und einen gestohlenen Wagen aus dem Kreis Lippe sichergestellt haben. Ich bearbeite den Fall hier in Detmold. Wäre es wohl möglich, dass Sie mir diesen Herrn Gockel überlassen? Das klappt? Fein! Und in welchem Zusammenhang steht die zweite Person mit dem Fall? Konnten Sie da was in Erfahrung bringen? Hat wahrscheinlich nichts damit zu tun. Haben Sie den Mann denn schon wieder frei gelassen? Gut, ich schließe mich noch mit ein paar Kollegen kurz und dann rufe ich noch einmal an. Tschüss, bis gleich!"

„So“, dachte Josef Schulte. „Dann will ich mal die Kollegin Köster anrufen, vielleicht können wir ja eine gemeinsame Spritztour nach Hannover machen!“

„Ja, hier Schulte! Axel, grüß dich. Sag mal, ist Maren auch zu sprechen, oder muss ich mit dir vorlieb nehmen? Nein, ich habe nichts gegen dich, aber mir steht mehr der Sinn nach einem netten Schwätzchen mit der Kollegin Köster! Was, die ist in einer Vernehmung? Na, da kann man nichts machen. Ich habe gerade mit den Kollegen aus Hannover gesprochen, die haben diesen Leopold Gockel verhaftet, an dem ihr ja wohl auch Interesse habt und dann haben sie gleich noch ein gestohlenes Auto sichergestellt. Das wiederum hat mit einem Fall, den ich gerade bearbeite, zu tun. Ja, das Fax kopiere ich euch und bringe es dann vorbei. Im übrigen würde ich diesen Gokkel so schnell wie möglich nach Detmold überführen. Die Hannoveraner haben aber niemanden, der das machen könnte. Da dachte ich, ich könnte mit Maren so `ne kleine Landpartie unternehmen. Ich habe da noch so eine Sache wieder gerade zu biegen.“

„Da willst du sie sicher unterwegs zu einer Currywurst einladen?“

„Na ja, die besten Würstchenbuden zwischen Detmold und Hannover kenne ich natürlich. Aber wenn ich der Kollegin damit käme, würde sich das Verhältnis zwischen uns beiden bestimmt nicht verbessern. Das Problem bleibt jedenfalls bestehen, solche Personenüberführungen müssen wir zu zweit machen. Ich hab aber im Moment keinen Mitarbeiter und ich kann mir vorstellen, dass unsere Kollegen in Uniform auch keine Zeit haben, den Mann aus Hannover abzuholen. Wie wäre es denn dann mit dir? Ich würde auch ‘ne Bratwurst und Fritten Rot-Weiss spendieren. Ich kenne da einen Imbiss in Hameln, dem werde ich in meinem Führer für Frittenbuden,

den ich irgendwann mal herausgeben will, mindestens drei Sterne zukommen lassen."

Das Loblied auf die besten Pommes zwischen Hameln und Santa Fee kam bei Braunert nicht mehr an. Er dachte an seinen Schwarm in Uniform. Bemerkte schon wieder die startenden Flugzeuge und wollte sich gerade in eine gedankliche Romanze flüchten, als er jäh in die Realität zurück geholt wurde.

„Axel, bist du noch dran? Wie ist es, kommst du nun mit oder was?"

„Einer muss sich ja opfern", meinte Axel Braunert, „aber das mit der Frittenbude muss nicht sein, ich komme auch so mit. Ich muss aber noch mit Maren reden. Ruf du noch mal die Kollegen an, ob die von der Streife wirklich kein Team frei haben. Denn eigentlich habe ich keine Zeit für diese Spritztour. Der Mord brennt uns ganz schön unter den Nägeln. Wenn wir fahren müssen, kannst du auch gleich nach einem Wagen fragen, der sich zum Gefangenentransport besser eignet als unser Vectra. Ich rufe bei der Staatsanwaltschaft an. Wir nehmen sicherheitshalber einen Haftbefehl mit."

„Gute Idee! Übrigens, sag dem Chef nichts davon. Ich habe keine Lust mir sein Gesülze anzuhören!"

Josef Schulte ging ins Nachbarbüro. Wenn Maren Köster eh nicht zu sprechen war, dann würde er eben Frau Hansmeier bitten, das Fax zu kopieren und zum Mord zu bringen.

Axel Braunert marschierte, mit der Kopie winkend, zu Maren Köster ins Büro. Die hatte Rudi Lüke immer noch in der Mache. Als Axel ihn sah, dachte er: Mann, ist diese Frau ein harter Brocken. Mit der möchte ich mich nicht anlegen. Da kann ich auch verstehen, dass Josef Schulte wieder gut Wetter machen will.

„Ich habe die Paderborner Kollegen mal um Amtshilfe gebeten. Dieser Herr Gockel ist seit mehreren Tagen an seinem

Wohnort nicht mehr gesehen worden. Dann hat eben Josef Schulte angerufen!"

„Was will der Kerl denn? Süßholz raspeln oder was?", fragte Maren Köster genervt.

„Er hatte gerade einen Anruf von den Kollegen aus Hannover bekommen. Gestern Nachmittag wurde dieser Leopold Gockel von der Autobahnpolizei festgenommen. Wegen Autodiebstahls, sie haben ihn mit einem gestohlenen Wagen aus unserem Kreis erwischt!"

„Ach du Scheiße!", kam es von Rudi Lüke.

„Auf einem Parkplatz vor Hannover hatte die Polizei ein leicht beschädigtes Auto gefunden", erzählte Braunert weiter. „Ohne Insassen und als gestohlen gemeldet. Kurze Zeit später tauchte dann Herr Gockel mit noch jemandem auf. Die Kollegen nahmen beide in ihre Obhut. Und das Auto dazu."

„Und was für ein PKW war das, Axel?", wollte Maren Köster wissen.

„Ein Fünfer BMW!"

„Ach du Scheiße!", wiederholte sich Lüke.

„Na, was sagen Sie jetzt, Herr Lüke? Ich bin ja mal gespannt, was bei der Geschichte raus kommt."

Sie ging zum Telefon und bat einen uniformierten Kollegen, Rudi Lüke abzuholen. Nachdem dieser aus dem Zimmer geführt worden war, sagt sie zu Axel Braunert:

„Wie geht's denn jetzt weiter?"

„Josef Schulte will nach Hannover, den Gockel abholen und fragt, ob einer von uns mitkommt."

„Axel, kannst du fahren? Ich hab im Moment nicht die Nerven dazu. Dieser Lüke ist entweder ziemlich abgebrüht oder er hat mit der ganzen Sache nichts zu tun. Ich nehme ihn mir noch mal vor. Die Angelegenheit mit dem verhafteten Gockel gibt dem Ganzen noch mal eine interessante Wendung."

„Schon in Ordnung! Ich hab dem Schulte schon gesagt, dass ich mitkomme. Obwohl, ich hatte den Eindruck, er wäre lieber mit dir gefahren.“

„Dieser Schulte, das ist wirklich ein dickfelliger Kerl. Trampel und Galan zugleich. Ich werde aus dem Mann nicht schlau“, lächelte Maren Köster versonnen und Axel Braunert wunderte sich.

„Sagen wir es Olmer oder lassen wir es?“, fragte sie weiter.

„Schulte meint, wir sollten ihn nicht einweihen!“

„Da hat er wohl auch recht, mach du das mit ihm, Axel. Ich möchte dem Mann jetzt nicht begegnen, ich gehe zum Kreishaus, was essen. Ich hab mich da mit Mechtild vom Jugendamt verabredet. Die will zu einem Seminar ‘Frauenbewegung in Italien’ fahren, mit einer Einrichtung für politische Bildung, Arbeit und Leben. Hast du von dem Laden schon mal was gehört?“

Braunert nickte mit dem Kopf: „Ja, das Büro ist in der VHS. Die machen auch was zu Gewaltprävention.“

„Aha! Wenn noch ein Platz frei ist, fahre ich vielleicht auch mit zu dem Seminar. Ist ja erst im Mai nächsten Jahres“, sagte Maren Köster und Axel Braunert wunderte sich wieder. „Und kein Wort davon zu Jupp Schulte. Wenn der mitkriegt, dass ich zu einem Seminar ‚Frauenbewegung’ fahre, dann ist das für ihn ein Stichwort für faule Witze. Darauf habe ich absolut keine Lust. Klar?“

Braunert nickte ergeben.

„Also, ich verschwinde jetzt, amüsier dich mit Schulte!“

Weg war sie.

Es klopfte an der Tür, der Kopf von Schulte tauchte auf.

„Wie vermutet! Wenn wir auf die Männer in Uniform warten, dann läuft vor morgen Nachmittag nichts. Also lass uns los, ich habe den Wagen schon vor der Wache stehen. Außerdem sucht mich der Chef, der hat das Fax bei Hedwig auf dem Tisch liegen sehen und jetzt will er mich mit guten Ratschlägen quälen."

Sie gingen noch kurz in Braunerts Büro. Hier zog er sein Jackett und seinen Trenchcoat an.

„Bin sofort soweit, muss nur noch eben über den Schreibtisch räumen."

Er richtete drei Bleistifte aus und legte die einzige Akte in eine Ablage. Josef Schulte grinste. Er dachte, „gut, dass der nicht mit mir zusammenarbeiten muss. Bei meiner Ordnung würde der gute Braunert 'ne Krise kriegen."

15

Die Beamten machten sich auf den Weg zum Auto ohne miteinander zu reden. Sie hatten jedoch kaum die Stadtgrenze von Detmold verlassen, da meinte Schulte: „Also, wie ist es nun mit 'ner Schale Fritten in Hameln?"

Axel Braunert verzog genervt das Gesicht.

„Na gut, ich weiß zwar nicht, was du an dieser Art Speisen findest, aber ich will mal kein Spielverderber sein. Außerdem hatte ich in diesem Monat noch keine Mantaplatte. Dann lass uns mal zu deiner Wurstbude fahren."

Schulte grinste. Eine gute halbe Stunde später hielten sie vor einer umgebauten Garage. Da die Mittagszeit schon fast um war, herrschte kein Betrieb mehr. Ein stattlicher Mann hinter der Verkaufstheke trank einen Kaffee und las den 'Spiegel'. Über der Szene schwebten die sanften Saxophonklänge von Jan Gabarek.

Axel Braunert war verblüfft. Er hatte weder mit dieser Musik gerechnet, noch mit einem solchen Ambiente. Die Garage war hell und sauber. Der Teil, in dem sich der Küchenbereich befand, war weiß gekachelt. Vor den Fenstern, die zum Garten hin nachträglich eingebaut waren, standen einige große Pflanzen.

Der Lesende sah auf.

„Ah, die Polizei aus Detmold! Ihr habt aber Glück, ich wollte gerade schließen."

Schulte grüßte den Mann mit Jeans und Metzgerhemd mit Handschlag

„Grüß dich, Heiner! Schön, dass wir noch was zu essen bekommen! Was gibt es denn noch?"

„Ja, ich habe noch Lammragout, frischen Salat, dann hier einen Grünkohleintopf, Steak vom Rind und Schwein und Geflügelfleisch-Grillspieße, neben dem Üblichen. Außerdem habe ich da gerade einen Rotwein aufgemacht, einen Italiener, Montepulciano di Toscana. Solltest du mal probieren, hat mir ein Freund besorgt, der da unten eine Freundin hat. Verkauft den Wein um die Fahrtkosten wieder raus zu kriegen!"

„Dann mach mir mal ein Nackensteak, einen halbe Portion Fritten Rot-Weiß und einen gemischten Salat. Mit dem Wein, das wird nichts. Ich muss noch jemanden aus Hannover abholen, da darf ich keinen schlechten Eindruck machen. Gib mir mal 'ne Cola Light."

„Na, so einen kleinen Schluck von dem Wein gebe ich dir trotzdem mal. Ist ein junger, von 98, na, du wirst schon sehen."

Axel Braunert guckte blöd! War er hier in einem Gourmet-Restaurant oder in einer zum Imbiss umgebauten Garage?

„Einmal das Lammragout und ein Mineralwasser!", bestellte er leise.

„Mit Nudeln oder Kartoffeln?", kam die Frage.

„Nudeln, bitte!"

Heiner, der Mann hinter dem Tresen, bereitete alles vor, Er verkürzte den beiden Polizisten das Warten mit Wein, nicht zu viel und nicht zu wenig. Einem wirklich guten Tropfen, wie Axel Braunert fand. Dann kam das Essen, von ähnlicher Qualität wie der Rote.

16

Nachdem die beiden Polizisten gespeist hatten, bekamen sie noch eine Tasse Kaffee auf Kosten des Hauses. Schulte fragte:

„Heiner, wie sieht es denn aus, hast du noch eine kleine Lammkeule für mich?“

„Tut mir leid, das einzige, das ich dir anbieten kann, ist Lammragout, aber wirklich empfehlenswert!“

„Okay, gib mir mal ein Kilo!“, und an Axel Braunert gewandt, meinte er, „ich lade dich und die Kollegin Köster Samstagabend zum Essen ein. Ich koche und du musst die Kollegin überreden, dass sie mitkommt! Schaffst Du das?“

Heiner brachte das Fleisch und Schulte zahlte die gesamte Zeche.

„Sagen Sie“, sagte nun Axel Braunert, „verkaufen Sie den Wein auch flaschenweise?“

„Ja, wie viele brauchen Sie denn?“

„Ich würde sechs Flaschen nehmen.“

Axel Braunert bekam seine Kiste Wein, zahlte und ging mit Schulte zum Wagen.

„Sag mal, was war das denn, ein Vier-Sterne-Restaurant in einer Garage, mit angeschlossenem Feinkostladen?“

„Nee, das war eine Würstchenbude, der ich allerdings in meinem Frittenbudenführer in der Tat vier Sterne verpassen würde.“

Axel Braunert hatte es die Sprache verschlagen. Sie stiegen ein. Josef Schulte startete den Motor. Nach einiger Zeit sagte er:

„Sollen wir uns nicht mal eben unsere beiden Fälle schildern, damit wir uns auf der Rückfahrt nicht gegenseitig die Tour vermasseln?“

Dies geschah denn auch bis Hannover. Dort vor dem Polizeigebäude angekommen, stellte Josef Schulte den Motor ab, blieb aber sitzen.

„Du meinst also, diesen Rudi Lüke, der Name kommt mir übrigens bekannt vor, hätte unsere Kollegin Köster schon weich gekocht, wenn wir nachher zurück nach Detmold kommen? Dann würde ich vorschlagen, dem Gockel lassen wir eine Sonderbehandlung zukommen."

Axel Braunert sah ihn fragend an.

„Wie meinst du das? Sollen wir auf dem Rückweg in einen Feldweg fahren und ihn verdreschen?" In bestimmter Hinsicht traute er Schulte alles zu.

„Ach was! Ich mach mir doch an so einem Hampelmann nicht die Finger dreckig! Ich habe mich heute morgen mal so ein bisschen im Hause umgehört. Wir haben da zur Zeit vier Junkies in der U-Haft. Die sind gerade voll auf Entzug und dann noch so einen Typ aus Hamburg, das ist so ein richtig mieses Schwein. Der bringt für 'ne Mark seine Mutter um. Nicht für fünf Pfennig Sozialverhalten, verdrischt Leute aus Langeweile. Und diesen Gockel stecken wir mit den fünf Typen zusammen in eine Zelle. Alles weitere ergibt sich morgen. Der wird singen wie ein Kanarienvogel oder er ist eine absolut abgezockte Type!"

Axel Braunert schüttelte den Kopf: „Josef, du bist echt ein mieser Bulle!"

Dann stiegen sie aus und gingen gemeinsam in die Wache um Leopold Gockel in Empfang zu nehmen. Die Formalitäten waren schnell erledigt. Nach einer weiteren halben Stunde saß Gockel bei den beiden Detmolder Polizisten im Auto und versuchte sich bei ihnen einzuschmeicheln.

„Diese Niedersachsen, das sind doch echte Idioten. Unterstellen mir, ich hätte dieses Auto geklaut, dabei ist das ein Firmenwagen von der Zylinski GmbH. Den Chef kennen Sie doch sicher auch, sitzt im Kreistag, hat auch sonst noch einige nicht unwichtige Posten in Detmold. Erst letzte Woche war ich mit ihm und einigen Herren des hiesigen Adels essen. Na, der wird mich da schnell wieder rausholen. Und überhaupt, wo soll ich denn die Wagenschlüssel her haben, wenn nicht von Zylinski? Etwa dem vermeintlichen Besitzer unter dem Kopfkissen weggeklaut oder was?"

Er lachte selbstzufrieden und Schulte dachte: „Stimmt, da muss ich doch morgen noch mal bei dem Grundkötter vorbei, mal sehen, was der mir darauf für eine Antwort gibt."

Jedoch griff keiner der beiden Polizisten das Gesprächsangebot auf. Sie waren höflich und schwiegen. Als Gockel fragte, ob sie ihn nicht heute Abend noch freilassen könnten, bekam er jedoch die Antwort, das ginge nicht. Denn wenn sie in Detmold ankämen, sei nichts mehr zu regeln. Außerdem bestehe weiterhin Tatverdacht.

„Frechheit! Na, Sie werden schon sehen, was Sie davon haben. Herr Zylinski wird ihnen kräftig in den Arsch treten und ich werde mich persönlich bei Polizeirat Olmer über Sie beschweren!"

„Ach du Scheiße", dachten beide Polizisten gleichzeitig, „hoffentlich ist der schon aus dem Haus, wenn wir ankommen!"

Sofort nahm Josef Schulte den Fuß vom Gaspedal und verringerte das Tempo. „Scheiß Klüngel im Fürstentum, da stekken wirklich alle unter einer Decke!"

„Ich will meinen Anwalt sprechen!", krähte Gockel jetzt. Die Ereignisse hatten ihm doch erheblich zugesetzt.

„Hatten Sie dazu nicht schon in Hannover die Möglichkeit?"

„Die haben mir da so einen Pflichtanwalt zugeschustert, der konnte mir angeblich nicht weiter helfen!"

„Passen Sie auf, Herr Gockel", sagte Josef Schulte, „heute können Sie sowieso nichts mehr machen. Jetzt schlafen Sie sich erst einmal auf Staatskosten aus und morgen regelt sich dann alles."

„Dieser Schulte ist ein altes Schlitzohr!", dachte Axel

Braunert, „der gute Gockel wird diese Nacht mit Sicherheit nicht ausschlafen, wenn seine Zellenkumpel sich auch nur ansatzweise so benehmen, wie ich vermute."

Nachdem die beiden Polizisten Gockel bei ihren Kollegen in Detmold abgeliefert hatten, machte sich Josef Schulte auf den Heimweg. Er wohnte am Stadtrand in einem kleinen Häuschen auf einem Bauernhof. Sein Domizil lag in einem Garten, der von keiner Seite einsehbar war. Ein Gartentor war die einzige Zugangsmöglichkeit zum Haus. Das sollte mal die Leibzucht des Altbauern werden. Doch da sein Sohn nie geheiratet hatte, stand das Haus jahrelang leer. Wie der Zufall es so wollte, kam Josef Schulte kurz nach seiner Versetzung nach Detmold bei einer Ermittlung auf den Hof. Als er dort das leerstehende Gartenhäuschen sah, fragte er, ob es zu vermieten sei. Der Bauer winkte ab. Der schon fast Achtzigjährige sagte, dies sei sein Altenteil und das würde er irgendwann mal brauchen. Doch der Zufall war auf Josef Schultes Seite. Denn drei Tage später kam der Ortsvorsteher zum Bauern und unterbreitete ihm, dass auch Heidental, ein Ortsteil von Detmold, Wohnraum für Asylbewerber zur Verfügung stellen müsse. Dabei hatte der Ortsvorsteher, ein 'Roter natürlich', wie der Bauer zu berichten wusste, wohl an sein leerstehendes Haus gedacht. Diese Nachricht schmeckte dem Bauern gar nicht. Er fertigte den Ortsvorsteher mit den Worten ab, das Haus sei gerade gestern vermietet worden. Der wiederum kannte seine Pappenheimer und entgegnete, er würde in vier Wochen noch mal vorbei kommen. Wenn er eins hasse, dann sei es belogen zu werden. So setzte der Bauer alle Hebel in Bewegung, Schulte ausfindig zu machen. Da das Haus noch nie bewohnt war, gab es trotz guter Pflege des Besitzers einiges zu renovieren. So gelang es Schulte ein halbes Jahr mietfreies Wohnen herauszuhandeln und dazu noch eine günstige Miete für die Zukunft.

Seitdem er auf dem Hof wohnte, entwickelte sich zwischen dem Bauern und ihm eine ordentliche Nachbarschaft.

Einmal in der Woche fuhr der alte Bauer mit seinem Trecker zum größten Supermarkt in Detmold und kaufte ein. Es hatte sich so eingespielt, dass Schulte montags eine Kiste und einen Einkaufszettel abgab. Im Laufe der Woche brachte Fritzmeiers Anton, so hieß der Bauer, die gemachten Besorgungen vorbei, erzählte das Neueste aus dem Dorf und trank eine Flasche Bier und einen Korn. Wacholder, dieses Lemgoer Gesöff, ginge ihm nicht durch den Hals, wusste er jedes mal aufs Neue zu bemerken.

So blieb Josef Schulte auch heute das Einkaufen erspart, denn er erwartete die Lieferung Fritzmeiers.

Er machte sich also auf den Heimweg und freute sich auf einen ruhigen Abend und die meist amüsanten Geschichten, die Töns Fritzmeier immer zum Besten gab. Doch als er auf den Hof kam, entdeckte er, dass die Vorderachse des alten Treckers nicht mehr da saß, wo sie eigentlich hingehörte. Das sah ganz nach Unfall aus. Und so war es denn auch. Kaum hatte Josef Schulte seine Wohnung betreten, da tauchte Anton mit der Einkaufskiste auf.

„Mensch Anton, dein Trecker sieht aus als hättest du einen Unfall gehabt!“, begrüßte ihn Josef Schulte.

„Jau! Jau!“, winkte Anton Fritzmeier ab, „ik bin von ussen Hof raffer feuert und da kümmt so eine Frouge von rächts und feuert mik dierekt in meinen Bulldog rin!“

„Wie, hast du ihr die Vorfahrt genommen?“

„Ach, vertell mik nix, dat Weif hät mik doch sain!“

„Und habt ihr die Kollegen in Uniform dazu geholt?“, fragte Jupp.

„Jau, dat is ja da schlimmste, die Gendarmen hät dann mirket, da mein Bulldog seit 1979 kein TÜV mehr hät. Und meine Flinte, die hatte ik mit, die hät se auch chleich mit einkassiert. Dat is alles ein graut Malör! Kanns du nich mal kucken, ob de da wat maken kanns?“

„Nein, Anton, mach dir mal keine Hoffnungen, ich kann dir da nicht weiter helfen. Geh morgen mal zu einem Rechtsanwalt, allein, damit der Ärger, den du bekommen wirst, so klein wie möglich bleibt. So und jetzt trink erst mal eine Flasche Bier auf den Schrecken!“

Josef stellte für den Bauern und sich zwei Flaschen Detmolder auf den Tisch, die mit dem praktischen Schnappverschluss. Sie nahmen einen kräftigen Schluck aus der Flasche.

„Sag mal, hast du eigentlich einen Waffenschein?“

„Jau, ich habe doch einen Jagdschein“, die erste Aufregung war vorbei und Bauer Anton bemühte sich nun wieder hochdeutsch zu sprechen. Schließlich war Schulten Jupp ja zugezogen und ´ein Studeierten´, wie er das nannte. „Ich habe aber nur noch dies Schrotchewehr, die anderen Flinten hab ich verkauft, ich treffe nich mehr so chut. Die letzte hat hier so ein Baron von Ich-weiß-nich-wo chekauft. Dat war ein feinet Chewehr, ein russisches, so ähnlich wie unser Karabiner, hab ich außen Kriege mitchebracht und dann zun Jachtchewehr umbauen lassen. Hoffentlich muss ich wegen diese Scheiße heute nich auch noch zun Sehtest!“

„Mensch, Anton, wenn du nicht mehr richtig sehen kannst, dann kannst du doch keinen Trecker mehr fahren!“

„Nee, ich brauche nur ‘ne neue Brille! Ich hab ja imma die von unsa Mutter aufchesetzt, die is aber noch ein bischen stark für mich, ich hab chedacht, dat Chelt kannse auch sparen und in zwei Jahren is die chenau richtich für mich. Aber jetzt muss ich doch noch mal nach den Augenschmitt hin!“

„Ja und wie hast du dann eingekauft so ohne Trecker?“, fragte Josef.

„Tu foute.“

Das Gespräch zog sich so dahin, über Gott und die Welt. Als Fritzmeiers Töns dann zu sich rüber ging, um die Tagesschau zu sehen, holte Josef Schulte den Staubsauger aus der

Besenkammer und räumte die Spülmaschine ein. Schließlich erwartete er am Wochenende Besuch und er hatte nur noch drei Abende Zeit, seine Wohnung auf das Kommen von Axel Braunert und Maren Köster vorzubereiten. Hoffentlich schaffte Braunert es, Maren Köster zu überreden. Er hatte ja die Einladung zumindest nicht abgelehnt. Na, mal sehen, was der morgige Tag bringen würde.

17

Am nächsten Morgen fuhr Schulte zuerst mal zu dem Autoeigentümer Grundkötter. Dieser saß um 7.30 Uhr über der 'Landeszeitung' und trank gerade seine zweite Tasse Kaffee. Als der Polizist so unangemeldet auftauchte, wurde er doch etwas nervös.

„Herr Hauptkommissar, Sie hätte ich so früh am Morgen überhaupt nicht erwartet. Da soll mal einer sagen, bei der Polizei gäbe es keine Frühaufsteher."

„Ich muss gestehen, dass ich im Allgemeinen um diese Zeit auch noch am Frühstückstisch sitze, aber ich wollte noch einige Sachen mit Ihnen durchsprechen. Sie wollen doch Ihr Auto wieder haben oder nicht?"

„Ja natürlich! Ich bin ja im Außendienst und da brauche ich doch den Wagen. Ich habe mir jetzt erst mal ein Auto von unserer Firma geliehen. Mit der Versicherung, das geht ja auch nicht so einfach."

„Also, Herr Grundkötter, wie viel Kilometer hatte Ihr Wagen denn so runter?"

„Wieso? Genau weiß ich das auch nicht. Ich muss mal bei meiner Autowerkstatt nachfragen. Der Versicherung habe ich angegeben so ca. fünfundzwanzigtausend. Aber, wie gesagt, ich muss noch mal nachfragen. Ich bin Verkäufer, von Technik habe ich keine Ahnung. Ich habe den Wagen auch immer zum

Waschen und Polieren zu meiner Werkstatt gebracht. Die haben dann getan, was getan werden musste."

„Also vorgestern haben Sie noch gesagt, Sie hätten den Wagen selber gewaschen", erwiderte Josef Schulte. Grundkötter wurde unwirsch:

„Was tut das zur Sache, ob ich den Wagen zum Waschen gebe oder ihn selber wasche?"

„Unter Umständen viel!", sagte der Kommissar.

„Wie viele Autoschlüssel haben Sie denn, Herr Grundkötter?"

„Zwei, wieso?"

„Darf ich die mal sehen?"

„Sie tun ja gerade so, als wenn ich Dreck am Stecken hätte!", sagte Grundkötter auf dem Weg zum Küchenschrank.

Er legte die beiden Autoschlüssel, die er der rechten Schrankschublade entnommen hatte, auf den Tisch.

Josef Schulte sah sich die Autoschlüssel an und sagte: „Da ist ja nur noch ein Originalschlüssel dabei. Der andere ist nachgemacht! Wo ist denn der zweite?"

Der Vertreter wurde noch nervöser: „Was soll das? Sie sollen meinen Wagen finden und nicht mich, den Geschädigten, verdächtigen!"

„Bis jetzt verdächtige ich Sie auch gar nicht, Herr Grundkötter!"

„Was soll das heißen, bis jetzt verdächtigten Sie mich auch noch nicht? Nur weil ich mein Auto entgegen meiner Angaben nicht selber wasche, verdächtigen Sie mich auf einmal oder was?"

„Na ja, Sie machen Falschaussagen, warum auch immer. Sie haben einen Fahrzeugschlüssel verloren oder sonst was und geben dieses wichtige Detail nicht an. Sie wissen angeblich nicht genau, wie viele Kilometer ihr Auto gelaufen hat. Bei der Versicherung haben Sie aber eine Angabe gemacht, ohne sich vorher zu vergewissern, ob die Zahl stimmt. Das könnte ich zumindest als Betrugsversuch werten. Ich will ihnen nichts unterstellen, es sind aber bei genauerem Hinhören einige Ungereimtheiten festzustellen. Was sagen Sie dazu, Herr Grundkötter?“

„Das sind Unverschämtheiten, die Sie sich da erlauben!“ Die ohnehin schon hohe Stimme des Dicken schlug ins Falsett um. „Das wird für Sie ein Nachspiel haben. Ist ja auch kein Wunder, wenn die von der Polizei schon selber rumlaufen wie die Autoknacker, kann man ja nichts erwarten! Aus Ihnen spricht doch der pure Neid! Wahrscheinlich reicht es bei Ihnen nicht für so einen Wagen. Da unterstellen Sie denen, die ein teures Auto fahren, erst mal Unehrlichkeit!“

„Also, wo haben Sie denn nun den Schlüssel verloren und wann haben Sie sich den neuen nachmachen lassen?“

„Das weiß ich doch nicht mehr! Vor einiger Zeit. Ich habe andere Sachen im Kopf, als mir solche Dinge zu merken. Ich muss nämlich mein Geld noch richtig verdienen, ich bin kein Beamter!“

„Wissen Sie denn wenigstens, wo Sie den Schlüssel haben nachmachen lassen?“ Schulte ließ sich nicht aus der Ruhe bringen.

„Nein! Und jetzt raus hier! Das brauche ich mir nicht bieten zu lassen!“

„Wissen Sie, was das Schöne an Alzheimer ist? Man lernt jeden Tag neue Leute kennen.“

„Jetzt aber raus, Sie Polizistenschnösel!“

„Das ist Beamtenbeleidigung“, Schulte wurde gefährlich leise.

„Aber ich kann Ihnen auch eine gute Nachricht überbringen. Wir haben nämlich Ihr Auto gefunden. Es ist allerdings ein bisschen verbeult und noch in der Obhut der Hannoveraner Kollegen. Ich muss Ihnen jedoch auch sagen, dass dieser

Wagen hundertfünftausend Kilometer auf dem Tacho stehen hat. So ein Vertreter muss wohl 'ne ganze Menge fahren. Wissen Sie was? Das sieht mir alles ganz schwer nach Versicherungsbetrug aus."

Grundkötter schnappte nach Luft. Er stotterte:

„Ich will meinen Anwalt sprechen."

„Den werden Sie auch brauchen, zwar nicht wegen Versicherungsbetrug, sondern wegen Mordverdacht! Wenn Sie mir jetzt nicht ganz schnell erzählen, wie das mit dem geklauten Auto war, dann werde ich Sie meiner Kollegin vom Mord übergeben. Die ist, im Gegensatz zu mir, piekfein angezogen, aber die wird Ihnen in den Arsch treten, dass Ihnen Hören und Sehen vergeht. Sie sucht nämlich den Mörder von Heinz Zylinski! Schon in der Zeitung gelesen? Sie werden mich gleich fragen, was das mit Ihrem Auto zu tun hat. Das will ich Ihnen sagen. Der Mann, den wir mit Ihrem Auto aufgegriffen haben, behauptet nämlich, das sei ein Firmenwagen, den ihm dieser verstorbene Herr Zylinski zur Verfügung gestellt habe. Für die Tatzeit hat der Mann aber ein ordentliches Alibi. Verstehen Sie, was das für Sie bedeutet?"

Schulte hatte mit dem Alibi natürlich keck geblufft, aber es zeigte Wirkung. Grundkötter war am Ende. Er wimmerte:

„Mit einem Mord habe ich nichts zu tun! Es stimmt, ich habe das Auto stehlen lassen. Vor drei Wochen kam ein Ire und wollte mir für fünfhundert Mark die Einfahrt asphaltieren. Ein guter Preis und ich willigte ein. Am Samstag darauf kamen seine Arbeiter. Alles Polen. Einer von ihnen sagte, ihm gefalle mein Auto. Ich sagte ihm, für dreißigtausend Mark könne er es haben. Da der Wagen ja schon, wie Sie ja bemerkt haben, einiges auf dem Buckel hatte, war ich durchaus daran interessiert, den Wagen zu verkaufen. Der Pole schlug mir jedoch ein anderes Geschäft vor. Fünfzehntausend und er würde über die Grenze fahren. Ich könne den Wagen am nächsten Tag als gestohlen melden. Wie der Wagen dann zum Firmenwagen dieses Zylinski werden konnte, ist mir unbegreiflich. Die Garagentür habe ich selber aufgebrochen. So war es und jetzt lassen Sie mich bloß mit diesem Mord zufrieden, damit habe ich nichts zu tun!“

„Wissen Sie was, Herr Grundkötter? Sie kommen jetzt mit zum Präsidium, wiederholen diese Aussage und wenn dann keine Fluchtgefahr besteht und die Kollegin vom Mord nichts mehr von Ihnen will, dann dürfen Sie vielleicht auch wieder nach Hause gehen.“

Josef Schulte war bestens gelaunt. Das frühe Aufstehen hatte sich gelohnt. Er öffnete dem moralisch völlig am Boden liegenden Grundkötter die hintere Autotür.

18

Im Büro angelangt, fertigte Hauptkommissar Schulte sofort ein Protokoll an. Hier durfte nichts auf die lange Bahn geschoben werden, sonst würde der gute Herr Grundkötter womöglich noch auf den Gedanken kommen seine Aussage zu bestreiten. Nachdem er die Unterschrift des Möbelvertreters unter dem Schriftsatz stehen hatte, übergab er den Fall ganz schnell der Staatsanwaltschaft. Sollten die sich um alles Weitere kümmern.

Der Tag schien erfolgreich zu verlaufen. Also rief Schulte bei Axel Braunert an und schilderte ihm den Fall. Zum Abschluss fragte er: “Und, hast du die Kollegin Köster schon gefragt, ob sie mit zum Essen kommt?”

“Tut mir leid, aber das habe ich ganz vergessen.”

“Was? Mach keinen Scheiß! Ich habe gestern schon angefangen meine Wohnung aufzuräumen, und du vergisst die Sache einfach?”

Axel musste schmunzeln. “Mann, Josef! Du bist ja richtig

von der Rolle. Mach dir keine Sorgen. Sobald sich eine günstige Gelegenheit ergibt, werde ich sie fragen!"

"Quatsch! Ich bin nicht von der Rolle. Ich will diesen verdammten Fall so schnell wie möglich hinter mich bringen. Dazu muss ich mit euch zusammenarbeiten. Das ist jedoch schwerlich möglich, wenn die Kollegin Köster mit Bürogegenständen nach mir wirft!"

Dies Argument überzeugte Braunert nicht besonders. Er war jedoch nicht der Typ, der andere Menschen über die Maßen foppt. "Ehrenwert, Josef, ehrenwert! Ich werde, wie gesagt, eine günstige Gelegenheit abpassen und sie dann fragen. Die Gute ist ein bisschen genervt, sie kommt mit diesem Lüke nicht weiter. Ich glaube ja, sie ist da auf einer falschen Spur. Kann sein, dass sie das auch schon geschnallt hat. Na, jedenfalls hat sie den Rudi Lüke gerade wieder in der Mache. In dessen Haut möchte ich nicht stecken! Ich rufe dich sofort an, wenn es in der einen oder anderen Sache Neuigkeiten gibt. Übrigens, hast du dir den Gockel schon vorgenommen? Der ist völlig mit den Nerven runter und will unbedingt den Chef sprechen. Zum Glück ist Olmer heute in Düsseldorf, sonst hätte der sich bestimmt schon eingemischt. Spute dich also mit dem Verhör und wenn du fertig bist, überlass ihn uns. Vielleicht kommen wir dadurch mit unserem Mord ein bisschen weiter."

„Okay, Axel! Den nehme ich mir gleich mal vor. Wenn Olmer wieder zurück ist, lenke ich ihn erst mal mit dem gelösten Autodiebstahl des Herrn Grundkötter ab. Der ist ja fast so pressegeil wie Jürgen Möllemann. Ich habe auch nichts dagegen, wenn dann morgen in der Zeitung steht, dass er den Fall erfolgreich gelöst hat. Dadurch habe ich die Presse und Olmer vom Halse! Also, du hörst von mir! Und nicht vergessen... du weißt schon!"

Schulte legte auf und wählte sofort wieder.

„Bringt mir doch mal den Gockel hoch. Ich habe heute ein glückliches Händchen bei Verhören, vielleicht kommen wir ja noch ein bisschen weiter!"

Hans-Leopold Gockel wurde kurze Zeit später von einem Beamten in Uniform durch die Tür geschoben. Von dem gestern noch recht smarten Mittvierziger war nicht mehr viel übrig geblieben. Sein sonnenbank-gebräuntes Gesicht wirkte aschfahl. In seinen Augen war Unruhe, ja Panik zu erkennen. Er wollte sofort einen Redeschwall los werden, doch Schulte kam ihm zuvor.

„Guten Tag, Herr Gockel! Tut mir leid, dass ich Sie bis elf Uhr warten lasse, aber ich habe in Ihrem Interesse versucht, noch etwas über das Auto, mit dem Sie aufgegriffen wurden, in Erfahrung zu bringen. Wie war denn die Nacht? Haben Sie sich gut erholt?", lenkte er dann gleich auf ein anderes Thema ab, auf das Gockel mit Sicherheit anspringen würde.

„Gut erholt?", zeterte Hans-Leopold los, "es war die Hölle! So etwas habe ich in meinem Leben noch nicht erlebt. Ich bin belästigt worden, man hat mich bedroht, geschlagen, die ganze Nacht war keine Ruhe, ich habe nicht eine Sekunde die Augen zugemacht! Das war der reinste Psychoterror! Ich will meinen Freund Olmer sprechen! Ich will meinen Anwalt anrufen!"

„Herr Olmer ist leider in Düsseldorf, Herr Gockel, tut mir leid! Ihren Anwalt können Sie gleich anrufen, da müssen Sie nur noch mal kurz in die Zelle, da im Moment kein Telefon frei ist," log Josef Schulte.

"Nein, nicht in die Zelle!"

„Also, Herr Gockel, so geht das nicht. Entweder Sie unterhalten sich jetzt mit mir oder Sie warten in der Zelle bis Sie ihren Anwalt anrufen können. Sie müssen sich schon entscheiden! Ich habe auch noch was anderes zu tun."

„Also gut, bis das Telefon frei wird, können wir miteinander reden. Aber sobald die Möglichkeit besteht, will ich telefonieren."

„Passen Sie auf, Herr Gockel, ich mache Ihnen einen Vorschlag. Ich bitte jetzt meine Kollegin, dass sie ihren Anwalt benachrichtigt und während dieser Zeit reden wir mal darüber, wie Sie an den BMW gekommen sind."

Leopold Gockel nickte zustimmend. Ihm war so ziemlich alles egal. Hauptsache, man behandelte ihn einigermaßen höflich. Er hatte keine Ansprüche mehr, nachdem er eine Nacht in der Gefängniszelle verbracht hatte. An einem Abenteuerurlaub dieser Art war ihm jede Lust vergangen. Also nannte er den Namen seines Rechtsanwaltes.

Josef Schulte ging zur Tür und sagte nach draußen: "Hedwig, kannst du mal, in der Sache Gockel, bei dem Anwaltsbüro Wohlfahrt und Partner anrufen. Wenn du jemanden an der Strippe hast, stell bitte durch! Wäre schön, wenn das recht schnell ginge." Mit der Hand jedoch machte er, was Gockel nicht sah, eine Bewegung, die andeutete, sie solle sich Zeit lassen.

„Wird gemacht, Herr Hauptkommissar!", erwiderte Hedwig Hansmeier. Sie sagte konsequent ‚Sie' zu Schulte, während dieser mit eben solcher Konsequenz 'Du' zu ihr sagte.

Hans-Leopold Gockel fühlte sich in guten Händen. Er entspannte sich langsam.

„Also, Herr Gockel. Sie sagen ja, Sie hätten das Auto nicht gestohlen. Wie sind Sie denn nun an den BMW gekommen?"

Gockel fand langsam, aber sicher, wieder zu seiner Persönlichkeitsstruktur zurück.

„Wissen Sie, ich habe mehrere Firmen und Unternehmensberatungen. Da arbeite ich mit Herrn Zylinski sehr eng zusammen. Er fragt mich in jeder Angelegenheit. Habe ihm ja auch in den letzten Jahren so manchen guten Tipp gegeben. Na und wir haben vor, in Frankfurt an der Oder eine kaufmännische Unternehmung für den Osthandel Polen, Russland, Ukraine etc. zu eröffnen. Da ist es klar, dass Zylinski nicht irgendwen schickt. Ich traf ihn Sonntagmittag zum Essen, da haben wir noch einmal alles Wesentliche besprochen. Später habe ich den BMW dann von seinem Firmengelände abgeholt. Der Schlüssel steckte, wie er es angekündigt hatte. Am Montagmorgen bin ich los, wie verabredet. Ich hab auf dem Gut übernachtet. Da hat er mir ein Zimmer zur Verfügung gestellt, in dem ich immer schlafe, wenn ich geschäftlich im Fürstentum zu tun habe. Selbstverständlich das Beste im ganzen Hause."

„Wieso sind Sie denn nicht mit Ihrem eigenen Auto gefahren? In ihrer Position haben Sie doch sicher eins!"

Gockel fühlte sich leicht verlegen. Doch er war schon wieder so sicher, dass man es ihm kaum anmerkte.

„Ja, wissen Sie, ich hatte mir im Frühjahr dieses Jahres ein Cabriolet gekauft. Das zu benutzen ist für diese Jahreszeit doch etwas kalt. Also habe ich mir einen neuen Wagen bestellt, der, mit der Ausstattung, wie ich ihn haben wollte, nicht von heute auf morgen lieferbar ist. Jetzt ergab sich die Möglichkeit, dass ich das alte Auto sogar noch mit Gewinn verkaufen konnte. Da habe ich natürlich nicht gezögert! Ich hab ja einige Firmenwagen und Herr Zylinski auch, da gibt es an sich keine Engpässe, was Fahrzeuge betrifft."

Schulte hatte das Gefühl, dass er in seinem Leben noch nie so oft innerhalb kürzester Zeit belogen wurde, wie im Verlauf dieses Gespräches. Ihm saß, so hatte er den Eindruck, der größte Hochstapler Ostwestfalens gegenüber. Doch in den wesentlichen Punkten schien Gockel anscheinend die Wahrheit zu sagen.

„Sie wissen also nicht, wie Herr Zylinski in den Besitz dieses Wagens gekommen ist?", fragte der Kommissar weiter.

„Auf jeden Fall, da bin ich mir ganz sicher, auf völlig legale Weise!"

„Ich muss ihnen übrigens noch eine schlechte Nachricht

überbringen. Herr Zylinski ist am Sonntagabend ermordet worden."

Gockel wurde blass. Er war entweder sichtlich schockiert oder ein verdammt guter Schauspieler. Schulte ließ ihm eine Minute Zeit.

„Wo waren Sie am Sonntagabend, so gegen einundzwanzig Uhr bis Mitternacht, Herr Gockel?"

„Da war ich mit einer Freundin, Schauspielerin am hiesigen Landestheater, und einem Mitarbeiter hier in Detmold im 'Stuck', einer Gaststätte."

„Tja, Herr Gockel, ich muss Sie leider noch einmal kurz in Gewahrsam nehmen."

„Nein, nicht wieder in diese Zelle, ich habe doch alles gesagt!"

„Machen Sie sich keine Sorgen, Herr Gockel, ich bringe Sie in einen Warteraum. Sie allein. Die Kollegen vom Mord wollen noch mal mit Ihnen sprechen, sicher nur eine Formsache. In der Zeit schreiben wir das Protokoll und dann können Sie gehen. Sie dürfen zwar in nächster Zeit nicht ins Ausland und müssen erreichbar sein, aber ich denke, für Sie wird da nicht mehr viel nachkommen, vorausgesetzt, Sie haben die Wahrheit gesagt."

Josef Schulte konnte sich eine kleine Gemeinheit jedoch nicht verkneifen. "Ich überprüfe jetzt noch schnell ein paar Aussagen von Ihnen, dann werden wir weiter sehen. Wie heißt noch gleich das Autohaus, bei dem Sie den neuen Wagen bestellt haben?"

Leopold Gockel wurde hektisch: "Ähm, ich weiß nicht so genau, ich habe so ein schlechtes Namensgedächtnis, es ist das, das in seinem Firmensymbol das Hermannsdenkmal eingearbeitet hat. Ich hoffe, meine Mitarbeiter haben die Bestellung jetzt schon abschließend bearbeitet und weiter gegeben."

„Mann," dachte Josef Schulte, „was für ein aalglatter Typ.

Der ist auch wirklich um keine Ausrede verlegen."

Hedwig Hansmeier steckte den Kopf zur Tür herein.

„Ich habe bei dem Anwaltsbüro angerufen, es ist erst um fünfzehn Uhr ein Jurist verfügbar!"

„Schon in Ordnung, Hedwig. Kannst du gleich das Protokoll schreiben? Ich bringe Herrn Gockel zum Mord, dann wäre es schön, wenn seine Aussage vorliegt. Das ist für ihn einfacher und er kommt schneller nach Hause", machte Jupp Schulte Druck, damit er die Aussage ohne Probleme unterschrieben bekam. "Wer weiß, was die Kollegin Köster mit dem macht, wenn er ihr die Taschen ebenso voll lügt, wie er es mit mir gemacht hat!"

Er brachte Gockel in eine Zelle und rief bei Axel Braunert an.

„Hast du die Kollegin schon gefragt, ob sie die Einladung von mir annimmt?"

„Josef, Maren ist auf hundertachtzig. Wenn du jetzt unbedingt eine Antwort haben willst, dann frag sie selber! Was sagt Gockel?"

„Wenn sie jetzt auf hundertachtzig ist, dann ist sie in einer Stunde auf zweihundert! Ich will der Lady heute nicht mehr begegnen. Der Gockel schneidet auf, da wirst du aggressiv. Außerdem könnt ihr euren Mann, glaube ich, wieder frei lassen und den Gockel dazu!"

Hauptkommissar Schulte berichtete von seinem Verhör.

„Ich gehe jetzt erst mal rüber ins Kreishaus zum Essen, kommst du mit? Ist zwar nicht so gut wie gestern in Hameln, aber ich schütze dich vor deiner wütenden Kollegin."

Noch ehe Axel antworten konnte, kam Hedwig Hansmeier ins Zimmer und sagte: „Es ist gerade wieder ein Auto gestohlen gemeldet worden!"

19

„Scheiße!”, schrie Josef Schulte, als er den Hörer auf die Gabel geschmissen hatte. „Schon wieder ein Auto verschwunden! Sind wir hier in Chicago oder am Teutoburger Wald?”

Er fegte vor Wut mit dem Arm seinen Schreibtisch blank, dabei fiel eine frisch angebrochene Tüte Erdnüsse auf den Fußboden. Schulte fluchte noch mehr und er zerstampfte die Kerne mit Inbrunst. Sein Büro war sowieso der Schrecken der Putzkolonne. Es hatte in diesem Jahr beim Polizeichef schon zwei Beschwerden der Reinigungsfirma über Schultes Büro gegeben, mit der Drohung: „Wir werfen die Brocken hin, wenn das nicht besser wird!“

Es blieb alles beim Alten, der Einzige, der seine ‘Brocken’ ständig ‘hinwarf’, war nach wie vor Schulte.

Diesmal hatte es einen türkisfarbenen BMW 316 erwischt. Natürlich einen noch ganz frischen. Der war in dem kleinen Dorf Mossenberg in der Nähe von Blomberg, am helllichten Tag abhanden gekommen. Der Besitzer hatte den Verlust des Autos gerade telefonisch gemeldet.

Hauptkommissar Schulte zog seine Lederjacke an und stürzte aus dem Büro. Zwei Minuten später saß er im Auto und fuhr zu dem kleinen Dorf.

Der Besitzer hatte natürlich nichts mitgekriegt. Aber eine Nachbarsfrau hatte zwei junge Männer gesehen, die kurz vor Verschwinden des BMW hier herumgestreunt waren. Sie gab eine zwar etwas vage, aber eventuell brauchbare Personenbeschreibung ab. Das war besser als nichts, fand Schulte.

Als er dann beim Geschädigten im Wohnzimmer saß und dessen Personalien aufnahm, kam ein Mann ins Haus.

Er hatte draußen auf dem Feld am Waldrand gearbeitet und dabei den BMW bemerkt, der auf einem Waldweg stand. Durch die auffällige Farbe erkannte der Bauer den Wagen sofort als den seines Bekannten und ging darauf zu. Er sah zwei ihm unbekannte Männer neben dem Auto. Der eine war damit beschäftigt, das Nummernschild abzuschrauben, der andere pinkelte in die Büsche. Seine Beschreibung passte mit den Angaben der Nachbarin zusammen. Der Bauer hatte in einem Versteck abgewartet bis der BMW, nun mit neuem Nummernschild, wieder losfuhr. Er war Richtung Norden gefahren, also grobe Richtung Autobahn. Das neue Kennzeichen hatte ebenfalls die Kennung des Kreises Lippe, die weiteren Zahlen hatte der Bauer nicht erkennen können.

Schulte lobte ihn jedenfalls reichlich für seine Beobachtungen und für seine prompte Berichterstattung.

Er telefonierte in die Hauptzentrale und bestellte einen Trupp der Spurensicherung, der die Stelle am Wald auf Schuh-spuren und eventuelle Abfälle der beiden Männer untersuchen sollte. Schulte selbst fuhr mit dem Bauern dorthin.

Sie konnten dort im feuchten Lehmboden mühelos zwei Sohlenabdrücke unterscheiden, von denen Kopien gemacht werden konnten. Die Pinkelstelle war ebenfalls noch leicht zu erkennen, auch davon nahm die Spurensicherung Bodenproben mit, was Schulte zu allerlei Spott veranlasste. Er selbst suchte zwischen den Büschen. Plötzlich bückte er sich, hob etwas auf und murmelte:

„Diesmal haben die Jungs aber einen Fehler gemacht!"

Er übergab den Spurensicherern mit spitzen Fingern eine Zigarettenpackung, die offensichtlich erst vor kurzer Zeit hier abgelegt worden war. Es hatte nämlich vor etwa drei Stunden ein kräftiges Regenschauer gegeben. Die Zigarettenpackung war aber völlig trocken, war also mit Sicherheit erst nach dem Regen hier entsorgt worden. Es war eine Packung der Marke Marlboro, aber ganz offensichtlich nicht in den USA hergestellt und war darum ohne Zollbanderole. Aber das wertvollste daran war...

„Auf der Folie sind garantiert wunderbare Fingerabdrükke!", freute sich Josef Schulte.

20

Maren Köster hatte eine frische Lage Kaffee aufgesetzt und die alte Kaffeemaschine spuckte und prustete, als hätte sie Asthma. Aber ein verführerischer Duft durchzog das Büro.

Rudi Lüke hätte gern auch eine Tasse gehabt, aber die resolute Kommissarin, vor der er mittlerweile einen Mordsrespekt hatte, gab ihm keinen und er traute sich auch nicht darum zu bitten. Die Frau war ihm einfach eine Nummer zu groß.

So eine Frau einmal so richtig..., ja, das wäre sein Traum gewesen. Seine bisherige Bilanz bei Frauen hatte in ihm einen starken Zweifel an seiner Ausstrahlung genährt. Er war kein Schönling, auch keine imponierend männliche Erscheinung, das war ihm klar. Aber das waren auch viele andere nicht, und trotzdem schleppten die eine Frau nach der anderen ab. Rudi Lüke verstand das alles nicht. Wenn er da an seinen letzten Versuch dachte, dann... Es war einfach niederschmetternd. Er hatte eine junge und wirklich attraktive Frau kennen gelernt. Die Sache entwickelte sich sehr vielversprechend und Rudi schwebte im siebten Himmel. Nach zwei Wochen befanden sie sich zwar immer noch in der 'tausendmal berührt, tausendmal is' nix passiert' -Phase, aber er war schon mit kleinsten Erfolgen zufrieden. Dies waren herzliche Umarmungen und einige flüchtige Küsschen. Das große, alles entscheidende Ereignis musste jeden Tag vor der Tür stehen. Und eines Tages stand sie vor seiner Tür. Aber nicht allein! Sie sagte ihm, während sie sich an den zärtlich um sie gelegten Arm eines etwa fünfunddreißigjährigen Mannes schmiegte: "Du, Rudi, wir haben da ein Problem. Hans-Martin hier", sie zeigte mit einer Kopfdrehung in Richtung ihres völlig unbefangen grinsenden Begleiters, "ist verheiratet und ich wohne doch noch bei meinen Eltern und deshalb können wir nicht... na, du weißt schon. Könntest du uns nicht mal für zwei Stunden deine Wohnung leihen? Du bist doch ein toleranter moderner Mann und auch nicht prüde, oder?"

Was hätte er dem entgegen setzen sollen? In den darauf

folgenden Stunden hatte er sich in einer Kneipe den schlimmsten Rausch seines Lebens verpasst und das Turteltaubenpärchen hätte ruhig noch etwas bleiben können, denn Rudi Lüke verbrachte die Nacht auf dem Polizeirevier.

Seine Samstagabende verliefen etwa so: Um kurz vor sechs Uhr machte er sich eine Dose mit einem Fertigmenü auf, vorzugsweise den 'Texanischen Feuertopf von Erasco, und machte die Pampe warm. Das Zeug verzehrte er dann während der Sportsendungen am frühen Abend. Nachdem er alle Fußballergebnisse auswendig gelernt hatte, stieg er unter die Dusche und machte sich frisch. Ganz wichtig war ihm immer das Zähneputzen wegen der Kussfrische. Dann zog er sich schick an und ging in seine Stammdisco. Er setzte sich immer an die Theke mit Blick zum Eingang. Denn, falls plötzlich das große Glück durch die Schwingtür kommen sollte, wollte er dies ja rechtzeitig mitkriegen. Wenn um drei Uhr morgens die Disco mit Rudi ihren letzten Gast rauswarf, trollte er sich, natürlich allein, nach Hause, zog sich aus und stellte das Radio an. Wenn ihm dann der alte Schlager 'Ungeküsst sollst du nicht schlafen gehn' um die Ohren gehauen wurde, schmiss er das Gerät in die Ecke, ging zum Kühlschrank, holte sich ein Bier raus und wusste plötzlich, was die alten Schwarzen meinten, wenn sie den 'Blues' hatten.

Die Kommissarin holte ihn aus seiner Grübelei.

„Was wollte der Besitzer denn eigentlich aus dem Gut machen? Es ist doch ziemlich runtergekommen und es hätte eine Menge Geld gekostet, es wieder in Schuss zu bringen. Wissen Sie darüber etwas, Herr Lüke?"

Rudi Lüke schaute sie lange und sehnsüchtig an, seufzte schwer und sagte:

„Ja, es sollte auch demnächst 'ne Menge gemacht werden. Wie gesagt, den Besitzer, also den Toten, habe ich ja nie kennen gelernt. Jedenfalls vorher nicht. Aber Leopold, seine rechte

Hand, hat so einiges angedeutet. Es sollte wohl ein Hotel werden. Der Umbau sollte sofort beginnen. Daher ja auch die ganzen polnischen Arbeiter."

„Was für polnische Arbeiter? Davon wissen wir noch nichts."

„Nein? Also, wahrscheinlich darf ich das gar nicht erzählen, aber jetzt ist ja auch alles egal. Aus der ganzen Sache wird ja sowieso nichts mehr. Und mein schöner Job als Hotelgeschäftsführer ist dadurch auch futsch!"

„Sollten Sie denn Geschäftsführer dieses Hotels werden?"

„Ja sicher! Das war doch besprochene Sache! War alles klar, bloß Hans-Leopold kam nicht mit dem Vertrag rüber. Der blöde Hund!"

„So, Herr Lüke, jetzt erzählen Sie mal alles über diese polnischen Arbeiter."

„Also, da sind vor etwa zwei Monaten so ungefähr zehn Polen zum Gut gekommen. Hans-Leopold hat mir erzählt, es seien Arbeiter, die das Gut wieder auf Vordermann bringen sollen. Wir haben die Leute dann im Wirtschaftsgebäude, das ist hinter dem Herrenhaus, einquartiert. Und da wohnen die seitdem."

„Und, was machen die so?"

„Nichts! Das wundert mich ja auch. Die sind dauernd auf Achse."

„Dann frage ich mich, wieso haben wir von den polnischen Arbeitern keinen gesehen"?

„Na ja, das Wirtschaftsgebäude liegt in dem kleinen Büschchen hinter dem Haupthaus und den Stallungen. Außerdem sind die Polen letzte Woche gefahren und sollen angeblich erst Sonntagnacht wieder kommen."

Plötzlich hatte Rudi Lüke eine Idee. Er war unschuldig und würde es beweisen: 'Diese Bullen sind doch alle unfähig und korrupt', dachte er, 'die brauchen einen Schuldigen.' Im Moment sah es so aus, als solle er das sein, aber er würde ihnen schon beweisen, dass er mit dieser Sache nichts zu tun hatte. Es fiel ihm eine Scheune ein, die stand etwa einen Kilometer vom Gut entfernt auf einem Acker. Sie war von den Polen grundrenoviert worden. Auch die Türen waren mit neuen Riegeln und Schlössern versehen worden. Für die sichere Lagerung des Handwerkszeugs und der Mischmaschinen und so weiter, vermutete er. Er wusste es nicht. Jedenfalls konnte er seitdem da nicht mehr rein. Hatte ihn aber auch nicht weiter interessiert. Was sollte er in einer alten Scheune? Er war sich auch gar nicht sicher, ob das alte Gemäuer überhaupt zum Gut gehörte. Unter den Polen war einer, der war wohl 'ne Art Chef, der hatte das große Sagen. Er konnte ihn vom ersten Moment an nicht ausstehen. Der hieß Zawacki oder so. Wie sich das schreibt wusste er nicht. Sigismund Zawacki. Den wollte er sich mal anschauen. Wenn er hier raus war. So ging er seinen Gedanken nach.

„Herr Lüke, jetzt hören Sie auf zu träumen! Das mit den polnischen Arbeitern hätten Sie uns auch schon früher sagen können. Ich habe den Eindruck, Sie behindern unsere Ermittlungen, wo Sie nur können!",sagte Maren Köster wütend.

Ihre Wut hatte mehrere Gründe. Einerseits kam sie in der Mordsache keinen Millimeter weiter, andererseits merkte sie mehr und mehr, dass dieser Lüke wohl wirklich nur aus Zufall über die Leiche gefahren war. Wenn sie es sich so recht überlegte, war die Vermutung unbegründet, dass Lüke den Zylinski erst erschoss, dann unter einen Busch packte, mit dem Rasenmäher drüber fuhr und dann die Polizei angerufen hatte.

So unlogisch, dass es schon wieder genial war. Lange könnte sie ihren Verdächtigen nicht mehr hier behalten. Sie hatte keinerlei Indizien gefunden und die Argumente, die sie vorbrachte wurden nach und nach entkräftet. Doch sie würde es noch einmal auf die harte Tour versuchen.

„Herr Lüke, für mich sind Sie der Mörder! Ich werde Sie jetzt abführen lassen und dann werde ich mich mit Herrn Gockel unterhalten. Den haben wir nämlich gefasst. Dann wollen wir doch mal sehen, wie lange Sie uns das Theater vom dummen Jungen hier noch vorspielen!"

Plötzlich sah Rudi Lüke einen Silberstreif am Horizont.

„Was, Sie haben Leopold Gockel? Dann werde ich hier keinen Tag länger im Knast bleiben. Der wird Ihnen schon sagen, dass ich mit der Sache nichts zu tun habe!"

„Oder er ist ihr Komplize", verunsicherte die Kommissarin ihn sofort.

Rudi Lükes Hoffnung fiel in sich zusammen wie ein Kartenhaus. Ihm kamen die Tränen. „Ich bin unschuldig!", schrie er Maren Köster hysterisch an. Diese ging jedoch scheinbar ungerührt zum Telefon, wählte eine Nummer und sagte: „Köster, bringen Sie Herrn Lüke bitte in seine Zelle."

Nachdem Rudi Lüke den Raum verlassen hatte, ging Maren Köster zu Axel Braunert ins Büro. Sie war geladen wie 'ne Knarre. „Na Axel, was gibt es Neues?"

Braunert sah sie an und fragte: „Willst du das wirklich wissen?"

„Was soll die dumme Frage, natürlich will ich das wissen! Hätte ich die Absicht dumm zu sterben, würde ich jetzt essen gehen!"

Axel Braunert hob beschwichtigend die Hände

„Ist ja schon gut, ich wollte dir nicht zu nahe treten!"

„Entschuldige Axel, dieser Rudi Lüke tritt mir auf den Nerven rum. Ich komme einfach nicht weiter. Entweder ist das ein ganz abgewichster Bursche oder ein völlig weltfremder Typ."

„Das letzte von beiden!" Axel legte der Kommissarin die beiden Vernehmungsprotokolle vor, die Schulte ihm über Hedwig Hansmeier hatte zukommen lassen.

Maren Köster nahm sich die beiden Papierstapel und überflog sie.

„Der Schulte ist wirklich ein guter Polizist", sagte sie danach sachlich. „Ich schlage mich drei Tage mit diesem Weichei Rudi rum und Jupp quetscht zwei sicherlich abgezockteren Typen ihre Geständnisse innerhalb von drei Stunden ab. Entweder bin ich ein bisschen blöde oder Frauen gehören wirklich nicht zur Polizei!"

Axel Braunert wunderte sich gleich in zweifacher Hinsicht. Maren Köster machte nicht alles nieder, sondern zollte Schulte ehrliche Anerkennung. Er legte ihr tröstend den Arm um die Schulter. Diese Nähe hatte er zu einer Frau schon seit fünfzehn Jahren nicht mehr gehabt und da war's seine Mutter gewesen.

„Wie er den Gockel weich gekriegt hat, weiß ich. Das hat mir Josef gestern auf der Fahrt nach Hannover erzählt. Und was deine Person angeht, von dir möchte ich nicht durch die Mangel gedreht werden. Ich habe wenige Polizisten und Polizistinnen kennen gelernt, die so gut und so hart sind und so planvoll vorgehen wie du."

Maren Köster starrte ihn mit aufgerissenen Augen an, sie verstand gar nichts mehr. Was war denn mit Braunert los?

Der redete weiter: „Was Rudi Lüke dir aufgetischt hat, hätte auch eine geniale Ausrede sein können, bzw. kann es immer noch sein. Wir haben eben im Moment nichts mehr gegen ihn in der Hand. Da kann man nichts machen. Wir nehmen uns gleich noch mal den Gockel vor. Danach werden wir die beiden wohl erst mal auf freien Fuß setzen müssen. Dann müssen wir uns die Sache noch mal neu durch den Kopf gehen lassen. Durch die beiden Protokolle, die uns Schulten Josef hat zukommen lassen, haben sich auch ein paar neue Aspekte ergeben. Die müssen wir einfach berücksichtigen."

„Du hast ja Recht, Axel. Lass uns einen Kaffee trinken, ich rauche eine von den drei Zigarillos, die ich mir im Monat zugestehe, dann machen wir weiter."

Maren steckte sich umständlich einen dünnen langen Zigarillo der Marke „Stadtgespräch" an und rauchte genüsslich.

Da Axel Braunert schon mal dabei war sie zu verwirren, setzte er sein Tun auch gleich erfolgreich fort.

„Da ist übrigens noch was! Josef Schulte hat dich und mich Sonnabend zum Essen eingeladen. Er kocht persönlich! Wir sollen um neunzehn Uhr da sein!"

Maren Köster starrte Axel Braunert an, als hätte er ihr gerade erzählt, er wünsche sich ein Kind von seinem Freund.

„Sag das noch mal! Schulten Jupp lädt uns zum Essen ein? Hat der sich 'ne neue Frittöse gekauft oder was ist in ihn gefahren?"

„Seit gestern bin ich mir nicht mehr so sicher, ob Pommes und Currywurst seine Grundnahrungsmittel sind. Obwohl er unbestritten eine echte Fachkraft in der Bewertung leistungsfähiger Imbissbuden ist. Das konnte ich gestern hautnah miterleben."

„Axel, was ist denn mit dir los, hast du was genommen?"

„Was meinst du, Drogen?", Braunert lachte. „Ich weiß nicht was mir schwerer gefallen ist. Meiner Mutter zu gestehen, dass ich schwul bin oder sie von meinem Berufswunsch, Polizist zu werden, in Kenntnis zu setzen. Beides hat mich schlaflose Nächte gekostet. Meinst du, nachdem das alles durchgestanden ist, setze ich meinen Job aufs Spiel und nehme Drogen? Kommst du also mit, oder nicht?"

„Klar komme ich mit! Diesen Überraschungsabend bei Prolet Schulte lass ich mir doch nicht entgehen! Ich bin dabei! Soll ich irgendwas mitbringen?"

„Also, ich habe gestern in der Frittenbude, in der ich mit Josef zu Mittag gegessen habe, eine Kiste Wein gekauft. Davon würde ich wohl vier Flaschen spendieren. Sie müssten zwar eigentlich noch ein paar Wochen liegen, damit der gute

Tropfen wieder etwas zur Ruhe kommt, aber in diesem besonderen Fall will ich mal sündigen! Die anderen beiden wollte ich mir allerdings noch etwas hinlegen."

Maren Köster verstand die Welt nicht mehr. Wollte Axel sie verarschen? Das war doch sonst nicht seine Art. Wein in einer Pommesbude gekauft, spinnt der? Sie schüttelte den Kopf, zog ihren Mantel an und sagte:

„Ich muss jetzt mal an die Luft, ich tue mir was Gutes, ich gehe zur Kantine des SOS-Berufsbildungszentrums essen. Da kenne ich mich nämlich aus!"

21

Maren Köster hatte nur wenig gegessen. Dabei war die Kantine des SOS-Berufsbildungszentrums in Detmold der Geheimtipp für gutes, aber günstiges Mittagessen. Doch der erfolglose Vormittag war ihr auf den Magen geschlagen. Sie war kein bisschen vorangekommen, musste ganz im Gegenteil die bis jetzt verfolgte Spur Rudi Lüke wahrscheinlich aufgeben. Denn sie war sich selbst gegenüber ehrlich genug um zu erkennen, dass dieser junge Mann wohl seine Macken hatte, aber nie und nimmer der Mörder des Herrn Zylinski war.

Der Form halber wollte sie ihn jedoch noch einmal sprechen.

Vorher war aber dieser Herr Gockel an der Reihe, den Jupp Schulte schon so weich gekocht hatte.

Leopold Gockel schien am Ende seiner Widerstandskraft. Er saß apathisch auf seinem Delinquentenstuhl und wartete auf den finalen Gnadenschuss.

„Herr Gockel, was haben Sie am Sonntagabend gemacht?"

Gockel schaute zu ihr auf.

„Das habe ich doch Ihrem Kollegen alles schon erzählt, diesem wilden Mann!"

„Herr Gockel, dies ist ein anderes Verhör, Sie werden jetzt von einer anderen Beamtin verhört, in einem anderen Fall. Es kann auch sein, dass sie Fragen doppelt oder auch dreifach beantworten müssen. Also los, wo waren Sie am Sonntagabend zwischen neun Uhr und Mitternacht?”

Im Stillen fragte sie sich, was Gockel wohl mit der Bezeichnung ‘Wilder Mann’ gemeint haben mochte. Wahrscheinlich Schultes Verhörmethoden, von denen sie schon häufiger gehört hatte, dass sie recht unkonventionell sein sollten.

Gockel stöhnte.

„Also gut! Ich war mit meiner derzeitigen Freundin so ab halb neun Uhr abends hier in Detmold im ‘Stuck’. Und dann...”

„Wie heißt Ihre Freundin?”

„Eva-Maria! Eva-Maria Tornede. Sie wohnt in Detmold, Gierstraße 13. Sie kann das alles bezeugen.”

„Waren Sie sonst noch mit jemandem zusammen? Denken Sie gut nach, das kann sehr wichtig sein.”

„Ja, mein Gehilfe war noch da. Rudi Lüke, der ewige Loser!”

Maren Köster atmete tief durch.

„Sie sind sich da ganz sicher? Herr Lüke war den ganzen Abend mit Ihnen zusammen in der Kneipe?”

„Aber ja! Er kam kurz nach mir in das ‘Stuck’. Wir haben dann den ganzen Abend zusammen gesessen und über alles Mögliche gequatscht. Zum Schluss, das muss so kurz vor Mitternacht gewesen sein, habe ich ihn mit ihrem Auto nach Hause gebracht. Das heißt zum Gut, denn dort wohnt der Trottel zur Zeit ja. Ich habe da, zusammen mit Eva-Maria, auch in einem Gästezimmer übernachtet. Das kann die alles bezeugen.”

„Gut, Herr Gockel! Wir werden Ihre Angaben selbstverständlich überprüfen. Nur noch eine Frage: Warum bezeichnen Sie ihren Mitarbeiter Lüke als Trottel und ewigen Loser?”

Gockel grinste.

„Weil er genau das ist! Alles was der Kerl anpackt, geht in

die Hose. Immer große Klappe, immer große Pläne! Aber in seinem ganzen Leben hat der Kerl doch noch nichts Ordentliches auf die Reihe gekriegt. Er ist ein Träumer. Und den Job als Geschäftsführer hätte der sowieso nicht bekommen. Nicht bei mir!"

„Arschloch!", dachte die Kommissarin. Jedoch rundete diese Aussage in etwa das Bild ab, welches auch Maren Köster von Rudi Lüke gewonnen hatte. Sie ließ Leopold Gockel von einem Wachtmeister abführen und rief bei Eva-Maria Tornede an um Gockels Alibi zu überprüfen.

Die Erklärungen der Frau Tornede deckten sich genau mit den Angaben Gockels.

„Ein wasserdichtes Alibi", dachte Maren Köster. „Wenn sein Rechtsanwalt hier eintrifft, dann zerreißt der uns in der Luft. Es gibt nicht den geringsten Grund, die beiden Kerle hier fest zuhalten."

Sie rief nach einigem Zögern Jupp Schulte an und teilte ihm ihre Überlegungen mit.

„Wir haben nichts Brauchbares gegen die beiden in der Hand! Sie haben einen festen Wohnsitz. Jeder Jurastudent im ersten Semester würde die rauspauken. Wir sollten uns diese Blamage ersparen und sie vorher laufen lassen!"

„Okay, ich sehe das genauso. Also weg mit Schaden, wie man so sagt. Ich muss jetzt übrigens ganz schnell zum Erkennungsdienst. Bei den Autodiebstählen kommt jetzt vielleicht etwas Bewegung in die Geschichte. Ich habe da jedenfalls eine kleine Spur. So langsam bekomme ich das Gefühl, dass unsere beiden Fälle, also euer Mord und meine Autos irgendwie zusammenhängen. Ich würde mich gar nicht wundern, wenn meine Autodiebe auch euren Geldsack auf dem Gewissen hätten. Denk mal an die Nummernschilder, die wir auf dem Anwesen gefunden haben. Und immerhin hatte auch die Sache Gockel was mit einem gestohlenen Auto zu tun."

„Laut Lüke sollen übrigens auf dem Gutsgelände eine ganze Menge Polen wohnen. Da werde ich mich morgen wohl noch mal auf dem Gutshof umsehen."

„Polen? Na, dann! Da haben wir doch den roten Faden! Heute gestohlen, morgen in Polen! Wenn das kein Zusammenhang ist!"

„Hör bloß mit dem Quatsch auf! Du bist ja 'n waschechter Rassist!"

„Ja, wenn es um rassige Frauen geht, dann bin ich's mit Leib und Seele. Vielleicht können wir ja heute Abend dieses Thema etwas vertiefen?"

„Du Arsch! Aber trotzdem danke für die Einladung am Samstag. Ich bin schon gespannt, ob's Mayonnaise oder Ketchup zu den Fritten gibt."

„Abwarten! Gehst du heute Abend wieder mit deinem hübschen Kollegen Axel aus?"

„Nein! Das heißt, natürlich ist er ein hübscher Kerl. Aber er hat was anderes vor. Er muss zum Polterabend seiner Cousine. Und ich werde mich gemütlich in die Sauna setzen."

„Da könnte ich doch mitkommen, oder?"

„Kannst du nicht, heute ist Donnerstag, da ist Frauen-Sauna. Keine Chance, mein Lieber!

„Frauen-Sauna, so'n Scheiß!", brummte Jupp Schulte, als er den Hörer aufgelegt hatte, „als ob ich denen was weggucken würde!"

Dann rief er den Staatsanwalt an und machte ihm den Vorschlag, die Herren Gockel und Lüke mangels Beweisen und mangels Flucht- und Verdunkelungsgefahr auf freien Fuß zu setzen.

22

Rudi Lüke und Leopold Gockel standen schmatzend vor 'Rudolfs-Rostbratwurst'-Bude und verspeisten die unangefochten beste Currywurst in Detmold und Umgebung.

Lüke rauchte beim Essen. Er überlegte, was wohl schlimmer war, die Verhöre durch Maren Köster oder die zwei rauchfreien Tage. Er hatte elende Entzugserscheinungen gehabt.

„Mensch," sagte er „die Sache ist noch nicht ausgestanden. Diese Kommissarin hasst mich wie die Pest, wenn die mir an die Flinte pinkeln kann, dann macht sie das. Für die bin ich der Mörder."

„Ja, Rudi! Du kannst froh sein, dass ich dich rausgehauen habe, wenn ich die Bullen nicht ordentlich auf den Topf gesetzt hätte, dann würdest du jetzt noch im Knast sitzen. Denen habe ich erst mal so richtig die Flötentöne beigebracht. Die können froh sein, dass ich meinen Freund Olmer nicht erreicht habe, sonst würden die jetzt schon wieder den Straßenverkehr im Fürstentum regeln. Mach dir keine Sorgen Rudi, nach meinem Auftritt lassen die dich garantiert in Ruhe."

„Mir ist egal, ob du da den Dicken gemacht hast oder nicht. Ich bin unschuldig und das werde ich beweisen. Ich verlasse mich nicht darauf, dass die den Fall lösen. Ich nehme die Sache jetzt selber in die Hand."

Gockel blinzelte ihn mit zusammengekniffenen Augen an. Die Idee war gar nicht so schlecht. Im Moment hatte er eh nichts zu tun. Zylinski war tot und es war nur eine Frage der Zeit, bis er sich mit den Erben auseinandersetzen musste. Es war sicher ein besserer Einstieg in die neue Struktur der Firma Zylinski, wenn er als derjenige auftreten könnte, der den Mord an seinem Chef gelöst hatte und nicht als derjenige, der das Frankfurt/Oder-Geschäft vermasselt hatte.

Es konnte natürlich auch sein, dass die Erben von Frankfurt/Oder gar nichts wussten. Er jedenfalls blickte da nicht mehr durch. Dieser „Scheiß-Zylinski“ hätte ihm ruhig etwas mehr erzählen können. Na, jedenfalls würde er sich erst mal so verhalten, als gehöre ihm der Laden von Zylinski. Zumindest so tun, als sei er der Geschäftsführer.

„Wie willst du das denn machen? Meinst du, du wärst besser als die Bullen?“

Lüke steckte sich eine neue Zigarette an.

„Na, weißt du etwa, was die ganzen Polen auf dem Gut machen? Von Renovieren habe ich noch nichts gesehen. Und was ist in der Scheune, die hinter dem Gut liegt, an der Straße nach Horn-Bad Meinberg? Die ist jetzt abgeschlossen. An der Tür ist ein nagelneues Schloss angebracht worden. Das ist das einzige, was unsere polnischen Freunde an Arbeit geleistet haben. Neulich, als ich nachts nach Hause fuhr, brannte da Licht. Sag' mal, gehört die Scheune überhaupt zum Gut oder zu einem der Bauernhöfe in der Gegend? Und zu guter Letzt, wieso kurvst du mit einem gestohlenen Auto durch die Gegend? Ach ja, dann ist da noch was. Dieser Chef von der Truppe, Siegesmund oder wie der heißt, dem trau ich nicht von zwölf bis mittag. Gleich morgen fange ich an mir die Geschichte aus der Nähe anzusehen! Den Job auf dem Gut bin ich wahrscheinlich sowieso los. Und Knast? Nur weil die Bullen einen Täter brauchen? Nee, danke! Darauf habe ich echt keinen Bock.“

„Du glaubst doch wohl, dass die Bullen schon alles auf den Kopf gestellt haben. Da kommst du doch viel zu spät.“

„In den eigentlichen Gutsgebäuden ja, da haben sie aber außer ein paar Nummernschildern nichts gefunden und die ganzen polnischen Arbeiter sind ja letzte Woche weggefahren, wohin auch immer. Von denen haben sie keinen zu Gesicht bekommen. Die sind auch erst kommenden Sonntag wieder zurück. Das hat mir dieser Siegsmund, oder so ähnlich, gesagt. Darum hatte ich auch für die ganze Truppe keine Lebensmittel eingekauft. Das war wahrscheinlich der Grund, warum den Bullen entgangen ist, dass es noch andere Gutsbewohner gibt, außer uns. Was die Polen angeht, da habe ich mich bei dem Verhör, bei dieser Köster verplappert. Aber das ist nicht so schlimm. Ich kann diese Burschen ja eh nicht verhören. Das soll diese Bullenziege und ihr Dressman mal selber machen. Von der Scheune jedenfalls habe ich nichts erzählt. Die nehme ich mir morgen früh sofort vor. Noch bevor die Jungen aus Warschau wieder angerückt sind.“

„Rudi, verbrenne dir bloß nicht die Finger! Aber ich helfe dir, ich habe in den nächsten Tagen keine Termine und warum ich mit einem geklauten Auto durch die Gegend gejuckelt bin, aber nichts davon gewusst habe, interessiert mich auch. Was deinen Job angeht, da mach dir mal keine Sorgen. Ich habe dich angestellt, da kann dir gar nichts passieren.“

Rudi Lüke drückte seine Zigarette aus und schaute sein Gegenüber zweifelnd an. „Komm, lass uns zum Gut fahren. Wir können dann ja in ‘Heitmanns Schenke’ gehen und da einen Absacker trinken. Ich habe jedenfalls keinen Bock jetzt auch noch mit einem Bier zuviel erwischt zu werden. Die Bullen stehen doch garantiert hinter der nächsten Ecke, in der Hoffnung, mir einen reinzusemmeln, nachdem ich die heute so lang gemacht habe“, schmunzelte Gockel. Da fiel ihm ein, dass er ja gar kein Auto mehr hatte.

„Sag mal, Rudi, wie kommen wir eigentlich hier weg, ich habe doch im Moment kein Auto?“

„Ich denke, wir müssen ein Taxi nehmen.. Wir können ja zusammenschmeißen! Ich muss aber eben an den Automaten. Hast du etwas Kleingeld? Ich zahl dann die Fahrt.“

Nachdem sich die beiden am Gut hatten absetzen lassen,

drehten sie erst mal eine Runde. Doch auf dem Anwesen schien alles unverändert zu sein. Kein Mensch war zu sehen oder zu hören.

„Heute gehen wir aber nicht mehr zur Scheune," sagte Lüke und suchte nach seinem Feuerzeug. „Mir reicht es. Noch zwei Bier und dann schlafe ich mich erst mal richtig aus. Die Nacht im Knast hat mich doch mehr geschlaucht als ich dachte."

Gockel dachte: „Das kann man wohl sagen."

Er enthielt sich aber jeden Kommentars.

In Heitmanns Schenke angekommen, drückten sie sich in eine dunkle Ecke zwischen Theke und Garderobe und bestellten zwei Bier. Sowohl Kneipe als auch Publikum waren so ganz anders als in den Detmolder 'Schicki-Micki'-Kneipen. Der Wirt hatte das Gasthaus von seinem Vater übernommen. Er war nie etwas anderes als Dorfkneiper gewesen. Wenn etwas in der Gegend geschah, war er einer der Ersten, die es wussten. Er hörte viel und sagte wenig. So mancher Bauer hatte hier im besoffenen Kopf schon Geheimnisse ausgeplaudert. Aber Heitmanns Paul erzählte selten etwas weiter. Das schätzten die Menschen hier. Sie vertrauten dem Wirt und so kam mancher nach getaner Stallarbeit hierher und verschaffte sich die nötige Bettschwere. Fremde wurden meist argwöhnisch beobachtet und das ein oder andere Gespräch verstummte vorübergehend, wenn jemand den Raum betrat, der nicht zur Gemeinschaft gehörte. Doch heute Abend war es anders.

„Paul, noch 'ne Runde! Morgen erfülle ich mir den Wunschtraum meines Lebens! Ich hab lange chespart und morgen chibt es einen niegel nagel neuen Benz mit allem Drum und Dran! Heute war ich auf de Kasse und habe die fuffzichtausend Mark schon abcheholt und im Schrank unter meinen Sonntagshut versteckt und morgen chibt es das neue Auto!", grölte ein total besoffener Rentner.

Paul Heitmann ging zum Tisch und sammelte die leeren Gläser ein. Ihm war nicht so ganz geheuer, dass dieser Mann jedem, der es hören wollte, erzählte, wie viel Geld er im Hause hatte und wo es versteckt war. Heute waren auch noch zwei Fremde in der Kneipe, die er noch nie gesehen hatte. Er versuchte also das Thema zu wechseln, indem er Gockel ansprach, den er mittlerweile ganz gut kannte.

„Sach mal, was is denn auf den Gut passiert? Ham‘ se den Zylinski umchebracht? In ne Zeitung stand, dass se euch verhaftet hätten. Wat is denn da nun?“

Gockel setzte zu einer seiner Geschichten an, während gleichzeitig die zwei Fremden den Schankraum verließen. Keiner merkte es, außer dem Wirt. Der ging ans Fenster, als wolle er nur prüfen, ob es richtig verschlossen war. Dann ging er zum Tisch, an dem die beiden Männer gesessen hatten, sammelte die beiden Gläser ein und stellte sie scheinbar achtlos auf den Schrank hinter den Tresen.

Es war schon weit nach Mitternacht, als sich Lüke und Gockel auf den Heimweg machten. Sie waren kaum hundert Meter gegangen, oder besser gesagt gewankt, da raste ein Polizeiwagen mit Blaulicht an ihnen vorbei.

„Ach du Scheiße!“, sagte Rudi Lüke kreidebleich. Er warf die Kippe in den Straßengraben, „Wollen die uns schon wieder verhaften? Ich glaube, ich verdrücke mich lieber.“

„Quatsch! Kuck doch, die biegen rechts ab, sie fahren ins Dorf. Komm, wir gehen schlafen, damit haben wir doch nichts zu tun.“

23

„Ja, wir machen eine Reise...“, dröhnte es durch den Saal. „Duuurch den Teutoburger Wald...“

Die Stimmung schwappte dem Höhepunkt entgegen. Lachen, Gläserklirren, Gespräche, alle Geräusche verbanden sich aufs Frivolste mit dem absoluten Highlight eines jeden ostwestfälischen Polterabends: 'Die Reise durch den Teutoburger Wald'! Intoniert von einer Zweimann-Kapelle, Schlagzeug und Hammond-Orgel. Diese Hardcore-Polonaise, immer rund herum, von Strophe zu Strophe peinlicher werdend, war nur sternhagelvoll zu ertragen. Aber diese Voraussetzung erfüllten die meisten Gäste souverän.

Axel Braunert saß reichlich verloren am Ende eines langen Tisches und starrte verzweifelt in das chaotische Treiben. Wieder einmal fragte er sich, wie er in diesen bekloppten Film kam. Dies hier war nun also seine Verwandtschaft! Tante Käthe und Onkel Hans und Vetter Hubert, und...und. Und natürlich seine mopsige Cousine Friederike, die morgen vor den Traualtar treten will und die ab morgen nicht mehr Braunert sondern Heiermeier heißen würde und hier eigentlich die Hauptperson war. Alles brave Steuerzahler. Jetzt hüpften sie blöd grinsend umher und grölten: „...Nasi, Nasi, Nasi, Nasi...". Das war aber nicht etwa der Wunsch nach dem bekannten indonesischen Reisgericht, sondern der Anlass zu erwartungsvollem Gekicher. Dabei wandte sich Tante Klara ihrem Nebenmann, Kleinschmidts Heinz, zu und rieb doch tatsächlich ihr gepudertes Stubsnäschen an dessen rotglühender Knolle.

Braunert beglückwünschte sich wiederum an dieser zweifelhaften Belustigung gar nicht erst teilgenommen zu haben. Obwohl ihn das doch einige Minuspunkte in der Verwandtschaft gekostet hatte.

„Bei sowat musse einfach mitmachen!", hatte ihm der gutmütige Onkel Herbert gesagt. „Willsse denn kein Spass haben?" Irgendwann gab er auf.

Fröhlich singend und vor Glück speckig glänzend kam jetzt

Friederike und setzte sich zu ihm. Axel war ihr Lieblingscousin.

„Na, Axel, wie findest du ihn?“, fragte sie und knuffte ihn mit dem Ellenbogen in die Seite.

„Wen meinst du denn?“

„Na, Harald, meinen Bräutigam! Los, sag’ schon, wie findest du ihn?“

Einen kurzen Augenblick durchfuhr Axel Braunert die Schreckensvorstellung, seine Verwandtschaft wisse von seiner Homosexualität. Und die Frage wäre an ihn als Fachmann für Männerbewertung gestellt. Aber das war kaum denkbar.

„Netter Kerl, dein Harald“, redete er sich vorsichtig raus.

„Ja, ne? Und gut aussehen tut er auch! Okay, er kommt zwar mit dir nicht mit, aber du bist ja auch ‘ne Ausnahmeerscheinung. Komisch, dass du immer noch solo bist. Also, wenn ich nicht deine Cousine wäre, dann...“

Solche Gespräche mochte Axel ganz und gar nicht.

„Weißt du was, Axel? Wenn ich morgen aus der Kirche komme, dann werfe ich meinen Brautstrauß in deine Richtung und du fängst ihn auf. Sollst mal sehen. Dann bist du der Nächste, der heiratet. Sag schon, wie findest du das?“

Jetzt wurde es höchste Zeit, das Gespräch zu beenden.

„Du verstehst schon, das viele Bier“, grinste er entschuldigend, zeigte Richtung Klo und stand auf.

Als er dann vor der weißen Wand stand und sich um etliche Biere erleichterte, hörte er, wie die Kapelle die Strophe: „Arschi, Arschi, Arschi, Arschi...“ anstimmte und der ganze besoffene Mob den Refrain mitbrüllte. Axel grauste es bei der Vorstellung, jetzt Hintern an Hintern reibend, auf der Tanzfläche zu stehen und so zögerte er seinen Verbleib im Herrenklo solange hinaus, bis der Gesang abbrach und die fröhlichen Tänzer sich wieder an die Tische zu setzen schienen.

Die wackere Zweimann-Kapelle machte Pause an der Theke und dadurch kamen wieder Gespräche in Gang, denen auch Axel Braunert sich nicht entziehen konnte. Es zeigte sich, dass er mehrere Tanten hatte, die sich ernsthafte Sorgen machten, weil ihr Neffe noch immer nicht unter der Haube war. „Dabei ssieht'er sso chut aus!", schwärmte Tante Agathe. „Waascheinlich kann'er ssich nich entscheiden bei der chanzen chroßen Auswahl."

Nur seine Mutter hielt sich zurück, schließlich wusste sie als einzige um die besonderen Vorlieben ihres Sohnes. Und das durfte ja um Himmelswillen nicht raus kommen!

Eine Zeitlang hielt sich Axel tapfer. Dann machte er einen Fehler. Es war eine Schutzbehauptung, reine Notwehr, um den unerträglich wohlmeinenden Tanten zu entgehen.

„Ich weiß gar nicht, was ihr wollt! Ich bin bereits in festen Händen! Vielleicht lernt ihr sie schon bald kennen."

Whow! Die Tanten waren platt! Aber anstatt jetzt die Klappe zu halten, drangen sie jetzt mit Fragen auf ihn ein: 'Wie sieht 'se denn aus? Wann kommt 'se denn mal? Wann heiratet ihr denn?

Braunert geriet immer mehr unter Druck. Er hatte sich in eine unmögliche Situation gebracht. Was machen? Als Polizist war er schon häufig in schwierigen Situationen gewesen und hatte sich da eigentlich immer gut behauptet. Aber gegen ein ganzes Rudel angetrunkener Tanten? Keine Chance!

Dann kam ihm ein Gedanke. Vielleicht klappte es ja. Wieder täuschte er ein dringendes Bedürfnis vor, ging dann aber in einen anderen Raum zum Telefon. Hier wählte er die Nummer von Maren Köster.

„Weißt du Idiot, wie spät es ist?", schrie sie durch die Leitung. „Es ist schon nach Mitternacht und ich schlafe seit zwei Stunden."

„Maren, hör bitte auf zu schreien! Ich weiß, es klingt total verrückt, aber du musst mir jetzt einfach helfen. Kannst du mir mal zwei Minuten zuhören?"

„Okay, aber mach's spannend, sonst schlafe ich wieder ein", gähnte sie.

Braunert erklärte ihr ausgiebig seine akute Notlage. Erst war es auf der anderen Seite eine ganze Zeit völlig still. Dann brüllte Maren Köster vor Lachen. Sie kriegte sich kaum wieder ein.

„Entschuldige Axel, aber das ist ja zu drollig. Und wie soll ich dir da jetzt helfen?"

„Du musst hierher kommen und mich hier rausholen! Dann tun wir so, als wärest du meine Freundin."

„Mensch, ich stehe hier im Nachthemd am Telefon. Soll ich mich jetzt wirklich komplett anziehen, mich am besten noch schminken und durch die kalte Nacht in eine Kneipe fahren und mich von lauter Besoffenen angrabbeln lassen?"

„Maren, bitte..."

Nach einigen Sekunden Stille:

„Okay, aber das kostet einen und nicht zu knapp! Wie heißt deine Kneipe und wo ist sie?"

„Maren, du bist..."

„Halt den Mund!"

Zwanzig Minuten später war Axel Braunert befreit. Maren war plötzlich die Attraktion der Feier. Wie sie das alles in der kurzen Zeit geschafft hatte, war ihm ein Rätsel. Aber seine Kollegin sah aus, als hätte sie sich stundenlang auf ihren Auftritt vorbereitet. Im Auto wollte Axel sich bedanken, doch Maren Köster bebte vor Lachen.

„Das war ja herrlich! Diese blöden Gesichter! Wann heiraten wir eigentlich?"

„Maren, ich ..."

„Schnauze! Also wenn schon, denn schon. Zu dir nach Hause bringe ich dich jetzt nicht. Das ist mir zu weit. Wenn wir schon als Verlobte gelten, kannst du auch bei mir schlafen."

Axel Braunert guckte sie blöde an.

„Auf dem Sofa natürlich! Ganz brav. Und morgen lädst du mich in den 'Lippischen Hof' ein. Klar?"

Axel nickte.

„Zu der Hochzeit gehe ich morgen jedenfalls nicht!"

24

Am nächsten Morgen saßen die beiden Polizisten in Maren Kösters kleiner und ziemlich unaufgeräumter Küche und frühstückten. Während ihr der Zustand ihrer Wohnung furchtbar peinlich war, bemerkte Braunert davon wenig. Sein Schädel brummte. Ihm stand der Polterabend noch ins Gesicht geschrieben. Er verschaffte sich gerade eine Unterlage für die schon bereitgelegten Kopfschmerztabletten.

„Nochmals, danke, dass du mich aus dieser Situation gerettet hast. Ich bin mir zwar sicher, dass ich durch diese Schein-Beziehung meine Situation langfristig nicht unbedingt verbessert habe, aber die blöden Gesichter von einigen Verwandten waren es wert."

„Also weißt du, einige deiner Tanten sahen so aus, als wenn sie ausgezeichnete Torten backen könnten. Ich bin also gern mal wieder bereit einzuspringen, wenn es nicht gerade um Mitternacht ist."

„Das ist nett von dir, Maren. Aber am liebsten würde ich der ganzen Verwandtenmischpoke auf den Kopf zusagen, dass ich schwul bin. Aber meine arme alte Mutter ist noch nicht so weit. Außerdem kriege ich diesen Kerl in Uniform nicht mehr aus dem Kopf. Das macht mir ernsthaft Probleme. Ich habe mir immer geschworen, nie was mit Kollegen anzufangen und jetzt trifft mich diese Sache wie ein Tiefschlag. Maren, ich gehe echt am Stock."

Maren Köster kannte Braunert gut, doch wenn er sein Interesse für Männer so offen aussprach, hatte auch sie so ihre Schwierigkeiten. Sie erinnerte sich noch an eine Party bei ihm. Zu vorgerückter Stunde knutschte Axel mit seinem damaligen Freund. Das war ziemlich gewöhnungsbedürftig für sie. Obwohl sie sich für tolerant und aufgeklärt hielt, kam sie in solchen Situationen emotional doch an ihre Grenzen und es überfiel sie eine gewisse Unsicherheit.

„Also ehrlich gesagt, Axel. Ich würde mir diesen Typen an deiner Stelle auch aus dem Kopf schlagen! Nicht auszudenken wenn Olmer herausbekäme, dass du schwul bist. Der würde dich doch schikanieren wo er nur könnte. Also, halt bloß die Finger bei dir."

Sie wollte jetzt nicht weiter mit ihm über dieses Thema reden. Zum Beispiel über die naheliegende Frage, ob denn dieser begehrte Kollege überhaupt vom selben Ufer ist wie Braunert. Schließlich ist das ja nicht unbedingt der Normalzustand. Also wechselte sie schnell über zum bevorstehenden Tagesgeschäft. „Mal was anderes. Wenn wir hier schon zusammen frühstücken, wie gehen wir denn mit unserem Mord weiter um?"

„Ich habe mal nachforschen lassen, ob unser Opfer noch Angehörige hat. Aber bis gestern Abend sind wir noch zu keinem Ergebnis gekommen. Mal sehen, ob die Kollegen vom Amt heute was liefern."

„Ich würde vorschlagen, dass wir uns heute noch mal das Gut und dann die ganzen Betriebe von Zylinski vornehmen. Der hat ja in den letzten Jahren eine Betriebsaufspaltung nach der anderen vorgenommen. Ich habe mir gestern einen Auszug aus dem Handelsregister besorgt. Bis wir das alles auf gedröselt haben, das dauert. Ich kann mir auch vorstellen, dass unser Zylinski nicht nur Freunde hatte. Der hat mit Sicherheit den ein oder anderen beschissen."

Maren Köster trank den letzten Schluck Kaffee aus ihrem Becher.

„Komm, lass uns mal los, dein Auto holen wir heute Abend, bevor du mich zum Essen einlädst."

„Moment, ich muss erst noch was für meinen Kopf tun. Hast du etwas Wasser?"

25

Rudi Lüke wurde durch heftiges Klopfen an der Pforte geweckt. Er saß senkrecht im Bett, ließ sich jedoch gleich wieder nach hinten fallen. Der Kopf dröhnte ihm und die Sonnenstrahlen, die durch das Fenster schienen, empfand er wie Lasergeschosse, die ihm den Schädel zu spalten versuchten. Dann wieder dies unerträgliche Klopfen. Er weigerte sich aufzustehen und zog sich das Kissen über Augen und Ohren. Doch das Pochen an der Eingangspforte wurde immer lauter. Es schien ihm, als schlüge jemand mit einem Fünfhundertgramm-Hammer gegen die Tür.

Also entschloss sich Rudi Lüke aufzustehen. Er schleppte sich zum Hauseingang. Dass er nur mit Boxershorts bekleidet war, interessierte ihn wenig. Als er öffnete wurde ihm gleich ein Polizeiausweis unter die Nase gehalten. Auf der anderen Seite der Tür stand ein unrasierter Typ in Dufflecoat, Jeans und Wanderschuhen. So ganz das Gegenteil von Axel Braunert und Maren Köster. Der Mann grinste.

„Hauptkommissar Schulte. In der Nacht ist im Dorf ein Diebstahl begangen worden. Da haben mich die Leute an Sie verwiesen!"

„An mich?!", Lüke riss Mund und Augen auf. „Was habe ich nur am Leibe, dass mir jedes Verbrechen in der Gegend in die Schuhe geschoben wird?"

„Am Leibe haben Sie fast gar nichts! Herr Lüke, vermute ich?"

Rudi Lüke nickte blass.

„Sie persönlich sind nicht verdächtigt worden. Aber heute Nacht ist bei einer Familie Katenbrink eingebrochen worden. Die Täter wurden vom Herrn des Hauses überrascht. Der liegt jetzt mit einer schweren Gehirnerschütterung im Klinikum. Er kann sich aber noch daran erinnern, dass die Täter polnisch oder russisch gesprochen haben. Daraufhin gab mir Frau Katenbrink den Tipp, mal hier im Gut vorbeizufahren, denn hier sollen ja polnische Arbeiter untergebracht worden sein.",„Ich habe auch eine schwere Gehirnerschütterung.", witzelte Lüke matt. „Jedoch nicht, weil mir jemand eins über den Schädel gehauen hat, sondern weil eins der Biere, die ich gestern Abend getrunken habe, wohl schlecht gewesen sein muss. Kommen Sie rein. Ich brauche jetzt erst mal einen Kaffee. Bevor ich den nicht getrunken habe, sage ich gar nichts mehr. Wie spät haben wir es denn eigentlich?"

„Gleich acht!", sagte Schulte und trat in den Hausflur.

Lüke war froh, dass er nicht gleich wieder als Täter gehandelt wurde. Mit diesem Bullen konnte man ja anscheinend sogar reden.

In dem Moment kam Leopold Gockel von oben. Er steckte in einem schwarzen seidenen Morgenmantel. Ansonsten sah er aus, als hätte ihn jemand mit der Dampfwalze überfahren.

„Gegen eine Zecherei wie die gestrige kann auch keine Sonnenbank anstinken", dachte Rudi Lüke. Ihn fröstelte. In diesem Moment fiel ihm ein, dass er ja nur mit Boxershorts bekleidet war und in dieser Nacht hatte es gefroren.

Gockel machte ihn an:„Ey, du Idiot! Was machst du denn um diese Zeit für einen Krach? Hast du nicht mehr alle Ferkel im Rennen, oder was?"

Da sah er Josef Schulte. Er glotzte ihn an. „Herr Hauptkommissar, ich dachte, die Sache sei erledigt. Was ist denn jetzt schon wieder passiert?"

„Abgeschlossen ist noch gar nichts. Wir haben im Moment lediglich keinen Platz für Sie, Herr Gockel. Beendet ist der Fall erst, wenn wir den oder die Täter gefasst haben. Bis jetzt sind Sie noch nicht aus dem Schneider!"

Gockel sackte in sich zusammen. Er sah aus wie ein Schluck Wasser in der Kurve.

„Wenn die wüssten, dass Kösters Mädchen sicher auch schon im Anmarsch ist, dann bestünde bei diesen beiden Experten akute Fluchtgefahr", dachte er bei sich. Aber davon wollte er erst mal nichts sagen. Schließlich wollte er keine schlafenden Hunde wecken. Jetzt würde er erst mal ein paar Tassen Kaffee trinken, die beiden noch ein bisschen aushorchen und, wenn er Glück hatte, sah er ja noch Maren. Der könnte er dann etwas Arbeit abtreten. Sie brauchten ja nicht gleich zu dritt nach polnischen Arbeitern suchen. Vielleicht blieb auch noch die Chance ein bisschen zu baggern. Er wusste auch nicht, was mit ihm los war. Er dachte im Moment öfter an seine hübsche Kollegin als an die Autodiebstähle. Hoffentlich machte er da nicht den einen oder anderen großen Fehler, nur weil er diese Frau nicht aus seinem Kopf kriegte. Er konnte sich noch an frühere Fälle erinnern, da grübelte er Nächte über mögliche Lösungsmöglichkeiten. Ihm wurde ganz mulmig. Polizisten sind eben auch nur Menschen, daran ändern irgendwelche Beamtengesetze auch nichts.

In diesem Moment wurden seine Gedankengänge durch Lükes Zähneklappern gestört.

„Ziehen Sie sich doch erst mal was an, Herr Lüke! Sie frieren sich ja noch einen ab. Herr Gockel kann mir ja schon mal den von Ihnen versprochenen Kaffee kochen!" Er grinste diesem frech ins Gesicht. Der war aber noch völlig baff durch den unerwarteten Auftritt Schultes. So ging er brav vor in die Küche.

Während Gockel nervös das Kaffeepulver in den Filter füllte, fragte er: „Was ist denn nun noch? Ich habe das Auto wirklich nicht gestohlen. Mit dem Tod von Herrn Zylinski habe ich auch nichts zu tun. Ich muss mich sowieso um einiges kümmern. Soviel ich weiß, hat er keine Angehörigen. Die Geschäfte müssen aber weiter gehen, schließlich hängt auch eine Menge Geld davon ab!"

„Ja, Herr Gockel. Über Ihre Geschäfte wollte ich mich auch

noch mit Ihnen unterhalten. Aber mir ist leider etwas dazwischen gekommen. Wissen Sie, im Dorf ist nämlich heute Nacht eingebrochen worden und die Spur führt direkt zu Ihnen!"

„Zu mir? Nur weil mich die Bullen gestern auf dem Heimweg gesehen haben, soll ich verdächtig sein, das ist doch der absolute Quatsch!"

„Erstens mal, Herr Gockel, Polizisten. Nicht Bullen, Polizisten!" Er drohte mit dem Finger. „Und wieso sind Sie von Polizisten gesehen worden? Davon weiß ich ja noch gar nichts."

„Rudi und ich waren doch noch in Heitmanns Schenke. Nach den Aufregungen der letzten Tage mussten wir erst mal ein paar Bier trinken. Der Laden war rappelvoll. Ich glaube, die ganzen Bauern hatten Ausgang. Ob da Jagdversammlung war, oder was? Ich weiß es nicht! Na, wir kamen so gegen zehn, kann auch etwas später gewesen sein. Da erzählt gerade einer, besoffen wie ein Strick, dass er sich heute ein neues Auto kaufen wolle. Der war so blöd, der hat sogar gesagt, wo er wohnt und wo er das Geld liegen hat. Da hat der Wirt uns angesprochen und sich nach dem Mord erkundigt. Damit war der Typ abgemeldet. Na, die wollten eben alle hören, was auf dem Gut passiert war. Und auf dem Heimweg fuhr ein Polizeiwagen mit Blaulicht an uns vorbei."

„Sagen Sie Herr Gockel, wo hat denn der Mann gewohnt, der sich ein neues Auto kaufen wollte?"

„In der Schnat, drittes Haus, rechte Seite."

Josef Schulte dachte: „In der Schnat war auch der Einbruch." Er war zwar noch nicht am Tatort gewesen. Die Fakten die er hatte, kamen von den Kollegen in Uniform, die in der Nacht den Fall bearbeitet hatten. Aber er würde gleich vorbeifahren. Frau Katenbrink war um zehn wieder zu Hause. Sie war noch mal zum Krankenhaus, ihrem Mann etwas zum Anziehen bringen. Um die Kinder kümmerte sich die Oma.

Nun kam Rudi Lüke zur Tür herein. Er steckte sich eine

Zigarette an, ging zum Schrank und stellte drei Kaffeebecher auf den Tisch. Er sah in den Kühlschrank.

„Die Milch ist natürlich schlecht geworden!"

Wütend knallte er die Tür zu. In diesem Moment klopfte es wieder an der Haustür.

Schulte wurde unruhig. Er konnte sich denken, wer da draußen vor der Tür stand.„Nein, Sie schon wieder?", hörte Schulte Lüke entsetzt aufschreien.

„Ja, ich!", ertönte darauf hin die Stimme Maren Kösters. Schulte wurde es ganz weich in den Knien.

„Lassen Sie die Tür ruhig auf. Kommissar Braunert kommt auch noch. Außerdem noch einige Kollegen. Wir wollen uns die Örtlichkeiten noch ein bisschen näher ansehen. Hier ist ein Durchsuchungsbefehl."

„Na, dann kommen Sie mal rein"! Rudi Lüke war kecker als vermutet. „Ihr Kollege ist auch schon hier."

Maren Köster sah Lüke verwundert an und folgte ihm in die Küche.

„Josef, läufst du mir nach oder was machst du hier?", grinste sie.

Schulte wurde rot. Das war ihm schon seit Jahren nicht mehr passiert. Er merkte es und setzte, um es zu überspielen, das frechste Lächeln auf, das er in dieser Situation hinbekam.

„Du, Maren! Ich muss dich unbedingt unter vier Augen sprechen. Ich kann es nicht hinausschieben, bitte, lass uns an einen ungestörten Ort gehen."

Jetzt wurde auch Maren Köster rot. Dann wurde sie wütend. „Schulte, was soll der Scheiß?"

Er zog sie jedoch auf den Flur und fragte über die Schulter: „Gibt es hier ein Zimmer, in dem ich mit Frau Köster ungestört reden kann?"

Rudi Lüke öffnete die Tür zu dem jämmerlichen Büro, das ihm Gockel zugewiesen hatte.

„Wenn Kommissar Braunert kommt, schicken Sie ihn bitte auch hier her!"

Josef Schulte schloss die Tür.

„Mann, was ist los? Monatelang sehe ich dich nicht und jetzt habe ich das Gefühl, du stellst mir nach."

„Wir haben eben jeder einen Fall zu bearbeiten, der mit dem des anderen zu tun hat. Vielleicht ist es sogar ein und derselbe. Also, pass auf! Letzte Nacht hat es unten im Dorf einen Einbruch gegeben und die Täter sprachen angeblich russisch oder polnisch. Die Geschädigten gaben uns einen Hinweis, der zum Gut führt. Da ich wusste, dass du heute Morgen den Laden hier eh auf den Kopf stellst, wollte ich dir nicht in die Quere kommen, dich aber bitten, diesen Überfall von letzter Nacht mit zu berücksichtigen. Hier habe ich ein Protokoll von den Kollegen der Nachtschicht bekommen. Mehr weiß ich auch nicht. Der Mann liegt im Klinikum und die Frau ist heute Morgen erst bei ihm. Die Spurensicherung ist im Haus und die Aussage haben die Kollegen von der Streife aufgenommen."

„Josef, mit dir kann man ja richtig gut zusammenarbeiten! Tut mir leid, dass ich eben so grob zu dir war. Ich dachte, du wolltest mich verarschen. Es hätte mich wirklich gestört, wenn du jetzt auch noch in einer anderen Sache hier ermittelt hättest. Ich kümmere mich um den Bruch, wenn ich was in Erfahrung bringen sollte, sage ich dir selbstverständlich Bescheid."

Maren Köster war verlegen.

Sie dachte: 'Was bin ich doch für eine dumme Kuh. Der Schulte lacht sich tot über mich. Der denkt doch jetzt sicher, dass ich der Meinung bin, er wolle was von mir.'

Er wusste, dass dieser Punkt an ihn gegangen war

„So, Maren, ich mache mich vom Acker, ich glaube, ich habe eben einen neue Spur gefunden. Also, wir hören voneinander."

In dem Moment ging die Tür auf. „Moin Axel, und Tschüss!“ Damit ließ er einen verblüfften Axel Braunert einfach stehen.

Josef Schulte war sich sicher, dass der nächste Kontakt zwischen ihm und Maren Köster von der Kommissarin aufgenommen werden würde. Er steckte noch schnell den Kopf durch die Küchentür und sagte: „Bis dann, die Herren.“ Er hatte dabei jedoch das Gefühl, dass die beiden dachten: „Muss nicht sein.“ Er verließ pfeifend das Haus.

26

Auf dem Hof sah er auf seine Uhr. „Mit etwas Glück erwische ich den Kneiper von Heitmanns Schenke ja schon. Der muss heute Morgen sicher schon einige Bauern mit einem Schluck Wacholder versorgen, damit das Tagwerk auch lokker von der Hand geht. So Dorfkneiper müssen etwas früher aufstehen als die von den Studenten- und Schicki-Micki-Läden in Detmold.“

Er hatte richtig vermutet. Als er den Gastraum betrat, war der Wirt gerade dabei Gläser zu polieren. Trotz morgendlicher Kälte hatte er die Fenster auf Kipp gestellt und lüftete durch. Den Hauptkommissar fröstelte.

„Morgen!“

Paul Heitmann nickte.

Er sah auf und fragte: „‘n Bier?“

Schulte winkte ab und zeigte dem Mann hinter dem Tresen seinen Polizeiausweis.

Der Wirt sah ihn an und fragte:„Wegen des Toten auf dem Gut?“

„Nein! Das ist nicht mein Fall, bis jetzt jedenfalls noch nicht. Ich komme wegen eines Einbruchs in der Schnat.“

Der Wirt sah ihn mit zusammengekniffenen Augen an. „Wo?“

„In das dritte Haus auf der rechten Seite.“

„Bei Braukmanns Theo?“

„Nein, bei einer Familie Katenbrink.“

„Ach, rechte Seite von unten.“

Der Wirt polierte weiter seine Gläser.

„Wieso haben Sie auf Braukmann getippt?“

Der Wirt zuckte mit den Schultern: „Ach, nur so.“

„Wissen Sie, ich war eben auf dem Gut und die beiden Angestellten dort haben mir erzählt, dass sie gestern Abend bei Ihnen in der Kneipe waren.“

Der Wirt nickte und brummte sich was in den Bart.

Josef Schulte redete weiter: „Sie erzählten, dass jemand hier rumgetönt hätte, er habe eine Menge Geld zu Hause. War das besagter Braukmann?“

„Jau!“, sagte der Wirt

„Und?“

Schweigen.

Nach einer Minute der Ruhe, nur das Quietschen, welches das Tuch beim Trockenreiben des Bierglases verursachte, war zu hören, hatte sich Heitmann überlegt, doch etwas zu sagen.

„Das war so. Der Braukmann war besoffen wie ich ihn noch nie erlebt habe. Der kommt zwar manchmal her, trinkt sein Bier und sein Korn, aber das ist dann meist alles. Ja, und chestern hat der sich so richtig einen chenommen, warum auch immer. Und dann hatta erzählt, dassa heute seinen neuen Mercedes kricht. Er hat aber auch gesacht, wo er sein Cheld hinchelecht hat. Mir is chans mulmich cheworden. Da waren doch ‘n paar Fremde in unserer Wirtschaft. Nach ‘ner Zeit hab ich dann einfach den einen vom Gut, der, der immer so aufschneidet, chefracht, wie das denn mit dem Mord war. Da war Braukmanns Theo dann abchemeldet mit sein Mercedes. Der eine war chrade anchefangen zu erzählen, da sind zwei Männer, ich weiß auch nich so chenau, raus und sind in ein Audi, mit schwarzen Nummernschild, wech chefahren. Aber dat waren keine Polen oder so, dat waren Deutsche. Habe chenau chehört, wie die sich unterhalten haben. Hab mich noch chewundert, warum die ein Audi mit schwatten Nummernschild hatten. Wat dat wohl chipt, hab' ich mich chedacht. Aber als ich dann nach Theo an Tisch bin, ich wollte ihn Bescheid sagen und ihn nach Hause schicken, da war der schon eincheschlafen. Ich wollte dann auch kein Aufsehen machen und bin dann wieda hinter meine Theke. Ja, dat war dat eigentlich chestern Abend. Mehr is nich passiert."

Für Heitmanns Paul Fremden gegenüber wohl die längste Rede seit Jahren.

„Und wann ist Herr Braukmann dann gegangen?"

„Ja, als Letzter. Wie ich dann de Stühle hoch chestellt habe, hab ich ihn cheweckt."

Der Hauptkommissar bedankte und verabschiedete sich und machte Anstalten, den Schankraum zu verlassen.

Er dachte: „Bevor ich bei Frau Katenbrink vorbei fahre, will ich mir doch mal diesen Braukmann ansehen."

Josef hatte schon die Tür in der Hand, da sagte der Kneiper:„Übrigens, dat sind die Chläser, aus den die beiden die dann raus chechangen sind, chetrunken haben."

Er zeigte auf zwei schmutzige Biergläser, die auf dem Schrank standen.

„Die holen wir nachher ab! Können Sie die einschließen, so dass sie für niemanden zugänglich sind?"

Der Wirt öffnete eine kleine Schranktür und Josef stellte die Gläser, nachdem er sich einen Gummihandschuh angezogen hatte, vorsichtig hinein. Dann bedankte er sich noch einmal und fragte ob er den Schlüssel vorübergehend an sich nehmen dürfe. Nachdem der Wirt mit dem Kopf genickt hatte, steckte er ihn ein und verließ die Gaststätte.

Er fuhr zur Schnat und dort zu dem beschriebenen Haus.

Die Haustür war aufgebrochen. Er hörte das Schnarchen eines Mannes. Außer der aufgebrochenen Haustür schien alles in Ordnung zu sein. Eine Tür war nur angelehnt. Er schob sie vorsichtig auf. Auf dem Bett lag, noch angezogen, ein schlafender Mann. Die Luft in dem Zimmer war zum Schneiden. Der Polizist betrat das Zimmer und rüttelte den Mann wach. Dieser sah ihn an, als habe er einen Außerirdischen vor sich.

„Was ist los?“, fragte der Geweckte irritiert. Dann verzog er schmerzverzerrt sein Gesicht und fasste sich an den Kopf.

Josef Schulte hielt ihm seinen Ausweis unter die Nase. „Polizei. Ich will mich kurz fassen. Sehen Sie doch mal gerade nach, ob das Geld für Ihr Auto noch an seinem Platz liegt.“

Braukmann riss Mund und Augen auf. Schulte hatte die Befürchtung, dass Braukmann kurz vor einem Herzinfarkt stünde. Dieser tapste zum Schrank und riss die Hüte von der Ablage und die Bettwäsche aus den Fächern.

Das Geld war nicht zu finden. Braukmann schwankte und Josef Schulte dachte: „So möchte ich nach einer durchsoffenen Nacht nie geweckt werden.“ Dann griff er ein. Der Mann verwischte sonst noch alle Spuren. Schulte hielt ihn von seiner sinnlosen Suchaktion ab. Plötzlich bekam der Mann einen Schwächeanfall.

Der Kommissar stürzte zum Telefon und rief einen Krankenwagen. Nachdem dieser eingetroffen und den zusammengebrochenen Braukmann eingeladen hatte, nahm er sich wieder das Telefon. Das zweite Telefongespräch führte er mit Familie Katenbrink. Ein Kollege von der Bielefelder Spurensicherung meldete sich: „Kommissar Schmittmeyer bei Familie Katenbrink!“

„Da habe ich ja gleich den richtigen Mann an der Strippe! Es hat noch einen Einbruch in der Straße gegeben. Der bei der Familie Katenbrink ist wohl aus Versehen passiert. Die Täter wollten eigentlich hier bei Braukmann einbrechen. Sie sind nur von der falschen Seite in die Straße gefahren und haben sich daher im Haus geirrt. Ist zwar bis jetzt nur eine Vermutung, aber wenn ihr da fertig seit, könnt ihr hier gleich weiter machen. In der Schnat fünfundzwanzig. Wie gesagt, ihr braucht die Straße nur ein Stückchen hochfahren."

„He, Einbruch aus Versehen? Dass du ein verrückter Hund bist, wusste ich ja schon immer, aber jetzt spinnst du total, Schulte!"

„Du kannst denken, was du willst, auf jeden Fall fahrt ihr als nächstes zu der Adresse, die ich dir gerade durchgegeben habe! Übrigens, ist Frau Katenbrink schon wieder zurück?"

„Ja, die ist gerade gekommen."

„Gut, ich ruf jetzt noch schnell die Kollegen in Uniform an, die müssen hier auf das Haus aufpassen, bis ihr kommt. Die Tür des Hauses kann man nämlich nicht mehr abschließen und der Besitzer hat einen Schwächeanfall gekriegt, als er gemerkt hat, dass sein Geld weg ist."

„Hör endlich auf, mich zu verarschen!" Schmittmeyer knallte den Hörer auf die Gabel.

27

„So, Herr Lüke, dann wollen wir uns noch mal Ihr Gut ansehen. Sie sagten ja gestern, dass zur Zeit keine Gäste aus Polen auf dem Anwesen seien. Sehen Sie denn eine Möglichkeit, dass wir uns mal in deren Zimmern umsehen können?"

Rudi Lüke steckte sich eine Zigarette an.

„Ja, klar können Sie sich die Zimmer ansehen, kein Problem. Dass diese Woche niemand hier ist, weiß ich auch nur von Hans-Leopold."

Dieser beeilte sich nun zu sagen: „Und ich weiß es von

Herrn Zylinski. Er bat mich es Herrn Lüke auszurichten."

„Sagten Sie nicht gestern, Sie wüssten es von diesem Herrn Zawacki? Na, wie auch immer, lassen Sie uns die Örtlichkeiten mal ansehen. In einer Stunde kommen auch noch die Kollegen von der Spurensicherung, die haben jetzt wahrscheinlich noch mit dem Einbruch im Dorf zu tun."

Gockel war wieder ins Haus zurückgegangen. Die beiden Polizisten gingen um das Gebäude, in dem der Herrenwohnsitz untergebracht war, herum und steuerten auf die Stallungen zu, in denen die Kiste mit den Nummernschilder gefunden wurde. Die Tür war versiegelt gewesen. Doch nun war es aufgebrochen, wie Maren Köster sofort bemerkte.

„Es muss doch jemand hier gewesen sein, der sich einen Dreck um unser Siegel gekümmert hat. Oder haben Sie die Tür geöffnet?"

„Nein, ich habe mit der Sache wirklich nichts zu tun. Ich gehe seit meiner Verhaftung durch Sie, heute das erste Mal wieder hier vorbei."

In dem Moment hörten sie das Motorgeräusch eines Autos. Das fuhr auf dem Weg Richtung Leistruper Wald, der hinter den Stallungen entlang führte. Leider war dieser von der Stelle, an der sich die drei Personen befanden, nicht einsehbar, so dass sich der Wagen ungesehen entfernen konnte.

„Schade", sagte Axel Braunert, „ich hätte zu gerne gewusst, wer sich hier auf dem Grundstück herumtreibt."

„Vergiss es! Da kannst du nichts machen, also gehen wir zu dem versteckten Wirtschaftsgebäude!"

„Dass uns dies Gebäude entgangen ist, ist ein ganz schöner Flop", dachte Maren Köster. „Ich glaube, ich habe mich einfach von Anfang an zu sehr auf diesen Lüke eingeschossen. Der Chef hat mich dann auch noch mit seinem Gerede, von wegen schneller Erfolg und so weiter, eingelullt. So etwas darf einfach nicht passieren."

Sie gingen zwischen dem Hauptgebäude und den Stallungen durch und erreichten einen Weg, der durch das kleine Wäldchen, direkt hinter den Gebäuden, führte. Durch den Frost der letzten Nacht war eine Menge Laub abgefallen, so dass jetzt das Dach und der Giebel des Gebäudes, in dem die Gäste oder Arbeiter untergebracht waren, zu sehen war. Das Haus war ein rechteckiges, einstöckiges Gebäude. Der Erbauer hatte die Proportionen so gewählt, dass die Giebelseite im Verhältnis zur Längsseite recht schmal war. Diese Tatsache ließ das Haus länger erscheinen, als es wirklich war. Früher hatten hier wohl einige Handwerkerfamilien, die zum Gut gehörten und Teile der Dienerschaft, gewohnt. Die Haustür war in der Mitte der Längsseite angebracht. Man konnte über eine Stufe in den Flur eintreten. Es schien alles unbewohnt. Doch als sie das dritte Zimmer betraten, sahen sie zwei frisch bezogene Betten, die in der letzten Nacht benutzt worden waren. Die Wärme in den Decken war noch zu spüren.

„Ja, das Auto eben war wohl von diesen Gästen. Was sagen Sie denn dazu, dass entgegen Ihrer Aussage doch Leute hier wohnen, Herr Lüke?“

Rudi Lüke sah sich schon wieder eingesperrt. Er nestelte hektisch an seiner Zigarettenschachtel und versuchte einen Glimmstängel herauszupulen.

„Herr Lüke, was ist nun? Was waren das für Leute? Wieso wussten Sie nichts davon? Oder haben Sie schon wieder vergessen, uns etwas zu sagen?“

Lüke zuckte nur mit den Schultern und sagte: „Dumm gelaufen!“

„Wie dumm gelaufen?“

Dieser Lüke brachte Maren Köster innerhalb kürzester Zeit zur Weißglut. Sie machte Anstalten, sich auf ihn zu stürzen. Doch in diesem Moment schaltete sich Axel Braunert ein. Er legte Maren beschwichtigend die Hand auf den Arm und sagte: „Lass uns erst mal die Spurensicherung aus Bielefeld abwarten und uns hier noch ein bisschen umsehen."

Sie sahen vorsichtig in jedes Zimmer, aber bis auf das eine, in dem sie die benutzten Betten gefunden hatten, schien alles unberührt. Da sie eventuell vorhandene Spuren nicht unkenntlich machen wollten, verließen sie das Haus ziemlich schnell wieder und sahen sich im Freien um. Hier fanden sie frische Autospuren, aber ansonsten nichts, was sie weiterbrachte. Sie gingen noch einmal durch das Wäldchen und dann wieder zurück auf den Hof. Hier stand nun ein Volvo mit polnischem Nummernschild.

„Das ist der Wagen von diesem Sigismund, dem Chef von den polnischen Arbeitern", sagte Rudi Lüke und sog aufgeregt an seiner Zigarette.

„Dann kriegen wir ja doch noch was zu tun und müssen nicht erst auf die Spurensicherung warten."

In dem Moment öffnete sich die Eingangstür des Schlosses und ein gut gekleideter, großer und breitschultriger Mann, der einen Kleidersack in der Hand trug, betrat die Freitreppe. Er sah die drei und sprach Rudi Lüke mit polnischem Akzent an: „Herr Lüke, ich möchte Herrn Zylinski sprechen, bringen Sie mich bitte zu ihm oder holen Sie ihn!"

Der Ton, in dem der Mann mit Lüke sprach, ließ keinen Widerspruch zu. Bevor Lüke etwas sagen konnte, machte Maren Köster einen Schritt nach vorne, griff in ihre Handtasche und zeigte dem Mann ihren Ausweis.

„Herr Zawacki, vermute ich? Mein Name ist Maren Köster, Polizei Detmold. Ich muss Ihnen einige Fragen stellen, bitte begleiten Sie uns auf das Polizeirevier."

Das Gesicht von Sigismund Zawacki veränderte sich in keiner Weise.

„Da kann ja jeder kommen, worum geht es bitte?"

Jetzt schaltete sich Axel Braunert ein.

„Herr Zylinski ist tot, wahrscheinlich handelt es sich um ein Verbrechen und da gibt es noch einige offene Fragen. Wir hoffen, Sie können uns da etwas weiter helfen.""Was für ein Verbrechen? Wovon reden Sie?"

„Jetzt sagen Sie bloß, Sie wissen nicht, was sich hier vor Ihrer Nase abgespielt hat?"

„Ich habe keine Ahnung, wovon Sie reden, gnädige Frau! Meine Mitarbeiter und ich waren für eine Woche auf Urlaub in Polen und ich bin schon heute wieder zurückgekommen, da ich noch einiges mit Herrn Zylinski zu regeln habe. Was ist denn nun passiert?"

Maren Köster überlegte. Wollte der Kerl sie nun veräppeln oder wusste der wirklich nichts?

In kurzer, sehr sachlicher Form berichtete sie von dem Mord an Zylinski.

„Mein Name ist Sigismund Zawacki! Ich bin Pole. Aber meine Papiere sind in Ordnung. Ich war zum fraglichen Zeitpunkt in meiner Heimat. Das muss Ihnen reichen."

„Das reicht uns aber nicht, Herr Zawacki! Sie werden verstehen, dass wir den Mord von Herrn Zylinski aufzuklären haben und da wollen wir die Verhöre, die zur Aufklärung nötig sind, nicht zwischen Tür und Angel führen."

„Nein, tut mir leid! Das verstehe ich nicht wenn es sich um unbewiesene Verdächtigungen handelt!"

Er spielte überzeugend den aufgebrachten Bürger.

„Ich glaube auch nicht, dass Sie das Recht haben, einen polnischen Staatsbürger so mir nichts dir nichts mit auf ein Polizeirevier zu schleppen. Das konnten Sie noch mit meinem Vater machen, aber ich glaube, die Zeiten sind vorbei."

„Herr Zawacki, wir wollen Sie nicht auf ein Polizeirevier schleppen, sondern wir wollen ihnen lediglich ein paar Fragen stellen, die eventuell helfen, den Tod von Herrn Zylinski aufzuklären“, sagte Axel Braunert.

„Ich komme aber nicht mit!“

„Dann müssen wir Sie eben vorläufig festnehmen!“, drohte nun Maren Köster.

„Herr Zawacki“, sagte Axel, „sein Sie doch vernünftig. Was haben Sie davon, wenn Sie uns jetzt Probleme machen? Wir haben die Möglichkeit, Sie mitzunehmen. Warum machen Sie es so schwierig? Fahren Sie mit, beantworten Sie unsere Fragen. Sie können innerhalb kürzester Zeit wieder gehen.“

„Ich habe aber keine Zeit! Ich bin Geschäftsmann. Bei mir kostet jede Minute Geld, viel Geld! Also halten Sie mich nicht auf!“

„Wie gesagt, Herr Zawacki, entweder Sie kommen freiwillig mit, oder wir nehmen Sie vorläufig fest“, drohte die Kommissarin.

„Die Sache wird ein Nachspiel haben! Na gut, ich komme mit, aber ich will Ihren Vorgesetzten sprechen!“

Zawacki hielt Rudi Lüke den Kleidersack hin. „Bringen Sie den auf mein Zimmer, Herr Lüke.“

Der warf seine Zigarette weg und nahm den Kleidersack entgegen.

Zawacki steuerte auf seinen Wagen zu und machte Anstalten einzusteigen.

„Bitte, Herr Zawacki, fahren Sie mit unserem Wagen. Sie werden dann nachher wieder hierher gefahren!“, sagte Axel Braunert.

„Das ist doch wohl eine Unverschämtheit! Sie behandeln mich ja wie einen Verbrecher!“

Maren Köster zuckte mit der Schulter und öffnete die hintere Wagentür mit einer Geste, die Sigismund Zawacki unmissverständlich deutlich machte, dass er einsteigen solle.

„Herr Lüke, die Spurensicherung wird gleich noch einmal

vorbei kommen. Wäre es möglich, den Kollegen noch einmal kurz zur Verfügung zu stehen, damit sie in alle Räume des Anwesens gelangen können?", fragte Axel Braunert bevor er mit dem Auto vom Hof fuhr. Rudi Lüke nickte mürrisch.

Nun kurbelte auch Maren Köster noch einmal das Fenster herunter:

„Alle Räumlichkeiten, Herr Lüke. Und wehe Sie verheimlichen auch nur die kleinste Kammer, dann werde ich persönlich Ihre Schachtel HB einkassieren und Sie auf kalten Entzug setzen solange der Staatsanwalt das zulässt!"

Axel Braunert sah sie fragend an, worauf sie murmelte: „Ist doch wahr! Dieser Kerl ist doch einfach zu blöd."

Nachdem die Polizisten den Schlosshof verlassen hatten, ging Lüke ins Haus. Gockel hatte hinter der Gardine gestanden und alles beobachtet.

„Dieser Zawacki ist aber ein unangenehmer Zeitgenosse. Der kommt hier ins Haus und tut so, als sei er der neue Besitzer. Kanntest du diese Type etwa schon?"

Rudi Lüke nickte.„Ich bin mir auch ganz sicher, dass der Dreck am Stecken hat. Sollte mich nicht wundern, wenn der den Zylinski in Jenseits befördert hat. Mit der Scheune müssen wir übrigens noch ein bisschen warten. Gleich kommt noch einmal die Spurensicherung. Ich lege aber schon mal einen Bolzenschneider und eine Eisensäge in mein Auto. Christian hat es wohl gestern im Laufe des Tages zurückgebracht. Ich hatte es ihm ausgeliehen."

„Sag mal Rudi, haben die Bullen eigentlich was davon erzählt, ob Zylinski Erben hatte oder ob er ein Testament gemacht hat?"

Dieser zog die Schultern hoch. „Keine Ahnung! Ich dachte, das wüsstest du. Du bist ja schließlich der Partner von Zylinski. Ich habe den Mann doch als Leiche zum ersten Mal gesehen."

In dem Moment wurde das Gespräch unterbrochen. Die Spurensicherung und Josef Schulte fuhren auf den Hof. Die Männer stiegen aus und gingen auf das Haus zu.

„Herr Lüke, wir müssen uns leider noch ein bisschen hier umsehen. Haben Sie noch etwas Zeit für uns?“

„Eigentlich nicht“, sagte er, „aber ich habe alle Schlüssel, die Sie benötigen, hier an diesem Bund. Ich gehe jetzt noch einmal mit Ihnen über das Anwesen und dann muss ich mich leider um einige andere Dinge kümmern.“

Nachdem er mit den Polizisten die Örtlichkeiten noch einmal abgegangen war, warteten Gockel und Lüke im Herrenhaus bis die Aktion beendet war. Dann fuhren die beiden mit seinem alten Mazda vom Hof. Nach wenigen Minuten erreichten sie eine Feldscheune. Von einer Art, wie sie hier in der Gegend eigentlich nicht üblich war, sondern mehr im Paderborner Land und in der Warburger Börde. Sie stand als alleinstehendes Gebäude am Rande eines Wildackers, jedoch mit Büschen eingesäumt, so dass man nicht sofort die Einfahrt zu den großen Scheunentoren sehen konnte. Die beiden Männer fuhren mit dem Auto auf die Scheuneneinfahrt und stiegen aus. Nach kurzer Zeit mussten sie jedoch feststellen, dass sie mit ihrem mitgebrachten Werkzeug nicht weiterkamen. Die Schiebetore waren von innen verriegelt und eine weitere Tür, an der Stirnseite, war mit einem soliden Schloss versehen, dem sie weder mit dem Bolzenschneider noch mit der Eisensäge etwas anhaben konnten.

„Verdammt“, fluchte Rudi Lüke, „wir brauchen eine Bohrmaschine! So kommen wir nicht weiter.“

„Du bist vielleicht ein Witzbold, wo willst du denn den Strom für das Gerät hernehmen?“

„Ich fahre heute Abend zu meinen Eltern. Mein Vater hat eine Akkubohrmaschine mit mehreren Ersatzakkus, die bringe ich mit. Komm, lass uns hier abhauen, bevor wir gesehen werden!“

28

In Detmold angekommen, führten die beiden Polizisten Zawacki in das Zimmer, in dem gestern noch Rudi Lüke und Hans-Leopold Blut und Wasser geschwitzt hatten.

„Herr Zawacki“, begann Maren Köster auf ihre offensive, fast schon aggressive Art das Verhör, „Sie sagten vorhin auf dem Gutsplatz, das einige Mitarbeiter von Ihnen dort wohnen würden. Können Sie diese Sachlage noch einmal schildern!“

Zawacki dachte einen Moment lang nach.

„Ja, einige Mitarbeiter von mir wohnen dort. Aber, alles völlig legal, dass können Sie mir glauben. Wir sind hier, um das Gut zu renovieren und haben alle einen Arbeitsvertrag und für uns werden auch Steuern gezahlt. Das können Sie gern überprüfen.“

„Wer hat Sie denn eingestellt?“

„Herr Zylinski! Den kenne ich schon seit Jahren, er hat in Polen bereits einige Bauprojekte mit uns durchgeführt und war immer sehr zufrieden. Jetzt sind wir hier um für ihn zu arbeiten.“

„Aber, was machen Sie denn jetzt, nach dem Verbrechen an ihrem Auftraggeber?“

Zawacki starrte sie wieder lange verständnislos an. Dann tat er, als würde ihm die Situation erst in diesem Moment klar. „Das ist ja schrecklich! Was sollen wir denn jetzt machen?“, fragte Zawacki. „Dann haben wir ja keine Arbeit mehr, oder?“

„Das können wir nicht beurteilen. Sie sagen ja, Sie hätten einen Auftrag und es sei alles legal. Von daher können Sie vielleicht weiter arbeiten“, sagte Axel Braunert, der bei den gemeinsamen Verhören immer den beschwichtigenden, verständnisvollen Part übernahm. „Sprechen Sie doch mal mit dem Geschäftsführer oder was auch immer, Herrn Gockel.“

„Gockel? Dieser Name sagt mir nichts. Ich kenne nur diesen Rudi Lüke. Was der auf dem Gut macht, ist mir übrigens ein Rätsel. Wenn ich der Chef wäre, hätte ich ihn schon rausgeschmissen. Aber, Herr Zylinski hat ein großes Herz. Seine Vorfahren waren ja auch Polen, von denen hat er es wohl.“

„Wieso sind Sie denn schon heute zurückgekommen“, fragte Maren Köster.

„Nun, Herr Zylinski wollte sich Montag bei mir melden, doch ich habe nichts von ihm gehört, da bin ich früher gekommen.“

„Wieso haben Sie ihn denn nicht in seinem Büro angerufen? Da hätte man Sie doch dann weiter vermitteln können“, fragte Axel Braunert.

„Ach, Büro, Büro! Es gibt bestimmte Geschäfte, die müssen Männer machen. Da stören alle anderen. Na und im Büro, da sitzen doch nur Frauen, die reden, hier und schwatzen da und schon ist das Geschäft kaputt.“ Dabei bewegte er Finger und Daumen schnell auf und ab und ahmte das Schnattern einer Gans nach. Kennen Sie doch sicher auch?“ Dabei sah Zawacki von Axel Braunert zu Maren Köster.

Jetzt hatte Zawacki einen großen Fehler gemacht. Die Kommissarin kochte vor Wut.

„Und was waren das für Geschäfte?“

„Na, Geschäfte eben, wie renovieren wir das Gut, wann, wie und so weiter?“

„Darauf müssen Sie schon etwas näher eingehen!“, setzte Maren Köster nach.

„Untersuchen Sie einen Mord oder wollen Sie mich über meine Betriebsgeheimnisse ausfragen“, fragte Sigismund Zawacki.

„Das gehört vielleicht zusammen!“, konterte Maren Köster.

„Übernehmen Sie sich da nicht etwas, mein Mädchen?“, entgegnete Zawacki unterkühlt.

Die Polizistin wäre ihm am liebsten an die Gurgel gegangen.

„Zeigen Sie mir doch einmal den Fahrzeugschein Ihres Volvos“, verlangte Maren Köster.

„Der ist im Gut oder im Auto, ich weiß auch nicht so genau. Was sind schon Papiere, Ihnen muss das Wort eines Mannes reichen“, entgegnete Herr Zawacki, der merkte, wie er die Kommissarin zur Weißglut bringen konnte.

Das Verhör zog sich endlos hin. Axel Braunert und Maren Köster kamen einfach nicht weiter. Der polnische Geschäftsmann hatte die Begabung, Maren Köster auf hundertachtzig zu halten ohne dabei seine Ruhe zu verlieren.

„Ich sperre Sie ein, Herr Zawacki. Und zwar so lange, bis Sie uns sagen, um was für Geschäfte es sich handelt! Sie werden mich noch kennen lernen, von wegen mein Mädchen.“

Während Maren Köster ihrem Unmut Luft machte, ging gerade Polizeirat Olmer an der Bürotür vorbei und wurde auf die laute Stimme aufmerksam.

„Ich will jetzt Ihren Chef sprechen, mit hysterischen Frauen unterhalte ich mich nicht weiter!“, hörte Olmer eine Männerstimme durch die Tür dringen.

Chef, das war eindeutig er und mit der Köster hatte er ja eh noch ein Hühnchen zu rupfen, also trat er unaufgefordert ins Zimmer.

Drei Köpfe wandten sich ihm zu. Maren Köster und Axel Braunert wussten beide im gleichen Augenblick, dass der Eintritt dieses Mannes sie in ihren Ermittlungen weit nach hinten werfen konnte.

„Was ist denn hier los?“, fragte Polizeirat Olmer.

Maren Köster ging ohne zu antworten ans Telefon und rief bei der Wache an. „Können Sie mal bitte jemanden vorbei schicken, um einen gewissen Herrn Zawacki vorübergehend wegzuschließen?"

„Was soll das? Mich wegschließen! Sie können einen unschuldigen Bürger nicht so einfach einsperren! Ich dachte, die Methoden, wie ihr Deutschen sie noch vor sechzig Jahren praktiziert habt, wären vorbei? Oder seid ihr schon wieder so weit?", schrie Zawacki jetzt Olmer an.

„Ich will jetzt augenblicklich wissen, was hier los ist!", wandte sich Polizeirat Olmer in ähnlicher Lautstärke an Maren Köster.

„Das erzähle ich Ihnen, wenn Herr Zawacki aus dem Raum geführt worden ist", sagte Maren Köster so leise, dass alle Anwesenden schon gut hinhören mussten, um das Gesagte zu verstehen. Jeder konnte jedoch sehen, dass man diese Frau jetzt besser nicht weiter provozierte. Selbst Zawacki, der die ganze Zeit das Gespräch beherrscht hatte, schwieg.

In dem Moment klopfte es und ein Mann in Uniform betrat den Raum. Axel Braunert verschluckte sich an einem Glas Mineralwasser, aus dem er gerade trank. Nach einem heftigen Hustenanfall brachte er dann stammelnd hervor: „Bitte, nehmen Sie Herrn Zawacki kurz mit nach draußen!", Axel Braunert sah dem jungen Polizisten verklärt nach und Maren Köster verdrehte vielsagend die Augen.

Nachdem der Wachtmeister mit Zawacki den Raum verlassen hatte. wandte sich Maren Köster an Olmer: „Herr Polizeirat, wir haben einen neuen Verdächtigen. Wir sind mitten im Verhör, von daher können wir Ihnen Ihre Frage leider noch nicht beantworten."

Braunert merkte sofort, dass hier die Chemie nicht stimmte und so schilderte er Olmer die Geschichte ausführlich.

Nachdem ihr Chef sich die Ausführungen angehört hatte, sagte er:„Wenn das mal keinen Ärger gibt! Dieser Zawacki könnte Ärger machen. Ich habe das Gefühl, dass wir großen Schaden anrichten können, wenn wir jetzt einen Fehler machen . Ich werde dann derjenige sein, der die Sache ausbaden muss. Schicken Sie mir den Zawacki mal in mein Büro und machen Sie bloß keinen Fehler! Wenn Sie auch nur die geringsten Zweifel haben, kommt der Mann sofort auf freien Fuß und Sie, Frau Köster, befleißigen sich dem Herrn gegenüber eines anderen Tones! So, jetzt schicken Sie den Herrn Zawacki zu mir!“

Sprach´s und verließ den Raum.

„Dieses gottverdammte Arschloch!“, schrie Maren Köster im vollen Bewusstsein, dass ihr Chef es durch die Tür noch verstehen konnte und wollte zur zweiten Tür heraus stürmen, in die Josef Schulte gerade herein kam.

„Wieso, was habe ich denn jetzt schon wieder gemacht?“, grinste er sie an.

„Ach, Josef! Ausnahmsweise hast du mal nichts mit der Sache zu tun!“, lächelte sie seufzend.

Sie lehnte sich an ihn und tippte mit ihrem Kopf an seine Schulter. Schulte wäre beinahe lang hingeschlagen.

„Aber Olmer, dieses Arsch, ist mir eben mal wieder krumm gekommen. Außerdem habe ich das Gefühl, der vermasselt uns da was. Ich muss mal raus aus diesem Laden, sonst kriege ich hier heute noch ‘ne Krise.“

„Schade, ich habe einige Neuigkeiten für euch. Ich könnte mir denken, dass wir dadurch etwas weiter kommen.“

„Keine Chance, Schulte! Ich muss jetzt erst ein bisschen runterdrehen. Ich bin in einer halben Stunde wieder im Hause. Ich bin im Moment stinksauer. Ein falsches Wort von dir, dann fällt das Abendessen, zu dem du mich eingeladen hast, für mich ins Wasser. Erzähl’ es Axel oder komm noch mal wieder.“

Josef Schulte hob beschwichtigend die Hände und verzog die Mundwinkel zu einem hilflosen Grinsen, während Maren Köster die Tür hinter sich schloss.

Nachdem sie das Büro verlassen hatte, sagte Braunert: „Hört sich ja vielversprechend an, was du da gerade gesagt hast. Also schieß mal los!“

„Ich habe gerade mit der Spurensicherung in Bielefeld telefoniert. Also wir haben jetzt an verschiedenen Stellen Fingerabdrücke gefunden. Die von dem letzten Autodiebstahl und die auf einem Bierglas in Heitmanns Schenke, das der Wirt dankenswerter Weise nicht abgewaschen hatte, sind identisch. Die gleichen Fingerabdrücke haben die Kollegen auch in der Unterkunft am Gut gefunden. Das heißt mit anderen Worten, meine Autodiebe, wenn wir es denn wirklich immer mit den gleichen zu tun haben, wohnen manchmal im Gut. Bei den beiden Einbrüchen haben wir leider keine brauchbaren Spuren gefunden. Auch die Spurensuche in dem Gesindehaus am Gut hat sonst nichts weiter gebracht. Die haben vor der Abreise alles fein säuberlich verlassen.“

„Dann setz dich mal Jupp! Ich muss dir auch noch was dazu sagen. Heute Morgen auf dem Weg zu besagter Unterkunft haben wir ein Fahrzeug gehört, das von diesem Gesindehaus kam. Jedoch trennte uns ein Gebäudetrakt, so dass wir weder in irgendeiner Weise eingreifen noch erkennen konnten, um was für eine Automarke es sich handelt. Ich bin mir aber sicher, dass wir mit den Autoknackern zusammen auf dem Hof waren.“

„Und ich bin mir fast sicher, dass die Autodiebstähle mit dem Mord nichts zu tun haben. Die Typen müssten ja mit dem Klammerbeutel gepudert worden sein, wenn sie erst direkt beim Gut den Gutsherrn umbringen und dann so, als sei nichts gewesen, weiterhin ihre Autodiebstähle von da aus abwikkeln.“

„Ja, dann können wir unsern Zawacki ja wieder laufen lassen. Der hat dann wahrscheinlich nichts mit dem Mord zu tun.“

„Mit dem Mord wahrscheinlich nicht, aber mit den Autodiebstählen."

„Dann beeile dich mal, dass du ihn kriegst! Olmer will ihn jetzt selber verhören und ich bin mir fast sicher, der lässt ihn laufen, weil wir zuwenig gegen ihn in der Hand haben. Der hat Angst, Zawacki könne irgendeinen Ärger machen und ihm würden dann die Kommunalpolitiker aufs Dach steigen."

„O tempora, o mores", meinte Josef Schulte und rannte aus dem Zimmer zu Olmers Büro. So eilig hatte er es noch nie gehabt, die Zimmertür des Chefs zu erreichen.

„Also, Herr Zawacki, ich werde Frau Köster anweisen, Sie gehen zu lassen. Es tut mir leid, wenn Sie durch uns diese Unannehmlichkeiten hatten", sagte Polizeirat Olmer gerade, als die Tür sofort nach dem Klopfen aufgestoßen wurde und Josef Schulte hereinstürzte.

„Hauptkommissar Schulte, was ist denn mit Ihnen los? Erst suche ich Sie tagelang um mit Ihnen Ihren Fall zu erläutern und dann stürzen Sie in mein Büro, als seien Sie vom wilden Affen gebissen. Sind wir hier eine Behörde oder ein Irrenhaus?", sagte der Polizeirat ärgerlich.

„Tut mir leid, dass Sie hinter mir her suchen mussten, aber auch ich habe mir alle Mühe gegeben Sie zu erreichen", log der Hauptkommissar, „Sie müssen ja ‘ne Menge Außentermine gehabt haben", gab er den Schwarzen Peter zurück.

Olmer winkte ab.

„Was veranlasst Sie dazu in mein Büro einzudringen, als jagten Sie einen Schwerverbrecher?"

„Eben dieser Grund, ich möchte Herrn Zawacki vorläufig festnehmen, da ich ihn im dringenden Verdacht habe, etwas mit den Autodiebstählen hier in Ostwestfalen zu tun zu haben. Und mit der Autoschieberbande, welche die Fahrzeuge dann in die ehemaligen Ostblockländer weiter verschiebt."

„Das ist eine Unverschämtheit!“, brüllte Zawacki. „Ich werde mich ganz oben beschweren! Ich werde meinen Botschafter einschalten!“

Schulte hielt dies für Bluff. Olmer jedoch, dem die Panik gleich ins Gesicht geschrieben stand, als er das Wort Botschafter hörte, wurde ganz flau. Die Sache schien politische Brisanz zu bekommen, und er steckte womöglich mitten drin.

„Schulte, was soll das? Wissen Sie überhaupt, was Sie da reden? Ich habe gerade mit Herrn Zawacki ausführlich geredet, er hat ein lückenloses Alibi. Also lassen Sie den Unsinn!“, sagte Olmer erregt.

„Herr Polizeirat, ich habe meine Gründe, was Herrn Zawacki betrifft. Jedoch bin ich nicht bereit, in Anwesenheit von Herrn Zawacki weiter über den Fall zu reden. Ich bitte Sie, ihn kurz aus dem Zimmer bringen zu lassen, dann werde ich Ihnen meinen Verdacht erläutern.“

Josef Schulte wurde förmlich. Von dem Typ mit den lockeren Sprüchen, für die er bekannt war, war nichts mehr zu erkennen. Es fehlte nur noch die Krawatte.

Olmer ging widerwillig zum Telefon und orderte jemanden von der Wache, der Zawacki aus dem Raum führen sollte.

Ihn drückten schwere Sorgen. Die politischen Mehrheiten hatten sich geändert. Seine Partei spielte in der Region nicht mal mehr die Rolle als Mehrheitsbeschaffer wie früher. Gott sei Dank hatte die neue Mehrheitspartei keinen geeigneten Mann für sein Amt, sonst hinge sicherlich jetzt das Damoklesschwert „Versetzung“ über seinem Haupt. Wo doch die Bäume und Hecken um sein Haus, vor einigen Jahren mit Hilfe von Zylinski, gebaut, den Garten so langsam zu einem Kleinod werden ließen. Ein Frösteln lief ihm über den Rücken.

Nachdem Zawacki den Raum verlassen hatte, sagte er zu Schulte: „Sie bringen uns alle in Teufels Küche! Die ‘Heimatzeitung' und die 'Rundschau' stehen mir sowieso schon auf den Füßen. Und jetzt wollen Sie auch noch jemanden verhaften, ohne etwas gegen ihn in der Hand zu haben. Überlegen Sie sich das genau. Schulte, wenn hier Köpfe rollen, dann halten Sie Ihren auch hin!"

„Nun regen Sie sich mal nicht auf, das mit dem Botschafter war eh nur Bluff. Und wer sagt, dass ich nichts in den Händen habe, was diesen Zawacki betrifft? Außerdem, die Presse soll zufrieden sein, erst vorgestern habe ich einen Autodiebstahl aufgeklärt."

„Einen von wie vielen?", antwortete Olmer gereizt. „Und der Erfolg ist nicht mal an die Presse weiter gegeben worden. Wenn ich nicht alles selber mache. In dem Mord sind wir auch nicht weiter gekommen. Es ist aber auch zum Kotzen, dass die Spezialisten aus Bielefeld so überlastet sind. Die Köster und der Braunert sind mit dem Fall doch völlig überfordert und ich habe keine Zeit, mich da auch noch rein zu hängen."

„Gott sei es gepriesen und gepfiffen!", dachte Schulte.

„Also was haben Sie gegen Zawacki in den Händen?", fragte Olmer.

Schulte erzählte Olmer noch einmal, was er eben schon Axel Braunert erzählt hatte. Doch dieser wiegelte ab:

„Alles nur Indizien, Herr Hauptkommissar, damit können Sie nicht landen. Indizien und Vermutungen. Der Zawacki zieht uns voll über den Tisch, wenn da nichts hinter steckt. Die Sache ist mir zu heiß, wir lassen den Mann laufen!"

„Das können Sie nicht machen! Herr Polizeirat, wenn Zawacki doch etwas damit zu tun hat, dann sind seine Leute innerhalb einer Stunde gewarnt und über alle Berge. Ich gehe jetzt zum Staatsanwalt und hole mir das Okay von ihm."

„Schulte, Sie bringen sich um Kopf und Kragen. Außerdem, wie stehe ich jetzt vor Zawacki da? Ich habe ihm eben noch gesagt, er käme frei und jetzt soll ich ihm sagen 'April, April'? Das geht doch nicht."

„Sagen Sie ihm einfach, es gäbe neue Fakten, oder sagen Sie ihm einfach gar nichts."

Olmer war nicht wohl bei der Sache, aber er vermochte sich auch nicht gegen Schulte durchzusetzen. Die Tatsache, dass dieser den Staatsanwalt ins Spiel gebracht hatte, behagte ihm gar nicht.

„Na gut, Schulte! Nehmen Sie ihn mit, auf Ihre Verantwortung. Aber bei der kleinsten Schwierigkeit ist der Mann draußen."

Josef Schulte verließ pfeifend den Raum. Zuerst würde er jetzt den Staatsanwalt informieren, damit Olmer ihm nicht mehr in die Quere kam. Den Zawacki würde er in der gleiche Zelle unterbringen wie zuvor Gockel. Eine Nacht an diesem lauschigen Ort bewirkte anscheinend Wunder. Grund, den Zawacki noch bis morgen schmoren zu lassen, gab es allemal. Als er auf seine Uhr sah, zeigte diese Sechs. Er wollte noch mal zum Gut fahren und sehen, ob er nicht noch jemanden dort antraf. Doch vorher steckte er den Kopf ins Büro von Axel Braunert und Maren Köster. Er wollte die beiden noch kurz informieren.

Axel war gerade im Begriff, Maren in den Mantel zu helfen. „Für heute ist Feierabend, Josef! Axel hat noch was gut zu machen, der lädt mich jetzt zum Essen in den 'Lippischen Hof' ein. Hast du was erreicht in Sachen Zawacki?", fragte Maren.

„Ja, ich kam gerade noch rechtzeitig. Um ein Haar wäre er frei gewesen. Aber was euren Mörder angeht, da müsst ihr wohl noch mal ganz von vorne anfangen."

Maren winkte ab.

„Ich weiß auch nicht mehr, wie weiter. Aber eben ist noch ein Fax mit der Meldung eingegangen, dass Zylinski einen Verwandten in Dortmund hat. Den haben wir für morgen hier eingeladen. Vielleicht kommen wir ja so weiter."

29

Josef fuhr noch mal zum Gut, versteckte sein Auto hinter Buschwerk und drehte zu Fuß eine Runde auf dem Anwesen. Ihm fiel jedoch nichts Verdächtiges auf. Also machte er sich auf den Weg zu 'Heitmanns Schenke'. Als er eintrat, nickte er dem Wirt zu und bestellte ein Bier. Die Bauern aus der Umgebung hatten ihre Arbeit erledigt, tranken Bier und Wacholder und tauschten Neuigkeiten aus. Heute waren die beiden Einbrüche das Thema. Schulte kannte die Riten, die sich am Tresen einer Dorfkneipe abspielten. Daher verzog er sich unauffällig in eine dunkle Ecke, hörte eine Zeitlang zu, zahlte sein Bier und fuhr nach Hause. Hier angekommen machte er sich daran seine Wohnung weiter aufzuräumen. Er kämpfte sich durch einen Haufen Wäsche, die er sortieren und auffalten musste. Dabei wollte er das Champions-League-Spiel auf SAT1 gucken. Vorher gab's in einem Magazin einen Beitrag über den letzten Berliner Christopher-Street-Day. Schulte schaute nur gelegentlich hin, da ihn das Thema nicht interessierte. Plötzlich aber ließ er den Satz Socken, den er gerade zusammenziehen wollte, fallen. Lief da nicht eindeutig sein Kollege Axel Braunert, allerdings schrill kostümiert, durchs Bild? War das möglich? Schulte pfiff eine eindeutig ordinäre Melodie. Dass dieser Braunert ein bisschen ungewöhnlich war, war ihm schon lange klargeworden. Nun aber, da seine Vorliebe in die bundesdeutschen Wohnzimmer gesendet wurde, könnte das üblen Stress für Braunert bedeuten. Na, jedenfalls fiel Braunert als Nebenbuhler bei Maren Köster nun definitiv aus dem Rennen.

Zum gleichen Zeitpunkt blieb auch Maren Köster der Mund offen stehen. Auch sie sah sich beim Aufbügeln ihres 'Kleinen Schwarzen', die Sendung an. Gott sei Dank war die ganze Sippe von Axel Braunert auf der Hochzeit. Aber es könnte ja doch der ein oder andere Kollege gerade vor der Glotze sitzen. Zwar schätzte sie die Wahrscheinlichkeit, dass die Detmolder Kollegen diesen kostümierten Paradiesvogel als einen der Ihren erkennen würden, als relativ gering ein, aber, „man hatte schon Pferde kotzen sehen," dachte sie. Na, Axel würde sie heute Abend jedenfalls nichts von seinem unfreiwilligen Coming Out erzählen.

30

Josef Schulte betrat um viertel vor acht Uhr sein Büro. Kurze Zeit später klopfte es und Kurt Harms, ein Kollege von der Wache, steckte den Kopf durch die Tür.

„Moin Jupp! Diesmal hat dein Trick mit der Zelle nicht funktioniert. Wir mussten Zawacki gestern Abend um kurz nach Neun auf ein Einzelzimmer verlegen, weil der sich mit den Junkies gekloppt hat. Das ist ein anderes Kaliber als dieser Gockel!"

„Weiß es der Chef schon?", fragte Schulte.

„Nein, der ist noch nicht da, und ich gehe gleich nach Hause."

„Gut, dann gib mir den Vorfall, dann liegt er keinem Bauern im Schaufenster und Olmer kann dir nichts wollen. Schönen Feierabend. Ach, und sag deiner Ablösung Bescheid, dass er sich in Sachen Zawacki erst an mich wendet."

Das Telefon klingelte.

„Hier Hauptwachtmeister Scharfenberg! Es hat gerade einen Banküberfall auf die Filiale der Bank in Schwalenberg gegeben. Wir haben den mutmaßlichen Täter schon gefasst."

„Ihr seid ja ausgeschlafene Jungens! Wie habt ihr das denn so schnell hingekriegt?"

„Also, es war ganz einfach! Eine 58-jährige Bankangestellte hat um 7.55 Uhr den Vorraum betreten, den ja jeder mit einer Scheckkarte öffnen kann. Plötzlich stand ein junger Mann vor ihr und bedrohte sie mit einer Waffe. Er zwang die Angestellte, mit ihm zum Tresor zu gehen und das Bargeld rauszurücken. Sie teilte ihm allerdings mit, dass sie keinen Schlüssel für den Tresor habe. Als der Täter die Möglichkeit auf Bargeld schwinden sah, flüchtete er unverrichteter Dinge zu Fuß. Er wurde gesehen, wir bekamen den Hinweis und so hatten wir ihn nach kurzer Fahndung."

„Nicht schlecht! Ich komme trotzdem mal eben vorbei und sehe mir das alles an Ort und Stelle an. Bis gleich, Kollege."

Josef Schulte ging ins Nachbarbüro, in dem Hedwig gerade Kaffee kochte.

„Ich fahr mal gerade nach Schwalenberg, da war ein Banküberfall. Nichts Großes, die Kollegen haben schon einen Tatverdächtigen gefasst, der mit relativ großer Sicherheit auch als Schuldiger in Frage kommt. Aber wenn der Chef kommt, sag ihm bitte, dass ich dringend zu einem Bankraub nach Schwalenberg musste. Vielleicht vergisst er dann Zawacki."

„Wird gemacht, Herr Schulte", sagte Hedwig. „Den Kaffee müssen Sie dann später trinken."

„Ach, noch was. Bitte die Kollegen von der Spurensicherung doch darum, dass sie dem Zawacki schon mal die Fingerabdrücke nehmen und besorg mir auch die von gestern und die von dem BMW-Diebstahl."

„In Ordnung, Herr Schulte."

„Bis dann, und sag nicht immer Herr Schulte zu mir, ich heiße Jupp!"

Er fuhr nach Schwalenberg und sah sich den Tatort noch einmal aus der Nähe an. Er sprach mit den Polizisten und der Spurensicherung. Der Tatverdächtige hatte bereits gestanden. Schulte fühlte sich überflüssig, und so setzte er sich nach einer halben Stunde wieder ins Auto und fuhr zurück.

Er hatte kaum die Stadtgrenze verlassen, da hörte er den Signalton seines Autotelefons. Er ahnte gleich, dass es sich bei diesem Anrufer um Polizeirat Olmer handelte.

„Hauptkommissar Schulte", meldete er sich.

„Polizeirat Olmer, was ist denn in Lippe los? Wir sind doch hier nicht in Chicago!“

„Alles okay, Chef! Der Mann hat schon gestanden, sie können den Zeitungen die Meldung durchgeben, dass das Fürstentum Lippe kein gutes Pflaster für Bankräuber ist.“

Olmer schien sichtlich beruhigt.

„Wenigstens eine Erfolgsmeldung. Wenn wir nur genau so erfolgreich wären, wenn es um die Autodiebstähle und den Mord an Zylinski geht. Die Politiker und die Presse setzen mir immer mehr zu. Und was ist mit Herrn Zawacki?“

„Was heißt hier eine Erfolgsmeldung? Ich habe doch erst vor zwei Tagen einen Autodiebstahl aufgeklärt“, wollte Hauptkommissar Schulte von Zawacki ablenken.

„Schon gut, schon gut, aber was ist nun mit Zawacki?“

„Der wird gerade erkennungsdienstlich behandelt, ich werde ihn dann anschließend verhören.“

„Soll das etwa heißen, dass das noch nicht geschehen ist?“ Der Mann war Olmer nicht geheuer, er wollte ihn loswerden, so oder so.

„Ich kann nur eins, einen Bankräuber fangen oder einen Mann verhören!“

„Ist ja schon in Ordnung, Herr Hauptkommissar! Nur sehen Sie zu, dass wir weiterkommen. Wir stehen unter Druck.“

Josef Schulte grinste und stellte sich vor, wie Olmer wohl gerade aufgeregt mit seinem Stahlkamm durch die fettigen Haare fuhr. „Der weiß garantiert wo sein Scheitel sitzt, ohne in den Spiegel zu sehen.“

Er machte noch einen Abstecher bei seinem Pappenheimer Grundkötter. Der war gerade im Begriff, mit einem geliehenen Wagen aus der Garage zu fahren. Sein Audi war noch beschlagnahmt. Als er Josef Schulte sah, wurde er ganz unruhig.

„Guten Morgen, Herr Grundkötter! Ich brauche noch einmal Ihre Hilfe, diesmal als Zeuge. Ist bei Ihrer Verhandlung vielleicht gar nicht schlecht für Sie.“

„Aber heute geht es nicht! Bitte, Herr Kommissar, ich habe es verdammt eilig, geschäftlich, es hängt eine Menge davon ab! Und wer weiß, wie lange ich noch Arbeit habe? Ich kann mir vorstellen, wie mein Chef reagiert, wenn der von der Sache erfährt. Gott sei Dank stand noch nichts in der Zeitung."

„Gut, Herr Grundkötter. Wann erreiche ich Sie wieder?"

„Frühestens morgen Nachmittag, kann aber auch Sonntag werden. Es geht um einen großen Auftrag, da muss ich schon mal einen springen lassen. Vielleicht muss ich dann noch eine Nacht mehr im Hotel verbringen, weil ich kein Auto mehr fahren darf."

„Vorbildlich! Dann halten Sie sich bitte Montag Morgen frei."

Jetzt musste er noch zum Staatsanwalt, besser zur Staatsanwältin. Er musste es fertig bringen, Zawacki bis Montag fest zu halten. Ob er schuldig war oder nicht. Es durfte für ihn keine Möglichkeit geben, seine Leute zu warnen. Den Volvo hatte er gestern schon in eine Polizeigarage bringen lassen. Den wollte sich heute die Spurensicherung vornehmen.

Die Staatsanwältin war trotz ihrer fünfzig Jahre eine attraktive Frau. Sie kannte Schulte schon aus anderen Fällen und mochte seinen unorthodoxen Charme. Die Zusammenarbeit mit ihm klappte gut und auch er schätzte diese Frau.

„Bitte entschuldigen Sie, Frau Müller-Stahl. Ich platze hier so unangemeldet rein, aber ich muss eine Sache mit Ihnen besprechen, die keinen Aufschub duldet."

„Schon in Ordnung, Herr Schulte, so kenne ich Sie. Was gibt es denn?"

Josef erzählte ihr die Geschichte in allen Einzelheiten. Am Ende sagte er dann:

„Das Problem ist nur, dass unser aller Freund Olmer den Verdächtigen so schnell wie möglich frei lassen will. Seitdem dieser Herr Zawacki den Botschafter ins Spiel gebracht hat, ist er völlig von der Rolle."

Frau Müller-Stahl schmunzelte. Klaus Olmer war auch nicht ihr Fall.

„Okay! Leuchtet mir alles ein. Ich will sehen, was sich machen lässt. Aber länger als Dienstag auf keinen Fall! Dafür reichen Ihre Anschuldigungen nicht."

„Dienstag reicht völlig, Frau Müller-Stahl!"

Sie sah auf die Uhr und sagte:

„Herr Schulte, kommen Sie mit ins 'Spieker' essen? Wir können ja noch ein bisschen über den Fall plaudern."

Sie überquerten den Kaiser-Wilhelm-Platz vor dem alten Landtag, dann die Paulinenstraße Richtung Landesmuseum.

Ein Kellner in langer weißer Schürze kam zu ihnen an den Tisch, brachte die Karte und nahm die Bestellung auf.

Während sie auf die Getränke warteten, meinte die Staatsanwältin: „So wie ich Sie verstanden habe, sind Sie der Meinung, dass die Autodiebstähle und der Mord nichts miteinander zu tun haben?"

„Wissen Sie, Frau Müller-Stahl, wenn Zawacki was mit dem Mord zu tun hätte, dann hätten wir ihn garantiert nicht beim Gut verhaften können. Das ist ein cleverer Typ, der wäre längst über alle Berge. Den haben wir kalt erwischt."

31

Maren Köster kam um acht Uhr ins Büro. Kurze Zeit später trudelte Axel Braunert ein.

„Morgen", sagte er. Das wurde von ihm verlangt. Mehr sagte er meist bis zum ersten Kaffee nicht. So konnte Maren Köster mal wieder den ritualisierten Gang zur Kaffeemaschine, die Auswahl einer ganz bestimmten Tasse und deren sorgfältiges Abwischen beobachten. Sie kannte diese Zeremonie schon und wartete geduldig, bis der Kollege sich zum zweitenmal den Becher gefüllte hatte, auf dem stand: „Fünf Tage, die den Kopf verändern.“ Sie wollte ihn schon seit langem mal fragen, was dieser Spruch aussagen solle, vergaß es aber immer wieder. Heute war Axel Braunert neben seiner allgemeinen Morgenmuffeligkeit ziemlich verwirrt.

„Eben lief mir Olmer über den Weg. Der wird auch immer seltsamer. Er faselte irgendwas davon, er hätte gestern einen Doppelgänger von mir im Fernsehen gesehen. Der hat sie doch nicht mehr alle.“ Braunert machte eine eindeutige Handbewegung vor seinem Gesicht.

„Dass Olmer sich Sendungen über den Christopher-Street-Day ansieht, hätte ich auch nicht vermutet“, sinnierte Maren Köster und Axel Braunert wurde bleich.

„Da war nämlich ein Kommissar Braunert zu sehen! Gut, dass Olmer oft nach dem Motto handelt, dass nicht sein kann, was nicht sein darf“, grinste Maren Köster. „Aber lass uns heute Morgen zuerst noch mal den Mord von Anfang an durchgehen, denn heute kommt der bisher einzige bekannte Erbe von Zylinski, und ich habe keine Lust, schon wieder die falsche Richtung bei unseren Vermutungen einzuschlagen. Ich habe das Gefühl, alle Welt lacht schon über uns.“

Bevor sie weiter sprach, sah sie einen blassen Axel Braunert mit entsetztem Gesicht auf seinem Stuhl sitzen. Maren Köster war sich nicht sicher, ob sie von ihm heute viel Hilfe zu erwarten hatte. Nach langen Minuten und vielen gemurmelten „Verdammte Sch...“ kam er endlich zum Thema.

„Na ja, bis jetzt hatten wir ja auch noch nicht so viele Einzelheiten. Wir haben uns mehr auf das Moment von Notwendigkeit und Zufall verlassen müssen. Dieser Dialektik kam dann jedes Mal nur Josef Schulte zur Hilfe.“

„Der fängt die Sache aber auch irgendwie cleverer an“, brummelte sie versonnen. „Ich habe eben noch mal mit den

Leuten von der Wirtschaftskriminalität aus Bielefeld gesprochen, die das Büro von Zylinski durchsucht haben. Die faxen uns in einer halben Stunde den ersten Bericht rüber. Sie meinten, das Ganze wäre nicht ganz uninteressant."

„Also, was haben wir denn sonst noch? Zylinski ist mit einem russischen Karabiner erschossen worden. Und zwar aus nächster Nähe, darauf deuten die Schmauchspuren und Verbrennungen hin."

„So ein Gewehr kann man schlecht verstecken, also können wir davon ausgehen, dass Zylinski seinen Mörder gekannt hat. Das russische Gewehr deutet auch wieder auf die polnischen Gäste des Gutes hin."

„Wenn du willst, kannst du so etwas auch auf dem Polenmarkt kaufen. Das kann also Zufall sein", wandte Axel Braunert ein. „Es tauchen immer mehr Waffen aus den ehemaligen sozialistischen Ländern auf dem Schwarzmarkt auf. Dann haben die Leute von der Spurensicherung das Projektil mittlerweile genauer untersucht. Sie sind der Meinung, dass der Lauf nachträglich verändert worden ist, aber fachmännisch."

„Warum verändert man so einen Lauf", kam gleich die Frage von Maren Köster.

Braunert zuckte mit den Schultern:

„Keine Ahnung! Diese Frage sollten wir aber zu gegebener Zeit noch mal erörtern."

„Das Erdreich der Mulde und die Umgebung sind noch mal genau untersucht worden, aber der Rasenmäher hat so ziemlich alle Spuren platt gemacht. Die Kollegen haben nur rausgefunden, dass der Rechen, mit dem das Laub über die Leiche geharkt wurde, mit Dieselöl eingefettet wurde. Wenn es denn ein Rechen war."

„Wieso das denn?", fragte Maren Köster.

„Das machen die Bauern hier, damit ihre Geräte im Winter

nicht rosten. Manchmal nehmen sie aber auch einfach Altöl."

„Ist ja nicht gerade 'ne ökologische Variante. Du meinst also ein Einheimischer?"

„Muss nicht unbedingt sein, es kann auch möglich sein, dass der Täter den Rechen aus einem Stall des Gutes geholt hat", sagte Braunert.

„Der Rechen ist aber nicht gefunden worden."

„Nein! Ach übrigens, der Diesel war von der Firma, die vor einiger Zeit eine alte Ölplattform in der Nordsee entsorgen wollte. Das hat das Labor an den Farbpartikeln festgestellt."

„Ist denn im Diesel Farbe drin?"

„Na klar, damit man ihn vom Heizöl unterscheiden kann. Hier gab es früher 'ne Menge Leute, die ihren alten Benz am Heizöltank versorgt haben."

„Wie sieht es mit weiteren Spuren aus?"

„Nichts, keine Fingerabdrücke, Haare oder anderes Brauchbares."

„Na gut, dann lass uns mal bei Schulten Jupp anrufen", meinte Maren Köster, „vielleicht ist der mit diesem Zawacki schon weiter gekommen."

Axel Braunert griff zum Telefon.

„Ja, hier Braunert. Kann ich mal den Hauptkommissar sprechen, Frau Hansmeier? Was, der ist zu einem Banküberfall? Den Täter haben sie wahrscheinlich schon? Was ist denn mit Zawacki? Noch in Haft? Na gut, bitten Sie Herrn Schulte, dass er sich noch mal meldet, bevor er ins Wochenende geht? Also, schönen Tag noch, Frau Hansmeier!"

„Was, Schulte ist zu einem Banküberfall und der Täter ist schon gefasst? Der verfälscht ja die ganze Statistik!", Maren Köster spürte eine Mischung aus Bewunderung und Neid auf den erfolgreicheren Kollegen aufsteigen.

„Na, dann wollen wir uns mal dem Angehörigen von Zylinski

widmen. Was wissen wir denn über den?“, fragte sie.

Axel Braunert schenkte sich den dritten Becher Kaffee ein. „Der Mann heißt Lukas Schabrolski, ist 31 Jahre alt, kommt aus Herne. Er hat nach der Realschule eine Ausbildung zum Starkstromelektriker bei der örtlichen Bergwerksgesellschaft gemacht. Dann hat er noch sechs Jahre auf dem Pütt gearbeitet, bis die Zeche geschlossen worden ist. Schabrolski hat dann am Westfalenkolleg das Abitur nachgemacht und studiert jetzt an der Ruhruniversität Bochum Betriebswirtschaft. Seine Großmutter und der Großvater von Zylinski waren Geschwister.“

„Wann kommt der gute Mann denn?“

„Ich habe gestern Abend noch mit ihm telefoniert. Da sagte er mir, dass er um kurz vor Zehn hier am Bahnhof sei. Also gehe ich davon aus, dass er gegen halb Elf hier sein wird“.

Maren Köster sah auf die Uhr. „Dann haben wir ja noch etwas Zeit. Ich geh noch mal zum Fax. Mal sehen, ob es schon eine Nachricht darüber gibt, in welcher Höhe die Kollegen aus Bielefeld die Erbschaft veranschlagen.“

Nach kurzer Zeit kam die Kommissarin mit mindestens zwanzig Faxseiten zurück. Jede gelesene Seite reichte sie an Axel Braunert weiter, und ab und zu pfiff sie leise vor sich hin oder gab andere Ausdrücke der Verwunderung von sich.

Nachdem beide Polizisten den Papierstapel durchgearbeitet hatten, sang Maren Köster vor sich hin: „Ach wie gerne, wäre ich im Club der Millionäre, doch da kommt man nicht so ohne weiteres rein, da muss man schon Erfinder oder Schwerverbrecher sein!“

„Mensch, dem gehört ja das halbe Fürstentum, der hat ja sämtlichen hier in der Gegend pleite gegangenen Bauern das Land abgekauft. Oder besser abgepresst und dann häufig innerhalb kürzester Zeit wieder gewinnbringend verkauft. Sieh dir mal an, was der allein für den neuen Autobahnzubringer kassiert hat! Er muss schon vorher gewusst haben, wo die Straße lang führen würde, denn fünf Jahre vor dem Bau gehörte ihm in dieser Gegend nicht ein Quadratmeter", fasste Axel Braunert den Inhalt der Faxnachricht zusammen.

„Und dann noch die Devisenzahlungen aus mehreren ehemaligen Ostblockländern. Wofür er wohl das Geld bekommen hat? Soviel kann man doch mit Schrott auch nicht verdienen. Wie viel Geld zusätzlich gleich nach Luxemburg gegangen ist, möchte ich gar nicht erst wissen!"

„Das Gut gehörte vorher dem Baron von Exterstein. Dem hat er das vor einem Jahr abgekauft, inklusive achtzig Hektar Land. Na, dem Adel scheint hier das Wasser auch bis zum Hals zu stehen."

32

„**I**ch bin ja mal gespannt, was unser Erbe gleich zu dem unerwarteten Reichtum sagen wird", meinte Maren Köster.

In dem Moment klopfte es auch schon und ein mittelgroßer, dünner Mann mit Cowboystiefeln und Goldkettchen betrat das Zimmer.

„Mein Name ist Lukas Schabrolski! Ein Kommissar Köster erwartet mich." Sein Dialekt ließ keine Fragen über seine Herkunft zu.

„Ich muss Sie enttäuschen, Herr Schabrolski", sagte Axel Braunert, „Der Kommissar ist eine Kommissarin!"

Schabrolski sah Maren Köster an: „Auch nicht schlecht, iss mir auch lieber als Derrick."

Er gab ihr und dann Axel Braunert die Hand und stellte seinen Rucksack gegen den Schreibtisch.

„Ja, Herr Schabrolski, dann wollen wir mal gleich anfangen. Es tut mir leid, dass ich Sie hier zum Tod Ihres Onkels vernehmen muss, obwohl die Leiche noch nicht einmal zur Bestattung frei gegeben worden ist. Wir haben aber noch den Mörder zu finden. Vielleicht können Sie uns ja ein paar sachdienliche Hinweise geben."

„Dat glaube ich kaum, woll? Wenn Sie mich nicht benachrichtigt hätten, wüsste ich bis heute nich, dat ich einen Onkel gehabt hätte. Im übrigen muss ich gestehen, dass sein Tod mich in keiner Weise berührt. Der Mann hatte bis heute keinen Einfluss auf mein Leben und so wird et auch morgen wieder sein."

„Das glaube ich kaum", lächelte die Kommissarin, „doch zunächst muss ich Sie fragen, wo Sie letzten Sonntag zwischen neun und elf Uhr abends waren?"

Lukas Schabrolski war sichtlich verunsichert. Er konnte die Andeutung von Frau Köster nicht einordnen.

„Sonntag Abend? Da habe ich Taxi gefahren. War schwarz, ich hoffe, da drehen Sie mir keinen Strick raus. Aber is' ja wohl besser, ich sage das gleich."

Axel Braunert nickte und drückte ihm ca. zwanzig Faxseiten in die Hand. „Sie studieren ja Betriebswirtschaft, Herr Schabrolski. Dann können Sie mit dem hier vielleicht was anfangen."

Schabrolski nahm die Seiten:

„Ja, von irgentwat muss man ja leben. Seitdem der Pütt bei uns dicht gemacht hat, versuche ich mich als Student. Bin aber bald fertig. Meine Kommilitonen haben mich sowieso schon zum Alterspräsidenten gewählt."

Dann sah er sich die Seiten an. Nach fünf Minuten sagte er:

„Da hat einer aber ganz schön Knete zusammengetragen."

„Wir wissen nicht, wie sich das Ganze weiter gestalten wird, aber im Moment sieht es so aus, als seien Sie der zukünftige Besitzer dieser Reichtümer," sagte Maren Köster.

Schabrolski riss Mund und Augen auf und starrte sie sprachlos an.

33

Maren Köster klingelte an der Tür einer Jugendstilvilla im Detmolder Westen. An der Frontseite konnte sie noch die Lettern „Haus Waldeslust“ entziffern. Sie war etwas außer Atem, da sie eine Gartentreppe von mindestens fünfzig Stufen überwinden musste. Nach einiger Zeit kam Axel Braunert, den sie gerade unter der Dusche gestört hatte, nur mit Boxer-Shorts bekleidet an die Tür.

Maren Köster sah ihn kritisch an, schüttelte den Kopf und sagte: „Herr Braunert, Herr Braunert!“

Axel war sichtlich verwirrt.

„Wieso, was ist denn? Stimmt irgend etwas nicht?“

„So ein schöner Mann! Und keine Frauenhand soll jemals diesen herrlichen Körper streicheln? Welch eine Verschwendung. Männer wissen doch so was gar nicht zu würdigen!“

„Hast du ‘ne Ahnung!“, mittlerweile konnte er über solche Anzüglichkeiten lachen, „komm rein! Aber mal Spaß beiseite, ich habe das Gefühl die gesamte Detmolder Polizeibehörde lacht über mich seit dieser Scheiß-Sendung. Ich habe mich mal in der Szene umgehört, ich war wirklich im Fernsehen.“

„Komm Axel, mach dir keine Gedanken. Ich habe noch nichts Anzügliches von den Kollegen gehört. Die haben sich alle auf das Spiel konzentriert und haben sich bei dem Beitrag davor ihr Bier aus dem Keller geholt. Was macht übrigens dein Tet a tet mit dem netten jungen Kollegen?“

Sie legte ihren Mantel über einen Sinus-Stuhl, der dekorativ im Flur stand.

Axel Braunert verzog das Gesicht.

„Hör bloß auf! An den will ich im Moment gar nicht denken.“

Kurz darauf stand Axel, fertig angezogen und zum Gehen bereit, wieder im Zimmer. Er hatte einen Daypack in der Hand, in dem die Weinflaschen klimperten.

„Ich wäre dann soweit, wir können!“, sagte er und öffnete Maren die Haustür.

„Eigentlich würde ich mir ja gerne noch deine Wohnung weiter ansehen, aber wir wollen den Schulte nicht warten lassen, nachher zerkochen noch die Kartoffeln“, grinste sie.

Sie gingen durch den Garten und stiegen in ihren Golf ein.

„Sag mal, wo wohnt denn Schulten Josef überhaupt?“, fragte Maren Köster.

„In Heidental! Ich habe eine Wegbeschreibung.“

Zur gleichen Zeit wirbelte Josef Schulte in seiner Küche. Sie war das zweitgrößte Zimmer in seiner Wohnung. Eingerichtet mit einer modernen Küchenzeile und allen nötigen Haushaltsgeräten. Auf der andern Seite des Raumes stand ein großer Küchentisch aus Eschenholz, der auch schon einige Jahrzehnte auf dem Buckel hatte, wie die Gebrauchsspuren auf der Tischplatte nachwiesen, mit den dazugehörigen Stühlen aus gleichem Holz. Dann stand da noch ein alter Ledersessel, den er sich mal vom Sperrmüll geholt hatte. In diesem lagen etliche Bücher, Zeitungen und Rosa, eine dicke alte Katzendame, schon lange vom Killer zum Kuscheltier mutiert. Ganz ordentlich würde es bei ihm wohl nie sein. Er hatte sich daran gewöhnt.

Er hatte nachträglich eine Tür in die Außenwand gebrochen, durch die er auf eine kleine Terrasse und in den Garten gehen konnte. Im Sommer sein Lieblingsplatz. Er hatte, anders als Axel Braunert, keine Designer-Möbel in seiner Wohnung. Bei ihm fand man alles, vom alten Kleiderschrank aus der Gründerzeit bis zum Blumenständer im Nierenformat. Er sagte immer, die Zusammenstellung seiner Möbel sei keine Frage des Geschmacks, sondern sei rein zufällig erfolgt. Er selber habe nie einen Gedanken daran verschwendet, ob der Schrank nun zum Tisch passe oder nicht. Zumindest stellte er dies nach außen immer so dar. Inwieweit dies vielleicht ein Kokketieren mit unorthodoxem Verhalten war, konnte nur Josef Schulte selbst beurteilen.

Lediglich bei der Einrichtung seiner Küche hatte er feste Vorstellungen. Er aß und kochte gern. Hier war er aufs Beste ausgerüstet.

Beim Essbesteck jedoch änderte sich die Philosophie schon wieder. Hier war sofort zu erkennen, dass das eine oder andere Stück von Beutezügen aus Mensa und Polizeikantinen stammte.

Langsam packte ihn Lampenfieber. An Maren Kösters Erscheinen würde er erst glauben, wenn sie vor seiner Tür stände. Seiner Stimmungslage entsprechend schob er Bruce Springsteens 'I`m on fire' in den CD-Player.

Gerade als 'the boss' schmachtend „Hey little girl..." sang, klopfte es an der Haustür. Schulte bekam feuchte Hände. Das Blut schoss ihm durch die Adern.

Bilder von seinem ersten Rendezvouz mit vierzehn Jahren schossen ihm durch den Kopf. Und genauso fiebrig fühlte er sich jetzt. Vor der Tür stand grinsend Axel Braunert, allein.

„Du bist doch nicht etwa allein gekommen?"

Da hörte er das Klackern von Pumps. Sein eben noch enttäuschter Gesichtsausdruck veränderte sich schlagartig. Axel strahlte ihn an, und Jupp zeigte ihm grinsend seine Faust.

„Übrigens, Axel! Ich habe dich im Fernsehen gesehen." Schulte grinste und klopfte Braunert jovial auf die Schulter. Axel Braunert schluckte und sagte erst mal gar nichts mehr.

In dem Moment kam Maren Köster den Gartenweg, der links und rechts von fast zwei Meter hohen Buchsbaumbüschchen begrenzt wurde, zum Haus hoch. Axel überreichte ihm still und verlegen seine Weinflaschen. Auch Maren hatte ein Getränk dabei. Die Flasche war in geschmackvolles Papier eingepackt. Sie übergab ihm ihr Geschenk und sagte:

„Ich kann es nicht leiden, wenn du immer diese frauenfeindlichen Sprüche klopfst! Aber wenn es heute Abend was Gutes zu essen gibt, werde ich in Zukunft nicht mehr so oft mit Tackern nach dir werfen."

Josef Schulte bat die beiden Kollegen ins Haus. Dann führte er die beiden in die Küche. Er stellte den Wein, den Axel ihm mitgebracht hatte, auf ein Regal.

Dann entfernte er die Verpackung der Flasche, die ihm Maren an der Haustür in die Hand gedrückt hatte. Zum Vorschein kam eine Flasche Spanischer Brandy Carlos I.

„Der sieht aber gut aus! Na, den Schnaps wollen wir nachher mal probieren. Jetzt setzt euch erst mal, die Fritten werden kalt!"

Er gab den Blick zum Küchentisch frei, auf dem er schon für jeden einen Vorspeisenteller vorbereitet hatte.

„Mensch, Josef", sagte Maren Köster, „ich war auf Curry-Wurst eingestellt oder Butterbrot und jetzt bietest du uns solche Köstlichkeiten an. Du bringst mein ganzes Weltbild ins Wanken."

Sie setzten sich. Josef holte eine Flasche Portwein aus dem Schrank und sagte: „Lasst uns mal hiermit anfangen, wir haben ja Zeit."

Das Essen zog sich fast drei Stunden hin und jetzt gingen sie ins Wohnzimmer, um noch eine Tasse Espresso zu trinken.

Der Raum war größer als die Küche und mit einem Erker versehen, durch den man auf die eigentliche Terrasse gehen konnte. Im Zimmer stand ein kleiner Holztisch, ein alter und ein moderner Sessel, die eigentlich nicht zusammen passten, ein wuchtiges Sofa und ein Bücherregal, das viel zu klein war. So hatte Josef die Bücher, die nicht mehr hinein passten, einfach daneben gestapelt. An den Wänden hingen Plakate von Kunstausstellungen, Theater- und Sportveranstaltungen sowie einige Drucke von Expressionisten. Die Bilder waren teils gerahmt und teils einfach mit Stecknadeln angeheftet. Nichts passte hier zusammen, dieses gigantische Chaos wirkte eigenartigerweise schon wieder harmonisch.

Nach dem guten Essen, alle waren mehr als satt, lümmelten sich die drei in die Sessel und auf das Sofa. Maren Köster nahm das Buch, das auf ihrem Sitzmöbel lag, in die Hand und hatte wieder Grund, sich zu wundern. Shakespeare, von Erich Fried übersetzt. Das Buch sah aus, als habe Josef schon oft in ihm gelesen oder schon mal eine Nacht auf ihm verbracht.

„Josef, ich wusste gar nicht, dass du Shakespeare liest," staunte Maren nicht schlecht.

Jupp zuckte mit den Schultern: „Über Geschmack lässt sich eben vortrefflich streiten", verteidigte er sich, obwohl Maren Köster ihn gar nicht angreifen wollte.

„Aber mal was anderes, wie weit seit ihr denn mit eurem Mord?", lenkte Josef Schulte von seinen literarischen Interessen ab.

„Ja," sagte Axel Braunert, der gerade das Kaffeegeschirr, Sammeltassen aus den fünfziger Jahren, herein trug, „da sind wir im Grunde auch noch nicht sehr viel weiter gekommen. Heute haben wir den ersten Bericht von der Abteilung für Wirtschaftskriminalität bekommen. Ich sage dir, wir haben nicht schlecht gestaunt, dieser Zylinski ist sicher einer der reichsten Unternehmer in Ostwestfalen gewesen."

„Und dubiose Sachen sind auch dabei", berichtete Maren Köster und wedelte dabei mit der Hand in der Luft herum. „Da haben sicherlich auch einige Kommunalpolitiker ihre Finger im Spiel. Ich wundere mich sowieso, dass die bisher noch ruhig geblieben sind. Im übrigen bin ich erstaunt, dass die Presse sich verdammt ruhig verhält bei dieser Sache."

„Und wie sieht es mit seinem Erben aus?", fragte Jupp Schulte.

„Der ist völlig fertig, weil er demnächst zu den reichsten Leuten der Gegend gehört. Bis vorgestern hat er noch nicht gewusst, dass er überhaupt einen Onkel hat, und ans Erben hat er erst zu dem Zeitpunkt gedacht, als wir ihn darauf aufmerksam gemacht haben", sagte nun Axel.

„Und die Mordwaffe?"

„Russischer Karabiner, tauchen immer öfter hier auf, seitdem die Grenzen der ehemaligen Ostblockstaaten durchlässiger geworden sind. Es gibt zwar noch einen Hinweis, dass an dem Lauf nachträglich manipuliert wurde, aber damit können wir im Moment auch nicht viel anfangen. Kriminaltechnisch ist die Waffe ein unbeschriebenes Blatt", berichtete die Köster. „Aber lass uns nicht mehr von der Arbeit reden. Josef, es war wirklich ein netter Abend. Jetzt noch einen Kaffee und dann rufen wir uns ein Taxi. Fahren kann ja keiner mehr von uns."

Nachdem seine Gäste gegangen waren, gönnte sich Schulte noch ein Glas von dem mitgebrachten Brandy und freute sich über den gelungenen Abend. Das dreckige Geschirr konnte lange auf ihn warten.

Er dachte an den kommenden Tag mit seiner Tochter. Ihr politisches Engagement gefiel ihm. Er hatte das Glück, am Gymnasium einen Geschichtslehrer zu haben, der in seinen politischen Ansichten so schwarz war, dass er 'im Keller Schatten warf'. Aber er war überzeugter Christ und auf seine Weise Antifaschist. Die Auseinandersetzung mit dem Nationalsozialismus, zu der sein damaliger Lehrer ihn und seine Schulkameraden angehalten hatte, prägte sein weiteres Leben. Er suchte nach Antworten. Alles, was er über diese Zeit zu lesen in die Finger bekam, verschlang er. Aber Antworten fand er nicht. Er kannte die Geschichte, aber ihm fehlte die Erklärung. Irgendwann las er lieber anderes. Die Gräueltaten waren ihm derart zuwider, dass er nicht mehr die Kraft fand, sich mit der Zeit auseinander zu setzen. Vielleicht war er auch einfach das Thema leid. So richtig klar ist ihm das nie geworden.

Er dachte an seine Erlebnisse als Fußballfan. Im Stadion, wenn er die rechtsradikalen Sprüche hörte und die Glatzen sah, dann war sie wieder da, diese Mischung aus Empörung und Ohnmacht.

In der letzten Zeit hatte er auch Veränderung an sich selbst beobachtet. Als ihm vor einigen Tagen ein Gruppe ausländischer Jugendlicher entgegenkam, stellte er sich innerlich darauf ein, angepöbelt zu werden. Wurde er jetzt selbst zum Ausländerfeind? Sein Verstand verbot ihm eine solche Entwicklung. Das Unterbewusstsein signalisierte aber auch bei ihm Abwehrhaltung gegen alles Fremdartige. Das hatte ihn lange Zeit wirklich irritiert.

„So sind die Menschen nun mal", tröstete er sich mittlerweile. Nicht der Mangel an primitiven Instinkten macht den zivilisierten Menschen aus, sondern deren Überwindung durch den Verstand. Das bedeutet nun mal, sich immer wieder selbst in die Pflicht zu nehmen und an sich zu arbeiten. Diese Erkenntnis hatte ihn einigermaßen mit sich selbst versöhnt. Schulte wollte nicht mehr über dieses Thema nachdenken. Er schüttelte sich unmerklich, trank seinen Brandy aus und schenkte nach.

34

Leopold Gockel kam mit dem Auto seiner Freundin auf den Hof gefahren und stürmte ins Gutsgebäude.

„Mensch, Rudi! Der Erbe von Zylinski ist da, morgen habe ich als bester Unternehmensberater der Gegend den ersten Termin mit ihm."

Rudi Lüke spielte mit einer Akkubohrmaschine und hatte keinen Bock auf Aufschneidereien von Gockel. Er war bei seinen Eltern und damit seiner Mutter drei Stunden am Stück ausgesetzt gewesen. Das reichte ihm für die nächsten Wochen. Also jetzt nicht auch noch Hochstapelei.

„Komm Alter! Geschäft ist Geschäft, da reden wir morgen drüber. Jetzt knacken wir erst mal die Scheune. Heute beweisen wir unsere Unschuld."

Er zielte auf Gockel und drückte den Schalter. Das Motorgeräusch der Maschine ertönte. Gockel glotzte. An die Scheune hatte er gar nicht mehr gedacht. Eigentlich wollte er Lüke seine neuesten Pläne mit dem Zylinski-Imperium unterbreiten.

„Komm, Rudi! Lass das Detektivspielen, die Sache wird sich auch ohne unser Zutun aufklären.“

„Nix, die Köster hat uns auf dem Kieker. Die hat doch gar keine Böcke mehr, noch weiter zu suchen. Wenn wir da nicht Licht ins Dunkel bringen, sind wir Montag wieder im Knast. Dann ist Schluss mit größter Unternehmensberater Ostwestfalens.“

Rudi Lüke wunderte sich über seine eigene Durchsetzungskraft. Gockel dachte an seinen letzten Knastaufenthalt und die Zellenkumpel. Ihm lief eine Gänsehaut über den Rücken.

„Okay, bringen wir die Sache hinter uns. Ich habe heute Abend noch einen Termin mit meiner Süßen. Wenn ich den vermassele, brauche ich in der nächsten Zeit nicht mehr bei ihr aufzulaufen.“

Die beiden Männer setzten sich in Lükes alten Mazda und fuhren zur Scheune. Hier angekommen, machte sich Rudi Lüke gleich ans Werk. Er bohrte die neu angebrachten Schrauben aus der großen Schiebetür. Leopold Gockel sah zu, wie sein Partner einen Bohrer nach dem anderen verschliss. Doch dann hörten sie den Befestigungshaken auf der anderen Seite mit einem hellen ‘Kling’ gegen die Mauer fallen. Nach weiteren zwanzig Minuten hörten sie das gleiche Geräusch auf der anderen Seite. Das Tor war auf. Sie schoben es ein Stück zur Seite. Zum Vorschein kamen zwei Audi A4, ein dreier BMW und ein Volvo V70. Die beiden Detektive trauten ihren Augen nicht.

„Das ist ja ein dicker Hund“, murmelte Lüke und wollte gerade in die Scheune gehen, da hörte er ein Geräusch neben sich und fast zeitgleich einen unterdrückten Schmerzensschrei.

Er drehte den Kopf in Richtung der Geräusche. Da traf ihn eine Faust mitten auf die Nase. Blut lief ihm in den Rachenraum und durchs Gesicht. Vor seinen Augen tanzten Sterne. Da traf ihn ein Knie zwischen die Beine und im nächsten Moment eine Faust in die Magengegend. Langsam sackte sein Bewusstsein weg. Jetzt traf ihn eine Faust auf das rechte Auge. Dies war seine letzte Wahrnehmung, bevor er ins Reich der Träume wegsackte.

Als er wieder zu sich kam, war es um ihn herum dunkel. Seine Augen waren geschlossen. Er konnte sie jedoch nicht öffnen, da sie von Blut verklebt waren. An Armen und Beinen hatte er Schmerzen, als würde er, dort wo die Fesseln saßen, von Tausenden Nadeln gleichzeitig gestochen. Er versuchte etwas zu sagen, doch dann verlor er wieder das Bewusstsein.

Als er das nächste Mal aus dem Reich der Toten zurückkehrte, glaubte er Stimmen zu hören. Er hatte wahnsinnigen Durst. Doch er war nicht in der Lage, sich bemerkbar zu machen. Die Schmerzen und die Angst lähmten ihn. Nach kurzer Zeit sackte er wieder weg.

Das nächste Mal wurde er ins Leben zurück gerufen, als sich jemand an seinem dröhnenden Kopf zu schaffen machte. Es wurde ihm eine Binde um die Augen gebunden. Er wollte etwas sagen, doch seine Stimme versagte. Die Worte wurden zu einem Röcheln. Jemand führte ihm den Hals einer mit Wasser gefüllten Flasche an den Mund. Er versuchte zu schlukken. Das meiste von dem wertvollen Nass lief ihm jedoch über den Pullover. Mittlerweile fror er fürchterlich. Er versuchte, sich an den neben ihm liegenden Gockel zu kuscheln, um sich an ihm zu wärmen. Doch es gelang ihm nur mäßig. Auch diesmal hielt sich sein Bewusstsein nicht lange.

35

Josef Schulte lag noch im Bett, als es an seiner Haustür schellte. Er hüllte sich in einen alten, gestreiften Frotteebademantel, schlüpfte in seine ausgelatschten Birkenstöcker und schlurfte zur Tür. Er war anscheinend der einzige am gestrigen Abend, der dem Wein zugesprochen hatte. So fühlte er sich jedenfalls.

Vor der Tür stand eine junge Frau mit kurz geschorenem Haar, mehreren Ohrringen und Stecker in Ohren und Nase. Sie hatte eine enge Jeans an, Dogger-Schuhe, einen zu großen Pullover und eine kurze, auf alt getrimmte Lederjacke mit einem Abzeichen auf dem rechten Arm. Das zeigte, wie ein Hakenkreuz von einer Faust zerschlagen wurde. Trotz dieser wenig eleganten Aufmachung handelte es sich um eine ausgesprochen hübsche junge Dame.

Sie sagte: „Hei, na eine anstrengende Nacht gehabt?“

„Sei nicht so frech, geh lieber mal zu Fritzmeiers und hol ein paar Eier und einen Liter Milch. Die Kanne habe ich schon gestern rüber gebracht.“

Er ging ins Badezimmer und setzte sich aufs Klo. Seitdem er diesen stillen Ort selber putzen musste, pinkelte er im Sitzen. Dann sah er in den Spiegel und wendete sich umgehend angewidert ab. Er duschte kurz und schaltete noch vor dem Anziehen den Backofen im Küchenherd ein, um anschließend die bereits pappigen Brötchen von gestern aufzubacken.

Gerade hatte Jupp sich seine Hose zugemacht, da kam seine Tochter zurück. Sie schüttelte sich vor Lachen.

„Was ist denn mit dir los?“

„Fritzmeiers Egon war gestern auf einem Richtfest und hat sich da wohl so einen genommen, dass er nachher nicht mehr in der Lage war, die Schweine zu füttern. Da hat er nur noch sein Portemonnaie, mit den Worten: „Kauft euch wat!“, in den Futtertrog geschmissen und hat sich dann ins Bett gelegt. Vater Anton hat das zwar mitgekriegt, aber bis er zur Stelle war, hatten die Schweine die Geldbörse schon aufgefressen. Dann hat er Egon mit seinen fünfzig Jahren noch eine gelangt. Der hat weder was davon gemerkt noch hat es geholfen. Die dreihundert Mark, die er vorher noch für seine Hilfe am Bau bekommen hatte, sind wahrscheinlich schon verdaut. Jetzt hängt der Haussegen schief. Anton schimpft wie ein Rohrspatz und Egon kühlt sein blaues Auge."

Schulte prustete laut los.

„Das war eine schwarze Woche für Fritzmeiers! Erst der Trekker und jetzt das!"

Nachdem die beiden sich wieder eingekriegt hatten, deckte Ina den Tisch und Josef kochte Kaffee, legte die Brötchen in den vorgeheizten Ofen, kochte zwei Eier und Milch.

„Wie willst du die Eier?", fragte er und machte Anstalten, Ina warme Milch in die Tasse zu gießen.

„Fünf Minuten und keine Milch bitte, ich trinke den Kaffee schwarz!"

„Schwarzer Kaffee ist nichts für Kinder."

„Kinder! Kinder! Was meinst du, wie ich hierher gekommen bin? Mit Mutters Auto. Und, weißt du noch, wer versprochen hatte den Führerschein zu bezahlen?"

Für Jupp war der Tag gelaufen. Das war genau das Geld, das er sich für einen Urlaub zwischen den Jahren zusammengespart hatte.

„Was, ist die Frau nicht gescheit? Wie kann sie unser Kind so einer Gefahr aussetzen?", zeterte er los und bekam einen Schlag in die Magengrube. Er verschüttete etwas Milch. Die Eieruhr bimmelte.

Tochter und Vater vergnügten sich noch einige Zeit beim recht späten Frühstück. Dann machten sie sich auf den Weg, Maren Köster abzuholen.

Auf dem weiteren Weg machte Josef Schulte die beiden miteinander bekannt. Ina fuhr natürlich, und ihr Vater war nicht gerade die Ruhe selbst.

Die Auftaktveranstaltung fand vor einem Schwimmbad statt.

Die meisten Leute kannten sich untereinander. Auch aus Inas Schule waren noch einige Schüler anwesend und so ging es recht locker zu. Es gab einige kürzere Reden. Man berichtete von den Aktivitäten der Bürgerinitiative und denen der rechten Szene. Dann machte man sich auf den Weg dorthin. Die ganze Demo wurde von der Polizei begleitet. Es dauerte nicht lange, da kam der erste Uniformierte und gab Schulte und Maren Köster die Hand.

„Mensch, Herr Kommissar! Sie auch hier, das hätte ich ja nicht gedacht!"

„Hallo, Herr Kommissar! Sonntags nichts Besseres zu tun?"

So ging es einige Zeit, dann fing Ina an zu schimpfen: „Mensch, Papa! Mit dir kann man wirklich nirgends hingehen! Überall blamiert man sich mit dir!"

„Wieso, was hab ich denn jetzt schon wieder gemacht?"

„Jouh, da vorne bei den Autonomen hält man dich schon für einen Spitzel. Musst du denn immer den Bullen raushängen lassen?"

„Wieso, ich gehöre eben zu den Polizisten, die es für ihre demokratische Pflicht halten, gegen Nazis auf die Straße zu gehen. Da muss man mich doch loben. Außerdem habe ich nichts zu verheimlichen!"

Ina zog eine Schnute und gesellte sich wieder zu den Leuten ihrer Schule. Maren Köster grinste.

Am Versammlungsort der NPD angekommen, hielt ein namhafter Politiker mit Nickelbrille, der einer kleinen linken Partei angehörte, eine Rede.

Auf dem Rückweg begann Maren Köster ein Gespräch mit Ina.

„Hast du noch Geschwister?"

„Ja, zwei Schwestern. Eine ganze und eine halbe. Die halbe ist eine Woche älter als ich. Aber ich darf sie nicht sehen, weil Papa sich früher mal so schlecht benommen hat."

Sie grinste ihren Vater an und dieser machte Anzeichen, ihr den Hals umzudrehen.

„Wie kann denn das angehen?“ Diese Logik war Maren Köster zu hoch.

„Ganz einfach! Dieser Mann“, sie zeigte auf ihren Vater, „der aussieht, als könne er kaum bis drei zählen, hat innerhalb einer Woche zwei Frauen beglückt. Und hat in beiden Fällen nicht aufgepasst. Eine der beiden armen Frauen ist meine Mutter. Alles klar?“

„Alles klar! Jupp, du bist ja ein ganz Wilder. Wer hätte das gedacht?“, lachte Maren Köster lauthals.

„Ich wüsste ja gerne, wie viel Geschwister ich denn sonst noch habe, aber er erzählt es mir nicht!“

„Jetzt reichts aber, sonst wirst du enterbt!“, drohte Schulte lachend. So richtig wohl war ihm aber bei den groben Späßen seiner Tochter nicht. „Wer weiß, wie Maren so was aufnimmt?“, fragte er sich insgeheim voller Sorgen.

Josef Schulte und Maren Köster fuhren mit Ina zu einem Parkplatz in der Nähe des Hermannsdenkmals. Von hier wanderten sie zum Hangstein und aßen dort jeder ein Stück dänische Schokoladentorte. Den besten Kuchen weit und breit, so meinte jedenfalls Schulte. Auf dem Rückweg setzte Ina Maren Köster bei Schulte ab, so dass sie das am Vorabend stehen gelassene Auto wiederbekam.

36

Schulte fühlte sich einsam, nachdem er von seiner Tochter zu Hause abgesetzt worden war. Er musste etwas tun. Also setzte er sich in sein Auto und fuhr noch mal zu Zylinskis Gut. Es wurde seit der Verhaftung Zawackis von der Detmolder Polizei beschattet. Josef wäre zwar angerufen worden, wenn sich dort etwas getan hätte. Aber er brauchte jetzt Ablenkung. An Schlafen war nicht zu denken. So fuhr er durch die Nacht und bemühte sich, seine Gedanken auf die Autodiebstähle zu lenken. Doch immer wieder tauchte Maren Köster in seinen Gedanken auf.

Da war im Dunkeln schon schemenhaft der große Bau zu erkennen. Gerade als er an der Einfahrt des Schlosses vorbei fuhr, ordnete sich ein alter Fiat mit polnischem Nummernschild zum Linksabbiegen auf das Gelände ein.

Dem Kommissar knallte das Adrenalin durch den Körper. Er war sofort hell wach. Ohne die Geschwindigkeit zu drosseln, fuhr er weiter, griff jedoch zum Funkgerät und meldete sich bei seinen Kollegen.

„Zulu, bitte melden!"

„Ja, hier Zulu?"

„Schulte, habt ihr den Wagen gerade gesehen?"

„Wir sind doch nicht blind! Kontrollierst du uns oder warum treibst du dich hier rum?"

„Ihr wisst ja, Junggesellen haben nichts Besseres zu tun. Ich suche mir jetzt ein ruhiges Plätzchen, um mein Auto zu verstecken. Dann komme ich zu euch."

Schulte fuhr noch ein paar hundert Meter und bog in eine Einfahrt, die zu einer Feldscheune führte. Zu seiner Verwunderung stand dort ein alter Mazda. Irgendwie kam ihm das Auto bekannt vor. Der Kommissar wurde unsicher. Sollte er seinen Wagen hier wirklich abstellen? Er fuhr ihn rechts an der Scheune vorbei und parkte hinten. Nachdem er sein Auto verschlossen hatte, schlich er vorsichtig zum Mazda. Der Motor war kalt. Wo hatte er diese Kiste schon mal gesehen? Er kratzte sich am Kopf und pirschte sich dann zu dem Beobachtungsposten der Polizei.

„Na, Jupp! Mit der kleinen Köster gegen Nazis demonstriert? Ist das jetzt deine neueste Masche?"

„Schnauze! War das der erste Wagen, der auf den Hof gefahren ist?"

„Ja, und Zulu 1 hat eben durchgegeben, dass es sich um fünf männliche Personen handelt, die direkt zu der Unterkunft hinter dem Gut gefahren sind.“

„Lasst mich mal auf den Rücksitz!“

Die hintere Autotür wurde von einem der beiden Polizisten geöffnet und Schulte stieg ein.

„Hat sich sonst etwas getan?“

„Eigentlich nicht! Um 13 Uhr 45 haben Lüke und Gockel mit ihrem Fahrzeug das Gut verlassen und sind bis jetzt nicht zurück gekehrt. Außer dem polnischen Wagen um 23 Uhr 10 ist nichts passiert.“

„Die beiden, Lüke und Gockel, was fuhren die denn für ein Auto?“

„Einen alten Mazda 323. Ist auf Lüke zugelassen.“

„Scheiße! Jetzt weiß ich, welches Auto ich an der Scheune gesehen habe. Hoffentlich habe ich die Sache jetzt nicht vermasselt.“

„Wieso, was ist denn los?“

„Die Kiste steht da vorne und ich Idiot habe meinen Wagen auch da abgestellt. Zwar hinter dem Gebäude. Es sollte mich aber nicht wundern, wenn sie das Auto bei ihrer Rückkehr finden. Ich glaube, ich fahre die Karre noch schnell woanders hin.“

Er war im Begriff, wieder auszusteigen, da erhellten zwei Lichtkegel die Straße erneut. Auch diesmal bog der Wagen, ein alter Passat Variant, links ab auf die Hofeinfahrt.

Die drei Männer in dem Polizeifahrzeug bekamen feuchte Hände. Kurze Zeit später meldete sich Zulu 1: „Drei Personen haben gerade das Fahrzeug verlassen und betreten die Unterkunft.“

„So, Jungens! Ich fahr jetzt mein Auto da hinten weg. Wir warten noch, bis sich alle schlafen gelegt haben, dann nehmen wir uns die Unterkunft mal vor.“

Schulte stieg aus und verschwand im Schatten der Büsche,

welche die Straße säumten. Er schlich zur Scheune. Gerade wollte er die Straße überqueren, da näherte sich ein weiteres Fahrzeug. Es fuhr in die Einfahrt zur Scheune. Dieses Fahrzeug hatte jedoch ein lippisches Kennzeichen. Schulte tastete nach seiner Dienstwaffe, die jedoch gut verschlossen zu Hause lag. Wer nimmt schon eine Pistole mit ins Landestheater?

Das Fahrzeug fuhr so, dass es das Scheuneninnere ausleuchten konnte. Der Beifahrer stieg aus und schob das Tor auf. Der Mercedes rollte langsam rein.

Nachdem das Tor wieder geschlossen war, nur ein Spalt von einem halben Meter blieb offen, sprintete der Kommissar über die Straße und kauerte sich wieder in die Büsche. Er hörte Stimmen und jemanden stöhnen.

„Los pack an! Wir müssen die beiden hier weg schaffen!", hörte er jemanden kommandieren.

„Was hast du denn vor? Die werden uns doch verraten!", hörte er eine zweite, etwas unsichere Stimme.

„Wirst du schon sehen! Los jetzt."

Schulte überquerte mit zwei, drei Sprüngen den Gebäudevorplatz und lugte vorsichtig ins Innere.

Er sah, wie zwei Männer einen blutverkrusteten Mann in den Kofferraum des Autos hoben. Dann wurde der Deckel zugeknallt. Gleichzeitig sah er einige Autos im Hintergrund.

Er beeilte sich, hinter die Scheune zu kommen, denn schon machte einer der beiden Männer Anstalten, zum Tor zu gehen und es zu öffnen.

Kaum war er hinter der Ecke verschwunden, da hörte er auch schon das Geräusch der Rollen, auf denen die Schiebetür lief. Eine Minute später fuhr der Wagen vom Hof. Schulte sprintete zu seinem Auto und griff zum Funkgerät.

„Zulu bitte kommen! Gerade ist ein hundertneunziger Daimler vom Hof gefahren!"

Josef Schulte nannte die Nummer

„Nehmt sofort die Verfolgung auf! Im Kofferraum liegt mindestens eine Person. Also ballert nicht hinter dem Auto her.“

„Hier ballert keiner, Herr Hauptkommissar! Gerade ist das genannte Fahrzeug an uns vorbei gefahren. Wenn es durch die nächste Kurve ist, nehmen wir die Verfolgung auf.“

Schulte alarmierte auch alle anderen Streifenfahrzeuge, die sich in der Gegend befanden. Dann ließ er den Motor an und düste wie Michael Schumacher auf die Straße.

Er fuhr wie eine gesengte Sau. Schon in der ersten Kurve hätte die Verfolgungsjagd beinahe geendet. Gott sei Dank stand nur ein Straßenbegrenzungspfahl und keine Eiche im Weg. Der Pfahl lag jetzt irgendwo in der Wiese, und die Dorfjugend würde die Schuld dafür bekommen.

Nach wenigen Minuten hatte er die Kollegen eingeholt. Es knackte in seiner Sprechfunkanlage.

„Sach mal, Jupp! Bist du nicht ganz dicht? Wenn du gleich im Straßengraben liegst, können wir die Verfolgung annen Haken hängen. Du chlaubs wohl ohne dich läuft hier nichts, wa? Wenn du schon kein Vertrauen mehr zu der Polizei hast, wer denn dann noch! Oder meinst du etwa, nur die von der Kripo könnten son Auto verfolgen?“

Der Tonfall war eigentlich unangemessen, da Schulte dem Polizisten um einige Dienstgrade voraus war. Aber einmal legte dieser sowieso keinen gesteigerten Wert auf Formalismen, zum anderen kannte er ‘Nübels Karl-Heinz’ seit frühester Jugend.

„Ist ja schon gut, Kalle. Aber wenn ich in so eine Situation komme, dann gehen die Pferde mit mir durch. Gib mal die Position des verdächtigen Fahrzeugs durch!“

„Hier Zulu! Verdächtiges Fahrzeug fährt in Richtung Bielefeld.“

„Kalle, überholt jetzt mal, ich bleibe hinter dem verdächtigen Fahrzeug.“

„Hier Zulu1! Wir sind jetzt auch dran. Wir bleiben in diesem Abstand hinter euch.“

Zulu 1, natürlich ein völlig zivil wirkender Vectra, setzte sich nun vor den Mercedes. Doch der bog an der nächsten Abzweigung ab, Richtung Tönsberg. Die Polizisten wendeten fluchend ihren Wagen.

„Jupp, bist du noch dran?“

„Alles klar, sie fahren auf der Hauptstraße, Richtung Lemgo.“

Der Mercedes fuhr in ruhiger Fahrt den Berg hinauf. Oben angekommen bog er von der Straße ab und fuhr Richtung Wald.

An einer ziemlich hohen Eisenbahnbrücke stoppte der Mercedes in einer kleinen Parkbucht. Schulte fuhr an ihnen vorbei. Sobald er das Fahrzeug passiert hatte, griff er zum Funkgerät.

„Zulu, das verdächtige Fahrzeug hält an der Brücke. Fahrt an ihm vorbei bis zu mir. Zulu 1, ihr macht die Straße vor der Brücke dicht.“

Sobald der Kommissar außer Sichtweite war, brachte er sein Auto zum Stehen. Er stieg aus und wartete ungeduldig auf die Kollegen. Es dauerte keine zwanzig Sekunden, dann hielten diese ebenfalls.

„Komm mit Kalle! Und du, mach mit der Karre die Straße dicht und fordere ein paar Kollegen aus Bielefeld an.“

Dann rannte Schulte los und der Zweizentnerzwanzig Mann in Uniform schnaufte hinter her.

„Hoffentlich hören die uns nicht gleich,“ dachte Kommissar Schulte.

Der Fahrer des Mercedes hatte den Kofferraumdeckel geöffnet.

„Los, fass schon mit an! Wir haben keine Zeit zu verlieren!“

Sie hoben Rudi Lüke aus dem Kofferraum.

„Wir können die beiden doch nicht einfach von der Eisenbahnbrücke werfen!“

Lüke stand die Panik ins Gesicht geschrieben. Er mobilisierte alle seine Kräfte, um sich seinem drohenden Schicksal zu entziehen. Doch die beiden Männer hatten Griffe wie Schraubstöcke.

„Halt jetzt endlich dein Maul!“, raunzte der andere Mann. Dann schlug er Lüke die Faust ins Gesicht. Dieser schmeckte frisches Blut. Dann sackte er zurück ins Reich des Morpheus.

Sie legten ihn vor das Brückengeländer, um Gockel zu holen. Da stürzte Josef Schulte auf die Brücke. Gefolgt von einem schnaufenden Koloss in Uniform.

„Halt, stehen bleiben, Polizei!“

Schulte stürzte sich auf die beiden Männer. Doch ehe er sich versah, wurde ihm eine Faust entgegengeschleudert. Der Polizist versuchte dem Schlag auszuweichen, doch die geballte Hand streifte Kopf und Ohr. Er stolperte und fiel zu Boden. Der Schläger wollte sich auf ihn stürzen, doch in dem Moment hielt der dicke Polizist ihm eine Pistole unter die Nase.

„Hände hoch! Los, umdrehen und die Hände auf das Brükkengeländer. Die Beine auseinander!“

Josef Schulte betastete sein Ohr. Es brannte. Er war sich nicht sicher, ob es sich noch an der ursprünglichen Stelle befand. Auf dem Boden wimmerte Rudi Lüke. Er konnte seine Augen nicht mehr öffnen, so geschwollen waren sie.

Die beiden Männer wurden nach Waffen durchsucht. Der jüngere der beiden weinte. Sie wurden mit Handschellen an das Brückengeländer gefesselt. Dann ging Schulte, um die Kollegen und das Auto zu holen.

Die Verhafteten wurden zum Polizeipräsidium, sowie Gokkel und Lüke ins Krankenhaus gebracht.

Schulte setzte sich ins Auto. Er wollte sich die Scheune noch einmal ansehen.

Als er das Gebäude betreten hatte, staunte er nicht schlecht. Neben dem vor einigen Tagen geklauten BMW und dem Audi von Willi Potthast kamen noch ein weiterer Audi und ein Volvo V70 zum Vorschein, die auch auf seiner Vermisstenliste standen. Er ging zurück zu seinem Auto und rief über Funk wieder nach seinen Kollegen.

„Ich habe in der Scheune vier gestohlen gemeldete Autos gefunden. Nehmt doch gleich mal die Polen, die im Gut schlafen, fest. Ich gehe jetzt auf Nummer sicher."

37

Josef Schulte war hellwach. Der Fahnder in ihm bestimmte sein Handeln. Nachdem er Hedwigs Kaffeemaschine angeschmissen hatte, ließ er sich den ersten der beiden Festgenommenen ins Zimmer führen. Es war der jüngere, der schon bei der Festnahme Nerven gezeigt hatte. Der junge Mann war furchtbar „durch den Wind", als er auf dem Stuhl vor Schultes Schreibtisch Platz nahm. Er strich sich immer wieder die verschwitzten dunklen Haare aus der Stirn und redete sehr leise.

„Ich wusste, dass die Geschichte nicht gut geht. Ich habe es meinem Bruder immer wieder gesagt. Aber der wollte es unserem Vater zeigen."

„Moment!", Josef Schulte sah auf ein Formular, das ihm Hauptwachtmeister Karl Topp hingelegt hatte.

„Sie sind Detlef Kröger. Sie und Ihr Bruder Dieter sind Betreiber einer Landmaschinenwerkstatt und Besitzer der Scheune an der Guts-Straße, in der wir vier gestohlen gemeldete Autos gefunden haben."

Der Mann nickte und schnäuzte sich.

„Was hat das alles mit Ihrem Vater zu tun?"

„Die Werkstatt gehörte vorher meinem Vater. Der hat aus einer kleinen Schmiede in den sechziger Jahren diese Werkstatt aufgebaut. Vor fünfzehn Jahren haben mein Bruder und ich dann die Werkstatt übernommen. Wir haben noch einmal eine neue große Halle angebaut. Gegen den Willen unseres Vaters. Ich wollte ja nicht, aber Dieter hat mich überredet. Der hat sich schon, seitdem er sechzehn war, immer mit Vater angelegt. Manchmal habe ich gedacht, die beiden schlagen sich tot. Ja, und dann haben wir, wie gesagt, diese neue Halle gebaut. Wir wollten zu den Ackergeräten noch Melkanlagen vertreiben. Doch kaum war die Halle fertig kam die Milchkontingentierung. Viele Bauern gaben erst die Kühe und dann den Hof auf. Wir mussten Leute entlassen. Unser Erspartes wurde immer weniger. Vater hatte es geahnt, aber Dieter wollte vor Vater seine Niederlage nicht eingestehen. Dann wurden die Grenzen aufgemacht. Immer wieder kamen Durchreisende aus Polen oder Russland auf unseren Hof und wollten Autos und Gerät kaufen. Wir haben erst alte Trecker und Landmaschinen aufgemöbelt und mit Gewinn weiter verkauft. Aber die neue Einnahmequelle reichte nicht. Irgendwann kam Dieter auf den dummen Spruch: „Heute gestohlen und morgen in Polen". Also suchte er Kunden, die Autos kauften und nicht fragten, wo sie herkamen. Dieter hat da jetzt seine Kontakte. Und eines Abends stand der erste gestohlene Audi bei uns in der Werkstatt. Ich hab mich noch in der gleichen Nacht in die Kiste gesetzt und habe sie nach Frankfurt/Oder gebracht."

„Und was haben die polnischen Arbeiter auf dem Gut mit den gestohlenen Autos zu tun?"

„Nichts! Das sind ganz normale Bauarbeiter, die noch für zehn Mark die Stunde arbeiten. Die haben unsere Scheune renoviert. Wir konnten ja nicht die gestohlenen Autos bei uns in der Werkstatt abstellen. Außerdem hat unser Vater schon irgendwas mitgekriegt. Der wunderte sich schon, dass Dieter sich vor kurzem einen neuen Mercedes gekauft hat."

„Und wieso fuhr dieser Gockel mit einem gestohlenen Auto Richtung Polen?"

„Zylinski machte immer irgendwelche Geschäfte mit meinem

Bruder. So nach dem Motto: ‘Eine Hand wäscht die andere’. Wenn wir schnell mehrere Autos verschieben mussten, kam es schon mal vor, dass seine Leute für uns die Autos überführten, ohne jedoch zu wissen, was für Autos das waren.“

„Okay! Jetzt kommen wir zu den beiden Männern im Kofferraum. Was hatten Sie mit denen vor?“

„Dieter wollte sie aus dem Wege räumen. Sie hatten ja nun alles gesehen.“

„Nur Dieter? Sie ja wohl auch, oder?“

Der Mann brach plötzlich wieder in Tränen aus. Schulte ließ ihn in eine Zelle bringen und nahm sich seinen Bruder vor. Dieser war aus anderem Holz geschnitzt. Doch um fünf Uhr morgens hatte Josef Schulte zwei unterschriebene Geständnisse. Die polnischen Arbeiter wurden wieder frei gelassen und dadurch natürlich auch Zawacki. Als dieser Schulte mit einem Nachspiel drohte, zuckte der mit den Schultern.

„Dumm gelaufen, Herr Zawacki, tut mir leid. Aber so was kommt vor!“

Plötzlich hatte Schulte einen Geistesblitz.

„Moment, Herr Zawacki! Da fällt mir noch was ein! Wie kommen Ihre Fingerabdrücke auf die polnischen Nummern schilder, die wir in der Scheune auf dem Gut gefunden haben?“

Der Angesprochene wurde blass.

„Volltreffer!“, dachte Schulte. Zu Zawacki aber sagte er:

„Genau, kommen Sie doch zu einem kleinen Nachspiel in mein Büro.“

Hier angekommen, nahm er den Chef der polnischen Bauarbeiter sofort richtig in die Mangel. Zawacki erwies sich weiterhin als zäher Brocken. Die einzige Aussage, zu der er ihn bringen konnte, war, dass er für jeden Satz polnischer Nummernschilder zehn Mark von Zylinski bekam. Dieses kleine Zubrot wollte er sich nicht entgehen lassen. Die Nummernschilder seien alle von Autowracks. Er habe sich nichts zu Schulden kommen lassen. Wozu Zylinski die Schilder benötigt habe? Keine Ahnung! Das sei ihm auch völlig egal.

Jedenfalls hatte Schulte jetzt wieder einen, wenn auch dünnen Verdachtsmoment gegen Zawacki. Irgendwie konnte er den Kerl nicht leiden. So ließ er denn den aufs neue tobenden Polen abführen. Lange würde er ihn nicht festhalten können. Aber so ein bisschen schmoren lassen wollte er ihn dennoch. Auch Polizisten haben menschliche Rachebedürfnisse.

Mittlerweile war es sieben Uhr morgens. Jetzt, wo alles vorbei war, merkte Schulte, dass er hundemüde war. Doch bevor er sich ein paar Stunden aufs Ohr hauen würde, wollte er seinem Freund Willi Potthast noch persönlich mitteilen, dass sich sein Auto wieder angefunden hatte. Er holte sich die 'Heimatzeitung' und setzte sich in sein Büro, um sich die Zeit bis sieben Uhr dreißig zu vertreiben.

Plötzlich hielt er beim Blättern inne. „Unfallflüchtiger Polizist lässt Königsamt ruhen. Paderborner Polizei und Bürgerschützen betroffen!", stand da in großen Lettern.

Sofort dachte er an Willi Potthast. Doch beim weiteren Lesen stellte er fest, dass es sich um dessen Chef handelte. Dieser war mit seinem Privatwagen Schlangenlinien auf der Bundesstraße gefahren und dann mit einem vorausfahrenden Rollerfahrer kollidiert. Anschließend ergriff der Kripobeamte mit 2,77 Promille im Blut, so stand es in der Zeitung, die Flucht. Der Rollerfahrer war wie durch ein Wunder nur leicht verletzt. Dem prominenten Fahrer drohte jetzt ein Verfahren. Aber auch die Paderborner Bürgerschützen waren durch den Fehltritt ihres Schützenkönigs gebeutelt.

Josef Schulte rieb sich die Hände. Na, den Potthast würde er gleich erst mal auf die Schippe nehmen.

Dann endlich war es halb acht. Er griff zum Telefon.

„Kommissar Potthast, guten Morgen!"

„Moin Willi, hier...."

„Jau, ich weiß, Jupp! Du hass die Zeitung gelesen und getz willsse mir einen von unsern König erzählen. Halt bloß die Schnauze! Ich bin sowieso schon mitte Nerven runter. Aber was ist denn nun, weshalb rufst du an?“

„Tja Willi, mit deinem Versicherungsbetrug, das wird nichts. Ich habe nämlich heute Nacht dein Auto wiedergefunden. Wir brauchen es zwar noch ein bis zwei Tage, du kennst das ja, aber dann kannst du es bei uns in Detmold abholen. Oder ich bringe es dir vorbei, dann können wir ja noch ein Bierchen trinken.“

„Mensch, Jupp! Bin ich froh. Keinen Ärger mehr mit der Versicherung. Das Bier hast du dir verdient.“

Potthasts Laune war hörbar gestiegen.

„Aber jetzt mal was anderes, Willi. Was hast du mich denn eben so angemacht? Was ist denn mit eurem König?“

„Das Bier bezahle ich doch nicht, du Pfeife.“

Potthast knallte den Hörer auf die Gabel. Der Prestigeverlust des Schützenvereins hatte ihn doch sichtlich mitgenommen. Josef Schulte grinste schadenfroh.

Er schrieb seiner Vorzimmer-Lady einen Zettel, dass er um elf Uhr wieder im Büro sei, dann machte er sich auf den Heimweg.

38

Viel war nicht los auf der Pressekonferenz der Kriminalpolizei von Detmold. Im Fürstentum teilen sich zwei Tageszeitungen mit sehr unterschiedlichen Marktanteilen die Leser. Es gibt sonst noch ein Anzeigenblatt, einen privaten Radiosender, bei dem aber auch eine der Tageszeitungen entscheidenden Einfluss hat, und das war’s auch schon.

Josef Schulte beantwortete die ihm gestellten Fragen zu den Autodiebstählen in der Region müde und kurz angebunden, aber souverän. Da er die Presse als wichtigen Bestandteil der demokratischen Staatsform, für die er als Polizist auf Recht und Ordnung achten musste, anerkannte, gab es für ihn keine Berührungsängste mit Pressevertretern. Er selbst wurde von der Öffentlichkeit bezahlt, also hatte diese Öffentlichkeit auch das Recht, etwas über seine Arbeit zu erfahren.

Für Polizeirat Nikolaus Olmer war die Presse ein Podium für eitle Selbstdarstellung und so gestaltete er seinen Beitrag gewohnt selbstgefällig und pomadig.

Die Fahndungserfolge, im Fall Banküberfall und im Fall Autodiebstahl Grundkötter, verkündete Olmer so stolz, dass kein Zweifel daran bleiben konnte, welcher Polizeichef in Nordrhein-Westfalen potentieller Kandidat für den nächsten freiwerdenden Innenministerposten sei.

Da Olmer nun mal dabei war, sich als der Größte ins Licht zu rücken, berichtete er auch gleich noch von einem weiteren gelösten Fall. Gestern habe man, so berichtete der Polizeichef weiter, auch die beiden Männer dingfest machen können, die in der Nähe von Bad Meinberg einem Rentner fünfzigtausend Mark unter dem Sonntagshut weggeklaut hatten.

Dass dieser Erfolg den Bielefelder Kollegen zuzuschreiben war, verschwieg er. Diese hatten, nachdem die Fingerabdrükke auf dem Bierglas kenntlich gemacht worden waren, die Täter schnell überführen können. Er verschwieg ebenfalls, dass nur noch die Hälfte des Geldes sichergestellt werden konnte.

Von den Autodiebstählen wollten die Pressevertreter aber nur wenig wissen. Viel spannender war für sie der Mordfall Zylinski. Olmer versicherte, dass die Kripo hier mehrere sehr heiße Spuren verfolge und verwies auf die nächste Pressekonferenz am Mittwoch. Er könne aber zu den Spuren aus fahndungstechnischen Gründen keine näheren Angaben machen. Damit wussten alle Anwesenden, dass die Polizei nach wie vor völlig im Dunklen tappte.

39

Mit schrillem 'Lalü-Lala' raste der Notarztwagen die Serpentinenstraße von Hiddesen zum Hermannsdenkmal hinauf.

Das berühmteste Bauwerk des Fürstentums, das in diesem Jahr Geburtstag hatte und jeden Sonntag Ziel Hunderter von Touristen ist, ließ er, oben angekommen, unbeachtet rechts liegen und brauste bergab weiter. Wieder ging's, in scharfen Kurven, den Bergwald hinunter, in Richtung Vogelpark. Nach einem halben Kilometer war rechts ein kleiner Parkplatz, von dem aus ein Waldweg weiterführte. Der Fahrer riss seinen Rettungs-Renner herum und donnerte über die bucklige Waldpiste. Nach einem weiteren halben Kilometer traf er auf eine ebenso aufgeregte wie grüne Menschenmasse. Mindestens zwanzig Jäger standen heftig gestikulierend im Pulk herum, machten aber dem Rettungswagen Platz. Die beiden Sanitäter rissen die Tragbahre aus dem Auto, der Notarzt beugte sich Sekunden später über einen am Boden liegenden, ebenfalls grün gekleideten Mann. Zwei Minuten später gab er den Sanitätern Anweisung, den Mann ins Auto zu verlegen. Da diese das sehr behutsam machten, dem Mann auch keine Decke übers Gesicht legten, atmeten die Zuschauer hörbar auf.

„Da hat aber einer chewaltig Chlück chehabt, sach ich euch!“, schnaufte Klüters Ulrich, fummelte seinen Flachmann aus der Westentasche und gab ihn an Naumanns Andreas weiter.

So was hatte selbst Hermann Rodehutskors noch nicht erlebt. Jetzt stand er als einziger 'Zivilist' unter lauter Grünröcken und schaute dem entschwindenden Notarztwagen nach. Das war nichts für seine sanfte Natur. Er hasste die Jagd auf echtes Wild. So eine Schleppjagd auf einen imaginären Fuchs mit Glitter und Hurra war für ihn ein glanzvolles, gesellschaftliches Ereignis. Aber eine ordinäre Treibjagd auf hilf- und chancenloses Wild? Bäh! Das war nicht sein Ding. Aber er war als Journalist eingeladen worden und hatte auf interessante neue Kontakte gehofft. Immerhin nahmen an dieser Jagd einige hiesige Promis teil. Ein Lokalredakteur muss nun mal seine Nase ständig im Wind haben. So hatte er fotografiert wie ein Verrückter. Der Blick durchs Objektiv brachte ihm die nötige Distanz zum seiner Meinung nach widerwärtigen Gemetzel. Nachdem er drei zappelnde Hasen, einen völlig zerfetzten Fasan und ein flüchtendes, angeschossenes Wildschwein für die Nachwelt auf Zelluloid gebannt hatte, gelang ihm noch ein ganz besonderer Schnappschuss.

Einer der Jäger, es war der gut betuchte Landwirt Heinz-Jürgen Dufues aus Heiligenkirchen, klappte urplötzlich mit dem Oberkörper vorn über und brach dann zusammen. Wie seine entsetzten Jagdgenossen feststellen mussten, handelte es sich um einen glatten Bauchschuss. Eigentlich hätte der Schütze jetzt stolz hervortreten müssen, konnte man doch, in Anbetracht der Körperfülle des Opfers, durchaus von einem kapitalen Bock sprechen. Aber, keiner wollte diese Lorbeeren ernten.

Irgendeiner hatte natürlich, man war ja nirgendwo davor sicher, ein Handy dabei. Damit konnte dann sehr schnell der Notarzt alarmiert werden, was dem armen erlegten Jäger wahrscheinlich das Leben gerettet hatte.

Auf die Idee, auch die Polizei zu informieren, kam keiner. Und es stellte auch keiner die Frage, die jetzt eigentlich hätte gestellt werden müssen. Alle schwiegen betroffen.

Irgendwann sagte dann Herbert Meiertöns, schwergewichtiger Besitzer eines dreistöckigen Bekleidungsgeschäftes in Detmold und hier und heute Jagdleiter:

„Kameraden, das war ein Unfall! Unfälle passieren nun mal. Wir sollten alles daransetzen, unnötiges Aufsehen zu vermeiden. Der Notarzt muss natürlich die Polizei informieren, aber um die kümmere ich mich schon. Ich bin sicher, die anwesende Presse hat für unser Anliegen volles Verständnis!“

Jetzt spürte Hermann Rodehutskors nicht nur alle Augen auf sich gerichtet, sondern auch, wie es ihm kalt den Rücken herunter lief. Sicher, in seinen Tagträumen hätte er sich jetzt trotzig in die Brust geworfen und ihnen seine journalistischen Grundsätze um die Ohren gehauen. Aber dies war Realität. Die Leute hier hatten schon jeder einzeln Einfluss und gewisse lokale Macht. Als homogener Kampfverband waren sie ein übermächtiger Gegner. Sein kleines Heimatblättchen war nicht die 'Washington Post' und auf die Anzeigenwerbung dieser Geschäftsleute und ihrer Freunde angewiesen. Also hob er beschwichtigend die Hand und sicherte den grünen Männchen seine Loyalität zu.

40

„**W**as soll ich mit diesem Mist?“, schimpfte Hauptkommissar Josef Schulte und fegte den dünnen Aktenvorgang von Polizeirat Olmers Schreibtisch.

„Ich habe gerade eine ganze Serie von Autodiebstählen aufgeklärt und wollte endlich mal drei Tage Überstunden abbauen. Und jetzt soll ich diesen lächerlichen Jagdunfall bearbeiten! Was geht es denn eigentlich die Kripo an, wenn sich Jäger gegenseitig abknallen? Die tun mir noch nicht mal leid. Ich kann diese Lodentypen nicht ausstehen! Von mir aus können die sich alle gegenseitig das bisschen Hirn aus dem Schädel pusten. Dann stelle ich mich daneben und blase auf dem Horn: 'Die Sau ist tot'!“

Sein Chef, Polizeirat Nikolaus Olmer, starrte ihn entgeistert an. Seit über zwanzig Jahren war er Inhaber des Jagdscheines und seit fast fünfzehn Jahren stolzer Pächter einer Jagd zwischen Horn-Bad Meinberg und Schlangen. Er hatte schon gelegentlich Kritik an seinem Hobby zu hören bekommen, aber sowas und das noch von seinem eigenen Untergebenen. Unglaublich!

Mit zitternden Händen tastete er nach seinem Kamm, fand ihn auch und fuhr sich durchs fettige Haar. Das Verhalten des Hauptkommissars schrie förmlich nach erzieherischer Maßnahme.

„Herr Hauptkommissar, ich bestehe darauf, dass Sie den Fall bearbeiten. Es ist zwar nur ein bedauerlicher Jagdunfall, aber es ist eben eine Formsache, und es ist unsere Pflicht, auch Formsachen gründlich und kompetent zu recherchieren. Und gerade Ihnen kann es nicht schaden, sich einmal mit dem Mythos und der ganz besonderen Ethik der Jagd etwas näher zu befassen. Und in Zukunft, Herr Hauptkommissar, kleiden Sie sich mal ausnahmsweise ordentlich und benehmen Sie sich wie ein normaler Beamter. Sonst blase ich mal ins Horn!“

Mit diesen Worten zeigte er Josef Schulte die Tür. Der verzog sich äußerlich gefasst aber innerlich schäumend in sein eigenes Büro.

Nachdem er einmal kräftig vor den Schreibtisch getreten hatte, schnappte er sich das Telefon und rief im Unfallkrankenhaus von Detmold an. Es dauerte fast vier Minuten und ständig quäkte eine weibliche Stimme: ‘Hold the line, please!’ durch den Hörer. Kurz vor dem Hörsturz wurde er dann zum Stationsarzt durchgestellt.

Dieser versicherte ihm, dass es dem Patienten den Umständen entsprechend gut gehe und dass man das Projektil habe isolieren und rausholen können. Er habe es extra für die Polizei aufbewahrt, verkündete er stolz.

„Das will ich dir auch geraten haben“, dachte Schulte. „Erst die Reduzierung des Jägerbestandes verhindern und dann auch noch Beweismaterial unterschlagen, das wäre denn auch zuviel gewesen.“

Aber das behielt er für sich. Er schickte einen 19-jährigen pickligen jungen Polizisten ins Krankenhaus, um das Projektil zu holen. Er sollte es gleich danach zur Auswertung in die ballistische Abteilung bringen. Mit irgendwelchen Erkenntnissen war also erst nach Stunden zu rechnen.

„Was für ein Zufall!“, rief Josef Schulte zwei Stunden später und rannte aus seinem Büro. Er sprintete eine Treppe runter, hechelte durch den langen Flur und riss die zweite Tür von rechts auf, ohne zu klopfen.

Maren Köster und Axel Braunert saßen bereits seit zwei Stunden am selben Tisch und versuchten den Fall Zylinski noch einmal von vorn systematisch aufzurollen.

Da alle bisherigen Untersuchungen und Vermutungen ins Leere gingen, mussten sie zwangsläufig wieder von vorn anfangen.

Maren ging auf dem Zahnfleisch. Sie war übelster Laune. Olmer hatte es sich nicht nehmen lassen, nach seiner Pressekonferenz noch mal ausdrücklich darauf hinzuweisen, wie sehr die Öffentlichkeit an der Aufklärung dieses Falles interessiert sei. Und, dass er am Mittwoch unbedingt Ergebnisse brauche. Die Presse würde ihn sonst in der Luft zerreißen. Die Vorstellung erschien den beiden zwar eher angenehm, es ließ sich jedoch nicht leugnen, dass sie noch keinen echten Schritt vorangekommen waren. Alle Spuren hatten auf eine Verbindung zu den Autoschiebern im Gut schließen lassen. Aber es war ihnen einfach nicht gelungen, hier irgendwelche Beweise zu bringen. Jetzt schien es sogar so, als sei diese Spur von Anfang an falsch gewesen.

„Irgendeinen Zusammenhang muss es da geben“, brummte Axel Braunert zum wiederholten Mal. „So viele Zufälle, das gibt’s doch gar nicht!“

„Und wenn doch?“

„Also, ich fasse noch einmal zusammen. Die Leiche des Herrn Zylinski wird im Garten seines eigenen Gutes gefunden. Von seinem eigenen Hausmeister. Dieser wiederum hat einen Chef, Leopold Gockel. Der so eine Art Geschäftsführer für Zylinskis Belange ist. Und dieser Gockel wird mit einem gestohlenen Auto erwischt. Er scheint dafür eine schlüssige Begründung zu haben, und wir mussten ihn wieder frei lassen. Dann finden wir auf demselben Gutsgelände jede Menge gestohlene Autokennzeichen. Die wirklichen Autodiebe wussten im übrigen auch nicht, so behaupten sie, wie die Nummernschilder zum Gut gelangt sind. Und in diesem Gut taucht kurz darauf eine Gruppe Polen als Bewohner auf. Ohne Rassist zu sein, schließt sich hier ja wohl der Kreis. Dass diese Polen Bauarbeiter sind, glaubt doch kein Mensch. Und dieser Zawacki hat sich einfach clever rausgeblufft. Hier muss ein Zusammenhang zum Mord bestehen!"

„Axel, das leuchtet mir alles ein. Aber das sind alles nur Vermutungen. Wir haben nichts in der Hand, womit diese Vermutungen untermauert werden könnten."

„Und das Projektil? Das soll doch aus einer vorsintflutlichen russischen Waffe kommen. Spricht das nicht auch ganz klar für die Polen als Täter?"

„Nein! Wenn das wirklich eine organisierte Bande ist, woran ich unter uns gesagt überhaupt keinen Zweifel habe, dann haben die garantiert auch modernere Waffen als diese alte Kanone. Außerdem haben wir die Waffe nicht. Und was für ein Motiv sollen die Polen haben? Zylinski hat für sie doch eine sehr positive Rolle gespielt. Wenn du dir Zylinskis Lebensgeschichte durchliest, wirst du feststellen, dass es mindestens zwei Dutzend Leute gibt, denen dieser Mann kräftig ans Bein gepinkelt hat. Alle hätten ein prima Motiv gehabt, ihn umzulegen. Nein, ich sage dir, wir stecken in einer Sackgasse und können nur hoffen, dass wir durch einen dummen Zufall da wieder raus kommen."

In diesem Augenblick brach Josef Schulte zur Tür herein. Er hatte den letzten Satz noch mitbekommen.

„Ich weiß zwar nicht worum es geht, aber für dumme Zufälle bin ich Spezialist!"

Damit warf er sich auf den einzigen noch freien Stuhl, um nach dem Treppen- und Flursprint erst mal durchzupusten.

„Was hast du denn Sensationelles?", fragte Maren Köster schlecht gelaunt und ohne große Erwartung. Ein Balz-Ritual von Josef Schulte war jetzt nicht das, was sie gerade brauchte. „Ihr habt doch bestimmt von dem gestrigen Jagdunfall gehört. Da ist doch einer der Grünröcke von einem seiner Genossen angeschossen worden. Keiner weiß, von wem. Und keiner von denen hat bisher den Mund aufgemacht. Und wem hat man diesen Scheißfall aufs Auge gedrückt?"

„Wahrscheinlich dir!"

„Richtig! Dabei wollte ich endlich mal meine Überstunden abbauen. Und dann so eine Lappalie..."

„Mensch Josef, fass dich kurz! Was ist mit deinem dummen Zufall?"

„Also. Ich habe gerade von der ballistischen Abteilung den Befund über das Projektil bekommen. Und da habe ich mich doch sehr gewundert. Schaut mal her!"

Er legte einen maschinengeschriebenen Bogen auf Maren Kösters Schreibtisch und strich ihn glatt. Es handelte sich um den erwähnten schriftlichen Bericht.

„Seht selbst! Es war ein 9-mm-Kaliber. Und zwar muss der Schuss aus einem ziemlich seltenen Gewehr abgefeuert worden sein. Unsere Fachleute meinen, es sei ein russisches Weltkriegsmodell. Und der Lauf sei irgendwie verändert worden. Kommt euch das nicht bekannt vor?"

Die beiden Kommissare brauchten einige Sekunden um die

Bedeutung von Schultes Worten zu erfassen. Dann kam es ihnen.

„Mensch, das wäre ja was!“, brüllte Axel Braunert in für ihn völlig ungewohnter Lautstärke. „Das hieße ja, dass unser Täter auch Mitglied dieser Jagdgesellschaft gewesen sein müsste.“

„Und damit hättet ihr den Täterkreis gewaltig eingeengt“, stimmte Schulte zu.

„Damit entfallen aber alle Überlegungen in Richtung der Polen“, warf Maren Köster dazwischen. „Ich glaube kaum, dass einer von denen bei der Jagd dabei war.“

„Also,“ fasste Axel Braunert zusammen, „müssen wir jetzt folgendes machen: Wir besorgen uns die Namen und Adressen aller Jagdteilnehmer und untersuchen deren Waffenschränke. Das wird ‘ne ziemliche Fleißarbeit, aber es muss wohl sein. Außerdem brauchen wir für alle einen Durchsuchungsbefehl. Wir sollten sofort mit Olmer sprechen, damit er uns noch zwei oder drei Leute als Verstärkung besorgt. Sonst dauert die Aktion zu lange.“

„Dann mach du das mal! Ich fürchte, ich bin beim Alten im Moment ziemlich unten durch“, grinste Maren Köster.

„Willkommen im Club“, lachte Schulte.

Axel Braunert hatte Olmer weder die erhoffte Verstärkung ‘aus dem Kreuz geleiert’, noch war die Suche nach dem merkwürdigen Jagdgewehr angelaufen.

Der Bremser war Polizeirat Olmer. Er untersagte schlichtweg die Aktion ‘Waffenschrank’. Mit diffusen, aber wortreichen Begründungen. Das basiere alles auf wilden Vermutungen.

„Der Schulte will doch nur seinen Hass auf Jäger ausleben! Nichts da! Der spielt mir nicht den wilden Mann und belästigt hochanständige Männer!“

Der eigentliche Grund war jedoch, wie Schulte vermutete, Olmers Kumpanei mit seinen Jagdgenossen.

Nachmittags um drei war Besprechung angesagt und alle machten lange Gesichter, als sie ins Büro von Maren Köster traten. Während die beiden jungen Leute resigniert auf ihren unbequemen Bürostühlen hockten, schossen Schulte wirre Gedanken durchs Hirn. Irgendwas war doch da gewesen. Er versuchte, sich ein Gespräch mit irgendwem wieder klar ins Gedächtnis zu holen. Ein Gespräch, das erst vor ein paar Tagen stattgefunden haben musste und das irgendwas mit der Lösung dieses Falles zu tun haben musste. Er spürte dies beinah körperlich, kam aber nicht drauf, mit wem und worüber er gesprochen hatte.

„Wir können aber immerhin noch bei den Jägern telefonisch rumfragen, wer denn so eine Waffe hat, vielleicht weiß das ja einer von ihnen“, meinte Braunert.

„Das werden sie uns auch gerade auf die Nase binden! Das ist doch eine verschworene Gemeinschaft! Für die ist die Sache ein bedauerlicher Unfall, der jedem von ihnen passieren kann. Jede Information an uns wäre Petzen. Und Petzen wird mit „Klassenkeile“ bestraft. Ich schwöre dir, da macht keiner den Mund auf! Stimmt das, Josef?“

Schulte hatte immer noch kein Wort gesprochen, sondern grübelte vor sich hin.

Maren Köster winkte ab. Mit Schulte war ja heute überhaupt nichts anzufangen. Sie wollte sich gerade eine neue Tasse Kaffee aus der Warmhaltekanne eingießen, da sprang dieser eben noch so in sich versunkene Schulte urplötzlich von seinem Stuhl auf und stürzte sich aufs Telefon. Er tippte wie ein Besessener eine Zahlenkombination ein, wartete kurz und sprudelte dann los:

„Anton, hör zu! Hier ist Schulten Jupp, dein Nachbar! Wie es mir geht? Scheißegal, wie es mir geht! Ich will was von dir wissen. Nein, du sollst nichts für mich einkaufen. Es ist dienstlich, hörst du? Dienstlich!“

Die anderen vier Beamten schauten sich fragend an. Schulte galt aber schon so lange als Exot, dass sich über sein Verhalten, außer sein Chef, keiner mehr aufregte. Meistens, das galt bei der Kripo in Detmold als gesichert, kam jedenfalls bei Schultes Eskapaden irgendwas Brauchbares raus.

„So, Anton! Jetzt hör mir mal gut zu. Wir beiden haben uns doch letzte Woche irgendwann über dieses Gewehr unterhalten. Du weißt doch, das, welches du verkauft hast. Das aus dem Krieg, was du umgebaut hast! Ja, genau das! So... und jetzt überleg mal ganz genau. Es ist verdammt wichtig. Wer hat das Gewehr gekauft? Und wann? Das weißt du nicht mehr? Mensch Anton, überleg bitte. Ich lösche persönlich alle deine Punkte in Flensburg, wenn du mir den Namen sagst."

Zu den anderen machte Schulte eine Geste der Ungeduld.

„Den weißt du nicht mehr. Nur noch, dass es ein Baron war? Wie alt war denn der Mann? Um die sechzig? Klein und rund? Und wann war das? Vor etwa fünf Jahren? Ja, Anton, das hilft uns vielleicht schon weiter. Erst mal besten Dank, ich gebe heute Abend einen aus. Nein, ich kaufe kein Scheiß-Bier, ich bringe gutes Detmolder mit. So'n Billig-Bier kommt mir nicht auf die Leber. Versprochen!"

Er knallte den Hörer auf die Gabel, holte tief Luft und sagte zufrieden:

„Also ich denke, Zylinskis Mörder ist um die sechzig Jahre alt, ist klein und rundlich und von Beruf Baron. Das ist doch schon mal was, oder?"

Es wäre ja auch zu schön gewesen!

In der Jagdgesellschaft gab es immerhin drei Barone. Zwei von ihnen, der Baron von Haxthausen und der Baron von Gauseköttten entsprachen halbwegs der Beschreibung von Schultes Nachbarn. Sie waren zwar nicht wirklich klein und dick, kamen dem aber nahe. Der dritte blaublütige Jäger im

Bunde passte überhaupt nicht. Der Baron von Exterstein war fast siebzig und war lang und dünn. Also fuhr Braunert zum Baron von Gauseköttten in Detmold und Maren Köster zum Baron von Haxthausen in den Detmolder Vorort Berlebeck.

41

Axel Braunert hatte es mit einem ausgesprochen unangenehmen arroganten alten Sack zu tun.

„Was soll das?“, brauste er auf. „Ich bin doch kein Verbrecher! Wissen Sie eigentlich, wen Sie vor sich haben?“

Vor einigen Jahren wäre Axel Braunert hier hoffnungslos in der Defensive gewesen. Aber die Zeit mit Maren Köster hatte ihn für solche Situationen fit gemacht.

„Ich habe den Mann vor mir, der im dringenden Tatverdacht steht, der Mörder von Heinz Zylinski zu sein!“

Der Baron von Gausekötten starrte ihn entgeistert an und brachte nur ein: „Bitte...?“, hervor.

„Ja, Herr Baron. Uns liegt ein Augenzeugenbericht vor, dass Sie vor rund fünf Jahren einen Karabiner russischer Herkunft gekauft haben. Das Projektil beim Jagdunfall und das des Mordes an Zylinski sind identisch. Und beide stammen mit hoher Wahrscheinlichkeit aus dieser erwähnten Waffe. Erkennen Sie jetzt die Notwendigkeit eines zweiten Besuchs?“

Das war zwar dreist geblufft, erzielte aber die beabsichtigte Wirkung. Der Baron war in diesem Moment von seinem hohen Ross gestürzt.

„Kommen Sie rein!“

Mit diesen dünnen Worten ging er voraus in sein Arbeitszimmer und wies Axel Braunert einen Stuhl.

Nachdem er sich selbst ebenfalls gesetzt hatte, schaute er dem Polizisten in die Augen.

„Sagen Sie mal, meinen Sie das alles ernst? Ich habe keine solche Waffe gekauft, also kann ich auch nicht gesehen worden sein! Wer behauptet denn so was von mir? Sagen Sie mir den Namen, ich werde ihn verklagen. Das darf doch gar nicht wahr sein!"

Der Blaublütler war drauf und dran sich in einen Wutanfall hineinzusteigern.

„Herr Baron, wo waren Sie am Sonntag, den 4. Oktober, abends zwischen einundzwanzig Uhr und Mitternacht?"

„Was? Warum wollen Sie das wissen? Denken Sie etwa, ich sei ein Mörder? Sind Sie völlig wahnsinnig geworden?"

„Bitte, Herr Baron, es wird Ihnen doch sicher nicht schwer fallen, sich an diesen Tag zu entsinnen."

Von Gauseкötten würgte seinen Jähzorn runter und überlegte.

Dann heiterte sich seine Miene plötzlich auf.

„Klar, kann ich mich entsinnen! Da war doch am Sonntagnachmittag die große Schleppjagd des Fürsten. An der habe ich als Reiter teilgenommen. Anschließend gab es einen kleinen Umtrunk. Danach haben sich alle um ihre Pferde gekümmert und sind dann kurz zum Umziehen nach Hause gefahren. Aber das war höchstens eine Stunde. In der hat mich meine Frau und unser Hausmädchen gesehen. Anschließend bin ich in die Stadt gefahren, ins Schloss. Der Fürst selbst hatte zur großen Jagdgala geladen. Und da waren alle, die in dieser Gegend Rang und Namen haben. Aber das können Sie ja nicht wissen, Sie waren ja wohl nicht da."

„Du Stinkstiefel!", dachte Axel Braunert. Aber ihm war klar, dass der Baron sich um sein Alibi für den Mordabend keine Sorgen machen brauchte. Somit konnte er diesen Besuch, vorerst zumindest, als beendet betrachten.

Herr von Haxthausen entpuppte sich als netter gemütlicher

älterer Herr, den es nicht störte, dass die Polizei schon wieder da war. Der konservative Trachtenlook passte gut zu ihm und dem Ambiente seines Hauses. Es war eher ein Forsthaus als ein Schloss. Es war vollgestopft mit Jagdtrophäen. Er bat die Kommissarin ins Kaminzimmer.

„Darf ich Ihnen einen wunderbaren alten Sherry anbieten?"

Maren Köster, die in ihrer Freizeit solchen Freuden durchaus aufgeschlossen gegenüber stand, musste als ordentliche Beamtin zu ihrem echten Bedauern ablehnen.

„Besten Dank! Leider nicht, Herr von Haxthausen. Ich wäre Ihnen dankbar, wenn Sie mir Ihren Waffenschrank zeigen würden. Es liegen neue Erkenntnisse vor, die dies nötig machen."

Der Baron hatte zwar keine Einwände, aber leider auch nicht die gesuchte Waffe. Auf Maren Kösters Frage, ob er noch andere Jagdgewehre habe, antwortete er völlig überzeugend:

„Nein!"

„Wissen Sie vielleicht, wer aus Ihrer Jagdgesellschaft ein Gewehr mit 9-mm Kaliber hat? Das Gewehr muss bereits einige Jahrzehnte alt sein und ist wahrscheinlich ein russisches Modell."

„Einen 9-mm Kaliber haben viele von uns. Das ist eine ziemlich häufig verwendete Jagdwaffe. Aber ein Gewehr, wie Sie es beschreiben, hat bestimmt niemand von uns. Damit wäre er wahrscheinlich auch ausgelacht worden."

Hier hatte Maren Köster zum ersten Mal das Gefühl, belogen zu werden. Bevor sie ging, fragte der alte Herr noch:

„Warum ist Ihnen diese Waffe so wichtig? Das war doch nur ein Jagdunfall. Ohne Absicht und ohne schlimmere Folgen, wie ich hoffe. Das ist doch kein Fall für die Kriminalpolizei."

Sie schaute ihn fest an.

„Vielleicht doch. Wir ermitteln zur Zeit einen Zusammenhang zwischen diesem Jagdunfall und dem Mord an Herrn

Zylinski, von dem Sie bestimmt gehört haben. Die Projektile sind nahezu identisch. Sie verstehen?"

Und ob er verstand. Das sah sie ihm an.

„Das heißt, Sie glauben, dass der Unglücksschütze von gestern auch der Mörder von Zylinski ist...?", stammelte er betroffen.

„Ja!"

Er war ganz bestimmt kein Mörder, soviel war Maren Köster klar. Aber ebenso sicher war sie, dass dieser Mann mehr wusste, als er erzählte.

„Herr Baron, wo waren Sie am Sonntag, dem 4. Oktober, abends zwischen einundzwanzig Uhr und Mitternacht?"

Nach kurzem Überlegen:

„Im Schloss von Detmold. Beim großen Fest des Fürsten anlässlich der Schleppjagd. Das war ein rauschendes Fest. Also, wenn Sie das meinen, da haben mich so viele Leute gesehen, dass ich gar nicht wüsste, mit welchem Namen ich anfangen sollte."

„Lass gut sein, Mann!", dachte sich Maren Köster, verabschiedete sich höflich und stieg in ihren Golf.

Es blieb nur noch einer dieser feinen Barone übrig. Der Baron von Exterstein. Der kam zwar aufgrund der Beschreibung überhaupt nicht in Frage, aber auf einen Besuch mehr oder weniger kam es Maren Köster jetzt nicht mehr an.

Von Exterstein wohnte etwas weiter von Detmold entfernt. In der Kleinstadt Horn-Bad Meinberg, am Fuße des Teutoburger Waldes.

Auf dem Wege dahin legte die agile Kommissarin einen Zwischenstopp an den berühmten Externsteinen, einer bizarren Felsformation im Teutoburger Wald, ein. Selbst an diesem feuchtkalten Dienstagnachmittag trieben sich hier etliche Touristen herum. Diese Steine, so großartig sie auch sind, haben leider mit dem üblen Image zu kämpfen, Treffpunkt für alle nur vorstellbaren Gattungen von Spinnern zu sein. Hier treffen sich alte und junge Nazis, die abgefahrensten Esoteriker und immer wieder nutzen Selbstmörder die steilen Klippen für ihren letzten Flug.

Maren Köster focht das alles nicht an. Sie stieg die steilen, ausgelatschten Treppenstufen hinauf und bewunderte von oben die herrliche Umgebung.

Etwas später saß sie mit dem Baron von Exterstein in dessen bescheidener Eigentumswohnung.

Der elegante alte Herr zeigte sich sehr freundlich und kooperativ. Die gesuchte Waffe hatte er selbstverständlich nicht, hatte eine solche, soweit er sich erinnern könnte, auch niemals gesehen.

Dies magere Ergebnis hielt ihn jedoch nicht davon ab, Maren Köster auf gute alte Art den Hof zu machen, was diese amüsiert zur Kenntnis nahm.

„Wissen Sie, Frau Kommissarin, als ich in Ihrem Alter war, da wäre an Frauen in Ihrer Position gar nicht zu denken gewesen. Aber die Zeiten ändern sich und ich finde, wenn schon eine Frau auf diesem Posten, dann wenigstens eine so reizende Dame wie Sie!"

Und so weiter. Sein Alibi war absolut deckungsgleich mit denen der beiden anderen Barone. Auch er war natürlich am Abend des Mordes beim Fürsten im Schloss gewesen. Auch ihn hatten viele, viele hochrangige Besucher gesehen. Er selbst sei sogar im Heimatblatt mit Foto erschienen, in dem Artikel über das Fest.

„Wenn das nicht als Alibi ausreicht..."

„Das reicht aus! Machen Sie sich keine Sorgen."

Damit ging auch dieser Besuch ohne Ergebnis zu Ende.

42

Im 'Neuen Krug' in Detmold war es wieder einmal rappelvoll. Erst nach einigen Minuten fanden Josef Schulte, Axel Braunert und Maren Köster einen mit benutzten Tellern, Servietten, Biergläsern und Aschenbechern völlig zugebauten Tisch. Schulte störte das wenig. Er rauchte eine seiner drei Zigaretten pro Woche und drückte sie anschließend in den Resten eines halb gegessenen Nudelauflaufs aus. Irgendwann kam auch eine der sehr hübschen Kellnerinnen und räumte den Tisch frei. Normalerweise hätte es sich Schulte nicht nehmen lassen, ein wenig mit der Kellnerin zu flirten, aber das hätte seinen höheren Zielen gegenüber Maren Köster schaden können. Man muss eben im richtigen Moment auch Opfer bringen können.

Zufrieden mit seiner taktischen Disziplin bestellte er eine Tischrunde und fragte die beiden anderen gönnerhaft:„Na, Kollegen, wie ist es denn heute gelaufen?"

„Ganz toll!", entgegnete Maren Köster. „Ich habe heute zwei ganz entzückende ältere Herren kennen gelernt. Beide wollen mich noch in dieser Woche heiraten. Um mich entscheiden zu können, habe ich von beiden eine Aufstellung ihrer Bankkonten und ihrer Vermögenswerte bestellt. Sobald die Ergebnisse vorliegen, werde ich mich entscheiden. Und du, Josef, wirst mein Trauzeuge, ehrlich!"

Josef Schulte war platt. Mit dem Humor dieser Frau hatte er gelegentlich Schwierigkeiten. Was, zum Teufel, wollte sie damit nur sagen?

Axel Braunert entspannte die Situation, indem er von seinem Besuch beim Baron von Gausekötten erzählte.

Die Analyse des Arbeitstages konnte nur heißen: viel Arbeit und wenig Ergebnisse.

„Wir haben zwar die Alibis noch nicht überprüft, aber ich gehe davon aus, dass sie echt sind. Es muss einfach zu viele Zeugen geben, die sie auf der Galaparty gesehen haben. Da können die gar nicht bluffen!“, resümierte Maren Köster.

„Ich wette, die Alibis dieser feinen Herren sind so wasserdicht wie das Kondom, das ich für alle Fälle immer in der Tasche habe“, grinste Schulte.

„Du Arsch! Und ich bin überzeugt davon, dass der von Haxthausen mehr über die Jagdbüchse weiß. Wahrscheinlich deckt er einen anderen.“

„Die halten doch alle zusammen, die blaublütigen Herren“, gab sich Axel Braunert sozialkritisch. „Für die sind wir doch immer noch Domestiken und denen muss man nicht alles erzählen.“

„Und Jäger sind sie auch noch!“, Schulte war bei seinem Lieblingsthema. „Da kommt ‘ne Menge zusammen. Angeborene Debilität durch adlige Inzucht wird durch die Jagd wie durch einen Turbo verstärkt. Pulverdampf, ständig lautes Knallen und nicht zuletzt die Jagdhornbläserei, das kann ein ohnehin schon nicht sehr leistungsfähiges Hirn gegen Null tendieren lassen.“

Für diesen gelungenen Wortbeitrag gönnte sich Schulte erst mal einen tiefen Schluck handgebrautes Detmolder Pilsener.

„Übrigens“, dabei wischte er sich mit der Hand den Schaum vom Mund, „kennt ihr schon den neuesten Polen-Witz?“

Maren Köster winkte müde ab, aber Schulte war jetzt in Fahrt gekommen.

„Vier Polen kommen in den Himmel. Woran erkennt man das? Häh? Ganz einfach! Am nächsten Abend fehlen am ‘Großen Wagen‘ zwei Räder und am übernächsten Abend fehlt am ‘Kleinen Wagen‘ die Deichsel!“, Er brüllte vor Lachen.

Axel Braunert hoffte inständig, dass keiner an den Nachbartischen diesen platten Mist gehört hatte. Er sah sich verlegen in der Kneipe um. Plötzlich stoppte sein Panoramablick und verharrte bei einem knutschenden Pärchen in der hintersten Ecke des Raumes. Schmerzhaft verspürte er einen Stich in der Herzgegend. In dem männlichen Teil des Pärchens erkannte er seinen Polizisten mit Grübchen. Die Knie wurden ihm weich. Eine leichte Übelkeit stieg in ihm auf.

„Jetzt nur nichts anmerken lassen“, versuchte er seine Emotionen zu disziplinieren. Er rutschte mit dem Stuhl so, dass er Maren den Blick zu dem Teil der Kneipe, in dem er den Grund seiner nun definitiv unglücklichen Liebe wusste, versperrte. Diese jedoch setzte sich nur eifrig mit Schulte auseinander.

„Darüber kann ich überhaupt nicht mehr lachen“, maulte Maren Köster. „Wegen solcher Vorurteile haben wir alle fast vier Tage wertvoller Arbeitszeit verplempert.“

Sekunden später kam die Kellnerin an den Tisch und fragte, ob einer der Herren der Hauptkommissar Schulte sei. Er werde am Telefon verlangt.

Seufzend stand Schulte auf, ging hinter die Theke zum Telefon.

„Herr Hauptkommissar? Hier spricht Hermann Rodehutskors von der Heimatzeitung. Entschuldigen Sie bitte, dass ich Sie in Ihrer Freizeit störe. Aber ich habe gerade im Fotolabor eine, wie ich glaube, sehr interessante Entdeckung gemacht. Es geht um den Jagdunfall am Hermannsdenkmal. Können Sie nicht eben mal zu mir in die Redaktion kommen?“

Josef Schulte ging zum Tisch zurück und erzählte den beiden von dem Telefongespräch.

„Wenn’s ganz spannend werden sollte, rufe ich euch hier an!“

Damit verschwand er aus der Kneipe.

Es war fast Mitternacht, als Josef Schulte das Pressehaus des Heimatblattes betrat. Hermann Rodehutskors hatte ihm geöffnet und geleitete ihn ins zweite Stockwerk in die Redaktionsräume. Auf Rodehutskors‘ Schreibtisch lagen eine Reihe von Schwarzweiß-Fotos.

„Ich war doch am Sonntag bei der Jagd am Hermannsdenkmal. Die, bei dem der Mann angeschossen wurde. Ich muss sagen, dass ich auch nicht gesehen habe, wer den tragischen Schuss abgegeben hat. Und ich bin sicher, wenn einer der anderen dies beobachtet haben sollte, dann wird er nichts erzählen. Da halten die zusammen, zumal ja nichts wirklich Ernsthaftes passiert ist. Aber ich habe wie ein Verrückter fotografiert. Und jetzt glaube ich, etwas entdeckt zu haben. Heute Nachmittag hatten Sie ja eine Beschreibung der Waffe an uns gegeben. Ein Jagdgewehr mit auffällig kurzem Lauf. Und jetzt gucken Sie sich mal dieses Foto an."

Er reichte Josef Schulte zwei Fotos. Eines zeigte einen Jäger im Gesamtbild, das andere war eine starke Detailvergrößerung.

Schulte konnte auf den ersten Blick auf dem Gesamtbild nichts Besonderes erkennen. Dann aber wurde ihm die Brisanz des Bildes klar. Es zeigte einen Jäger, der ein Jagdgewehr im Anschlag hatte und ein weiteres am Schultergurt hängen hatte. Und dieses zweite Gewehr hatte einen auffällig kürzeren Lauf als das andere. Der Mann selbst war ihm unbekannt. Die Vergrößerung zeigte noch mal diese Büchse, sie war recht gut zu erkennen.

„Mann, wissen Sie, was Sie da fotografiert haben?",

Rodehutskors nickte schweigend.

„Wissen Sie denn auch, wer dieser Jäger ist?"

Wieder nickte Rodehutskors schweigend.

Schultes Nerven lagen blank.

„Verdammt noch mal! Wer ist es denn?"

Es schien dem alten Journalisten verflucht schwer zu fallen, diesen Namen zu nennen. Seine beruflichen Erfolge basierten auf seinem guten Verhältnis zu den Leuten, die im Kreis Geld und Macht hatten. Und einen davon jetzt der Polizei auszuliefern ... das ging ihm quer runter.

„Es ist der Baron von Haxthausen!"

Josef Schulte starrte ihn an. Dann überlegte er.

„Wenn das stimmt, dann... aber das muss noch lange nicht heißen, dass er Zylinski umgelegt hat. Denn für die Tatzeit hat er ein verdammt gutes Alibi. Ganz zu schweigen von einem vernünftigen Motiv. Aber es kann natürlich sein, dass ein anderer seine Knarre für die Tat benutzt hat. Auf jeden Fall bringt uns Ihr Foto einen großen Schritt weiter. Besten Dank! Ich werde mich bei Gelegenheit revanchieren. Versprochen!"

Hermann Rodehutskors war über dieses Lob nicht sehr glücklich. Er hatte mit einem Ehrenkodex seines Berufsstandes gebrochen: Man kann alles in die Zeitung bringen und wenn es noch so indiskret ist, aber man gibt keine Informationen an die Polizei!

Zwanzig Minuten später war Josef Schulte wieder zurück im 'Neuen Krug' und berichtete den beiden Kollegen.

Er fühlte sich bestialisch gut. Der Fall gehörte eigentlich den beiden anderen, aber er hatte ihn praktisch für sie gelöst. Der Dank, der dem Helden gebührt, war ihm sicher. Wenn ihm das keine Zusatzpunkte bei Maren einbrachte, was dann?

Doch die dachte nur an den Job.

„Ich besorge mir sofort einen Haftbefehl!", Maren Köster sprang auf. „Welcher Staatsanwalt hat denn heute Nacht Notdienst?"

„Keine Ahnung, aber Maren, der Mann läuft uns doch nicht weg! Der ist morgen früh auch noch da!"

Schulte wollte hier und jetzt seinen Erfolg an ihrer Seite genießen. Ein bisschen trinken, 'n bisschen charmant sein und ihr vielleicht ein wenig auf die Pelle rücken. Und wer weiß, was sonst noch... Axel Braunert hielt er nicht für eine ernst zu nehmende Konkurrenz. Außerdem war der, was sonst gar nicht seine Art war, ordentlich angeschickert. Denn Schulte war ein guter Beobachter und ihm war längst klar, dass der schöne Axel mit Damen nicht viel anzufangen wusste, und seit besagter Fernsehsendung war er sich seiner Sache absolut sicher. Diese für ihn so günstige Konstellation durfte einfach nicht durch überzogenen Ehrgeiz seines Zielobjektes gefährdet werden.

„Jupp! Ich bin dir dankbar für deine Hilfe, aber dies ist unser Fall! Und ich werde jetzt diesen Herrn festnehmen, ich gehe da kein Risiko mehr ein“, rief sie vielleicht etwas laut.

„Mensch, Mädchen! Nu' sei doch nicht gleich so hysterisch! Setz dich hin und dann...“

„Ich bin nicht hysterisch!“, schrie sie so laut, dass sich die ganze Kneipe nach ihr umdrehte. „Und dein Mädchen bin ich nicht und werde ich auch nie werden!!!“

Mit diesen Worten knallte sie einen Zwanzigmarkschein auf den Tisch, zog sich ihre Jacke über und stürzte hastig und wütend zur Tür.

Axel Braunert starrte ihr fassungslos hinterher. Als er sich gerade ein großes Bier bestellen wollte, kam sie wieder zur Tür hereingestürmt.

„Axel! Wo bleibst du?“

Josef Schulte saß völlig verstört allein am Tisch. Es hatte alles so gut ausgesehen und jetzt war wieder kein Land mehr in Sicht.

„Noch 'n Bier und 'n Korn!“, schrie er aggressiv.

Exakt sieben Minuten später brachte ihm eine der auffallend hübschen Kellnerinnen seine Getränke.

Während die junge Dame noch den Strich auf den Deckel malte, kippte er den Korn runter, wischte sich mit der Hand den Mund ab und säuselte:

„Bist du neu hier? So was Hübsches habe ich hier ja noch nie gesehen!“

Ihm ging's offensichtlich schon wieder etwas besser.

43

Maren Köster hatte ihr Programm durchgezogen.

Der Baron von Haxthausen saß ihr nun in ihrem Büro gegenüber und war völlig aufgelöst. Er hatte bereits ein Verhör mit Maren Köster hinter sich. Das endete nach etwa zehn Minuten damit, dass sie ihn erbost wieder wegschließen ließ. Kurz darauf ließ sie ihn wieder holen und das gegenseitige Anschreien begann von vorn.

„Ich habe diesen Zylinski nicht umgebracht! Warum hätte ich das denn tun sollen? Was geht mich dieser Mensch an? Mit Ihnen rede ich kein Wort mehr!!! Wer ist Ihr Vorgesetzter?"

Maren Köster war sicher eine hervorragende Polizistin. Stark in der Recherche, clever in der Kombination und hartnäckig in der Verfolgung ihrer Ziele. Nur Verhöre waren nicht ihre Stärke. Da ging zu schnell 'der Gaul mit ihr durch' und ihre 'Kunden' blieben verstockt.

Axel Braunert war da mit seiner weitaus sensibleren Art oft erfolgreicher. Und er schaffte es auch diesmal, mit dem Baron ein ruhiges Gespräch zu führen. Dabei schob er sich ein Pfefferminz nach dem anderen in den Mund, um seine Alkoholfahne zu verdecken.

„Herr Baron, wir können uns ja auch nicht vorstellen, dass ein Mann Ihres Formats so etwas getan haben soll. Aber sehen Sie, einige Indizien sprechen gegen Sie. Vielleicht können wir ja gemeinsam Anhaltspunkte für Ihre Unschuld finden."

Das waren in der Tat ganz andere Töne.

„Ich habe zum Beispiel ein verdammt gutes Alibi für diesen Abend", antwortete der Baron mit Nachdruck.

„Das wissen wir, aber das löst noch nicht das Problem mit Ihrem Gewehr. Es ist mit größter Wahrscheinlichkeit die Tatwaffe. Die beiden Projektile sind identisch. Unsere Techniker haben uns das eben noch einmal bestätigt. Sie haben uns nach wie vor nicht sagen können, wo sich diese Waffe befindet."

„Und zum Alibi kann man einwenden, dass den Mord selbst ja auch ein anderer mit Ihrem Gewehr ausgeführt haben kann, zum Beispiel in Ihrem Auftrag", redete Maren dazwischen.

„Was für ein Quatsch! Ich erteile keine Mordaufträge, verdammt noch mal! Junger Mann, ich bin bereit, mich mit Ihnen zu unterhalten, aber nur, wenn Sie dieses wildgewordene Weib aus dem Raum schaffen. Ansonsten kein Wort mehr ohne Anwalt oder nur im Beisein Ihres Vorgesetzten."

Ein Verhör mit Olmer als Zuhörer? Das durfte auf keinen Fall passieren.

„Maren, bitte..."

„Ja! Ich gehe ja schon!"

Und rrrummss! Die Tür war zu.

„Herr Baron! Jetzt mal unter uns. Schauen Sie sich bitte dieses Foto an."

Er reichte dem alten Mann das besagte Bild von Hermann Rodehutskors. Der starrte lange darauf, sagte lange nichts, räusperte sich dann und sprach:

„Ja, das bin ich auf dem Bild. Aber dieses Gewehr hatte ich mir von irgendeinem Jagdfreund ausgeliehen. Ich weiß nicht mehr, von wem."

„Sie haben dieses Gewehr vor etwa fünf Jahren bei einem alten Bauern in Heidental gekauft. Uns liegt eine passende Personenbeschreibung des Bauern vor."

„Das wissen Sie also auch? Gut, es ist meins! Aber ich habe damit niemanden umgebracht, verstehen Sie?"

„Das habe ich auch gar nicht behauptet! Warum haben Sie das denn nicht gleich zugegeben? Das bringt Sie jetzt in Schwierigkeiten."

„Warum wohl?" Der Baron lachte resigniert. „Weil damit dieser Jagdunfall verbunden war! Wer gibt schon gerne zu, dass er einen Jagdkameraden angeschossen hat? Und als gestern Nachmittag Ihre Kollegin zu mir kam und mir klar wurde, was noch mit dem Besitz dieser Waffe verbunden war, da habe ich erst recht den Mund gehalten! So ‘ne Scheiße!“

Der Mann war mit den Nerven runter. Axel Braunert spürte leichtes Mitleid mit diesem gebrochenen alten Herrn. Er konnte sich einfach nicht vorstellen, dass dieser einen kaltblütigen Mord begangen haben sollte.

„Herr Baron, Ihr Jagdgewehr war eindeutig die Mordwaffe. Wenn Sie nicht selber Heinz Zylinski erschossen haben, muss es ein anderer mit Ihrer Waffe getan haben. Wer könnte das gewesen sein?“

Von Haxthausen hielt das Gesicht in den Händen vergraben und antwortete nicht.

Axel Braunert hatte Zeit.

Nach längerer Bedenkzeit antwortete er: „Ich hatte am vorletzten Freitag Besuch. Wir haben innerhalb unserer Jagdgenossenschaft einen inneren Zirkel, der von den adligen Mitgliedern gebildet wird. Dieser Kreis trifft sich einigermaßen regelmäßig bei mir. Es sind außer mir noch zwei andere. Der Baron von Gausekötten und der Baron von Exterstein. Wir haben uns an dem Tag über alles Mögliche unterhalten, ich weiß nicht mehr. Am Abend jedenfalls sah ich, dass die Tür meines Waffenschrankes aufstand. Als ich sie abschließen wollte, bemerkte ich, dass eine Büchse, eben jene, fehlte. Ich stellte meinen Hausmeister zur Rede, aber der schwor, die Waffe nicht zu haben. Komischerweise war sie am Montag Morgen wieder da. Sie stand, wie es sich gehörte, im Waffenschrank.“

„Warum haben Sie denn den Diebstahl, davon mussten Sie ja ausgehen, nicht der Polizei gemeldet?“

„Junger Mann, ich glaube, das verstehen Sie nicht. Es musste einer meiner Freunde gewesen sein. Im selben gesellschaftlichen Rang wie ich. Damit hat die Polizei nichts zu tun."

„Gut, dass Maren diesen Spruch nicht gehört hat", dachte Braunert.

„Und Sie haben nach wie vor keine Ahnung, wer die Büchse vorübergehend mitgenommen haben könnte?"

„Nein! Es muss einer der beiden gewesen sein. Aber wer...? Keine Ahnung!"

„Da wollte einer Ihnen den Mord in die Schuhe schieben, ist Ihnen das klar?"

„Und ob mir das klar ist! Wenn ich einen begründeten Verdacht hätte, würde ich ihn nennen. Rücksichtnahme hat der, wer immer es auch war, nicht verdient."

„Hat denn einer von Ihnen diesen Zylinski gekannt?"

„Sicher, beide haben ihn gekannt. Ich kannte ihn auch. Aber ich mochte ihn nicht. Der war doch überall und immer dabei. Ein Emporkömmling! Viel Geld, aber kein Stil. Hat unsere Nähe gesucht, um sich mit uns zu schmücken. Näheres hatte aber keiner mit dem zu tun."

Keiner hatte ein Motiv und alle hatten ein wasserdichtes Alibi. Aber einer muss es gewesen sein.

44

Zwei Stunden später hatten die beiden Polizisten einen gewissen Überblick über die Privat- und Vermögensverhältnisse der drei Barone. Alle drei waren alleinstehend. Von Haxthausen war Witwer, von Exterstein war seit langem geschieden und von Gausekötte ein alter Junggeselle. Er und von Haxthausen lebten in zufriedenstellenden finanziellen Verhältnissen. Ihr Vermögen bestand in erster Linie aus Landbesitz. Von Exterstein hingegen war weitaus weniger mit Wohlstand gesegnet. Er war ein typischer Vertreter des 'verarmten Landadels'. Was ihn aber nicht davon abhielt, bei jeder Gelegenheit den 'großen Max' zu machen.

„Ich war ja in seiner Wohnung", berichtete Maren Köster. „Also das war nicht so doll. Ich kann mir nicht vorstellen, dass er seine Freunde jemals dahin eingeladen hat. Das hätte wohl kaum zu seinem Auftreten in der Öffentlichkeit gepasst."

„Aber deswegen legt man noch lange keinen um, zumal ja auch überhaupt kein finanzielles Motiv zu erkennen ist", meinte Axel Braunert.

„Okay! Aber Zylinski hatte Geld! Und Exterstein brauchte Geld! Vielleicht hat es zwischen den beiden deshalb Berührungs- und Reibungspunkte gegeben. Hier sollten wir auf jeden Fall nachhaken."

„Aber er hat ein todsicheres Alibi! Er war an dem fraglichen Abend im Schloss. Es hat sogar ein Bild von ihm im Heimatblatt gestanden."

Beide grübelten eine Weile. Dann griff Maren Köster zum Telefon, tippte eine Nummer ein und wartete.

„Herr Rodehutskors? Ja, hier spricht Kommissarin Maren Köster von der Kripo Detmold. Erst mal besten Dank für Ihre Hilfe mit dem Jagdfoto. Jetzt habe ich aber noch eine Frage. Sie haben doch letzten Dienstag die Fotos von der Gala im Schloss gemacht. Unter anderem auch das Foto vom Baron von Exterstein. Können Sie sich erinnern, wann das Foto aufgenommen worden ist?"

Rodehutskors überlegte.

„Es war schon später. So ziemlich genau gegen halb elf. Der Baron hatte mich nach den Fotos zum Büffet gezerrt und ich wollte eigentlich so spät nichts mehr essen. Ich kann dann nämlich nicht einschlafen. Und deswegen habe ich auf die Uhr geguckt. Warum wollen Sie das wissen?"

„Noch eine Frage. Hat der Baron sich irgendwie geziert, als Sie das Foto gemacht haben. Oder war er gleich einverstanden?“

„Einverstanden? Geradezu aufgedrängt hat er sich! Diese Leute sehen sich eben gerne in der Zeitung.“

„Herr Rodehutskors, Sie sind einfach große Klasse! Wenn ich Ihnen mal einen Gefallen tun kann, dann melden Sie sich. Sie haben uns vielleicht wieder einmal einen großen Schritt weiter gebracht!“

Zu Axel Braunert gewandt triumphierte sie:

„Halb elf! Der Mord geschah irgendwann zwischen 21 Uhr und Mitternacht. Er hätte anderthalb Stunden Zeit gehabt, die Tat zu begehen, sich umzuziehen und zum Schloss zu gehen, um sich aller Welt zu zeigen. In dem Gedränge wird es keinem aufgefallen sein, wann er gekommen ist. Alle würden sich nur daran erinnern, dass er da gewesen ist. Sicherheitshalber sorgt man noch dafür, in die Zeitung zu kommen. Jetzt müssen wir überprüfen, ob er wirklich erst so spät gekommen ist oder doch schon früher.“

Da jodelte das Telefon.

„Hier Rodehutskors! Frau Kommissarin, mir fiel gerade ein, dass der Neffe des Barons, er hatte den Kontakt hergestellt, sagte, sein Onkel wäre gerade erst eingetroffen. Spielt das für Ihre Überlegungen irgendeine Rolle?“

45

Nach einer weiteren Stunde hatte Maren Köster herausgefunden, dass das Alibi des Barons von Gausekötte wirklich unantastbar war. Er war in Begleitung des Bürgermeisters und dessen Frau zum Ball gekommen. Das ließ sich unter anderem daran feststellen, dass der Protokollchef des Fürsten die Namen und die Ankunftszeit aller prominenten Gäste, dazu gehörte von Gausekötte zwar nicht, aber der Bürgermeister, aufgelistet hatte.

Jetzt fehlte nur noch das Motiv.

Damit kam Axel Braunert eine halbe Stunde später in Maren Kösters Büro gerannt. Er wedelte mit einem Fax herum und strahlte wie ein FDP-Politiker, der gerade die Fünf-Prozent-Hürde übersprungen hat.

„Wir haben ihn!!! Hier steht's!"

Er knallte seiner Kollegin den DIN A4-Zettel auf den Tisch. Es handelte sich um einen Katasterauszug der Nachbarstadt.

Maren Köster las die ersten Zeilen.

„Ich habe jetzt keine Lust, mir das alles durchzulesen. Erzähl lieber, was da so Spannendes drin steht."

„Aber gern! Weißt du, wem Zylinski das Gut vor rund einem Jahr abgekauft hat?"

„Doch nicht etwa..."

„Ja, genau dem! Unserem sauberen Baron von Exterstein!"

„Okay, das ist ja schon mal was. Aber was beweist das?"

„Wart's doch ab! Es geht ja noch weiter. Dem alten Exterstein muss es damals finanziell ziemlich dreckig gegangen sein. Er hat Zylinski das Gut mit dem dazugehörigen Land für 'n Appel und 'n Ei verkauft. Er hat gerade mal rund eine Million dafür gekriegt. Damit konnte Exterstein so eben seine Schulden bezahlen. Übriggeblieben sein kann da nicht viel. Und das Schönste kommt jetzt! Als Zylinski das Gut gekauft hat, lag dieses total in der Prärie. Nix los, weit und breit. Knapp vier Monate später kam raus, dass auf einem Teil des dazugehörigen Landbesitzes ein Gewerbegebiet ausgewiesen werden soll. Allein diese Wertsteigerung der Liegenschaften hätten ausgereicht, um Extertals Schulden locker zu bezahlen. Und fast gleichzeitig hatte Zylinski einen Antrag auf Umwandlung des denkmalgeschützten Hauses in ein Hotel mit Golfplatz gestellt. Damit war sein Besitz über Nacht um das Vielfache des Kaufpreises gestiegen. Darüber hinaus konnte Zylinski noch einen Teil des Landes für gutes Geld an den Bund, für die verkehrstechnische Anbindung des Gewerbegebiets, verkaufen. Ein echtes Schnäppchen, was?“

„Aber doch wohl nicht reine Glücksache?“

„Ganz im Gegenteil! Bedenk doch mal. Zylinski saß zum Zeitpunkt der Transaktion im Kreistag. Der Mann hat wahrscheinlich in übler Weise sein Insiderwissen genutzt! Und damit den armen, alten Baron um seine Wertsteigerung betrogen.“

„Dass der sauer wurde, kann ich verstehen!“

„Und ob! Warum er Zylinski dann erst nach fast einem Jahr umgelegt hat, verstehe ich zwar nicht so ganz, aber das finden wir ja vielleicht auch noch raus.“

„Garantiert! Aber jetzt müssen wir erst mal sehen, dass wir den guten Mann in unsere Finger kriegen. Hast du auch ‘ne Ahnung, wo er sich gerade aufhält?“

„Nee, aber wir können es ja für’s erste bei ihm zu Hause versuchen.“

„Du bist doch ein helles Köpfchen! Genau das hätte ich jetzt auch vorgeschlagen. Worauf warten wir noch? An die Gewehre!“

46

Von Extersteins Eigentumswohnung lag im zweiten Stock eines größeren Komplexes in Horn-Bad Meinberg.

Die beiden Polizisten klingelten mehrfach Sturm, aber niemand machte die Tür auf. Es war auch kein Geräusch aus der Wohnung zu hören.

Dann schlurfte eine ältere Frau mit Putzeimer auf sie zu.

„Der Barron is' nich' zu Hause! Der is' heute Morgen wechchechangen, mit Chrünzeug."

„Mit was für'n Grünzeug? Salat?", wollte Axel Braunert etwas irritiert wissen.

Die Alte lachte scheppernd.

„Doch kein Salat! Mit sein Jägerzeug! Dat is' doch chrün. Wissense dat nich?"

„Doch, doch. Und wohin, das wissen Sie nicht zufällig?"

„Nich' chenau. Aber er hat irgendwo so eine Jagdhütte in Walde. Ich kann Sie aber nich' sagen, wo die is'. Wat wollense denn von ihn?"

Maren Köster murmelte was von guten Freunden, dann gingen die beiden verärgert die Treppe runter.

„Scheiße! Wo sollen wir denn jetzt suchen?" Braunert kickte wütend einen Stein weg.

„Keine Ahnung! Aber warte mal, Exterstein ist doch geschieden. Vielleicht weiß seine Ex irgendwas. Das können wir vom Auto aus übers Handy klären."

Es dauerte nicht lange, da hatte sie über die Zentrale in Detmold die Nummer der Ex-Frau von Exterstein und Sekunden später war diese in der Leitung.

„Ob ich weiß, wo mein Ex-Mann ist? Wissen Sie, ich habe mich nicht umsonst von diesem Scheusal getrennt. Ich habe mit diesem Kerl nichts mehr zu tun und weiß auch nicht, wo er sich aufhalten könnte. Ich will es auch gar nicht wissen. Wer sind Sie denn überhaupt? Polizei? Das musste ja mal so kommen."

„Warum meinen Sie das?"

„Weil Mannhardt, also mein ehemaliger Mann, das bisschen Geld, was ihm nach der Scheidung noch geblieben ist, für Jagd und Glückspiel rausgeworfen hat. Er konnte ja seit über einem Jahr nicht einmal mehr meinen Unterhalt zahlen! Gott sei Dank habe ich vom Verkauf des Gutes meinen Anteil bekommen. Ihm ist gerade noch soviel übriggeblieben, seine Spielschulden zu bezahlen. Sein Vater würde sich im Grabe umdrehen, wenn er das wüsste.“

„Seine Nachbarin erzählte uns etwas von einer Jagdhütte. Haben Sie eine Ahnung, wo die sein könnte?“

„Ja, so ungefähr. Also irgendwo zwischen Horn-Bad Meinberg und Kohlstädt im Wald an der B1. Ich glaube, die Gegend heißt Kartoffelfeld oder Kartoffelwald oder so.“

„Besten Dank! Sie haben uns sehr geholfen!“

Axel Braunert hatte derweil auf der Generalstabskarte das genannte Waldgebiet abgesucht.

„Hier! Hier gibt's einen ‘Kartoffelberg’! Das wird es sein.“

„Gibt mir mal die Karte!“, Ruppig zog die Köster den Plan an sich.

„Das habe ich gesucht“, rief sie, startete den Polizeiwagen und brauste los.

„Wohin willst du denn, verdammt noch mal?“

„Zum Förster von Horn! Der muss sich doch da auskennen. Er soll mitkommen und uns diese verfluchte Jagdhütte zeigen. Wenn er sich weigert, hetze ich seinen eigenen Dackel auf ihn!“

Braunert sagte nichts mehr.

Es stellte sich heraus, dass der Förster auch freiwillig mitgekommen wäre. Aus irgendeinem Grund schien er den Jagdpächter am ‘Kartoffelberg’ nicht zu mögen.

Sie fuhren zusammen aus Horn-Bad Meinberg auf der alten B1 heraus und bogen bei einem Ausflugscafe ‘Zum Waldschlösschen’ rechts ab auf einen Waldparkplatz. Für ‘Normalsterbliche’ war hier Sackgasse, für einen Polizeiwagen nicht. Sie fuhren weiter, ständig bergauf in den Wald hinein. Nach etwa einem Kilometer ließ der Förster halten.

„Wenn Sie noch fünfzig Meter weiter hier hoch gehen", dabei zeigte er bergauf „dann stehen Sie vor der Hütte."

„Kommen Sie nicht mit?"

„Ich werde mich hüten!"

„Warum?"

„Ich bin doch nicht verrückt! Ich weiß zwar nicht genau, was sie von diesem komischen Baron wollen, aber wenn zwei Polizisten so aufgeregt nach ihm suchen, dann wollen sie ihn wahrscheinlich verhaften. Und ich bin mir sicher, dass der Kerl bewaffnet ist. Zwar nur mit seinen Jagdgewehren, aber das würde mir schon reichen. Außerdem scheint mir das sowieso ein ruppiger Geselle zu sein. Wer weiß, vielleicht schießt der ja. Als Förster werde ich zwar dafür bezahlt auch gelegentlich mal zu schießen, aber nicht dafür, als Zielscheibe herzuhalten."

Die beiden Polizisten schauten sich erstaunt an. Auf die Idee waren beide nicht gekommen.

Aber war das so abwegig? Konnte von Exterstein nicht zwei und zwei zusammenzählen? Von Haxthausen war verhaftet worden und würde wahrscheinlich von dem Karabiner erzählen. Seine Schulden und sein ganz besonderes Verhältnis zu Zylinski kämen früher oder später auch ans Licht. Und er war ein alter Mann mit großem Standesdünkel. Da waren auch verrückteste Reaktionen möglich.

Axel Braunert holte beide Dienstwaffen aus dem Auto, überprüfte sie und steckte sich seine Pistole in den Schulterhalfter. Ein für ihn reichlich ungewohntes Gefühl.

Maren Köster tat das gleiche und dann stiegen die beiden schweigsam durch den dichten Mischwald bergauf.

47

Die Jagdhütte stand auf einer kleinen Lichtung, umgeben von Bäumen verschiedenster Art. Sie war als Blockhaus gebaut, das Dach war mit roten Ziegeln gedeckt. An drei Seiten der Hütten waren Fenster, alle waren mit Fensterladen verriegelt.

Wäre da nicht eine feine Rauchsäule aus dem Schornsteinrohr gestiegen, hätte die Hütte ziemlich unbewohnt ausgesehen.

Langsam gingen die beiden Polizisten darauf zu. Maren Köster klopfte dann kräftig an die massive Holztür.

„Herr von Exterstein? Können wir Sie sprechen?“

Lange antwortete niemand. Sie hörten nur drinnen ein Rumoren. Sie klopfte noch mal, diesmal noch fester.

„Wer ist denn da? Was wollen Sie?“, rief der Baron endlich von innen.

„Die Kriminalpolizei von Detmold! Mein Name ist Kommissarin Maren Köster!“

Von drinnen drang lautes Gelächter.

„Eine Frau haben sie mir geschickt! Ich soll mich von einer Frau festnehmen lassen?“

Wieder dröhnendes Gelächter.

„Wenn's nur darum geht, hier steht auch noch ein männlicher Kriminalbeamter“, rief Braunert dazwischen. Er konnte erkennen, dass der Adrenalinspiegel seiner Kollegin seinen höchsten Pegel zu erreichen drohte.

„Was ist denn das für ein Bengelchen? Wisst ihr was, ihr beiden? Ich bin nicht irgendein dahergelaufener Trottel, ich bin ein von Exterstein, und ich war im Krieg Offizier. Ein Offizier lässt sich nicht von einer Frau und einem Jungen festnehmen! Schickt mir euren obersten Vorgesetzten, dann lasse ich mit mir reden. Mit dem Hauspersonal verhandele ich nicht! Und kommt den Fenstern und der Tür nicht zu nahe, ich bin bestens bewaffnet! Ich weiß mich zu verteidigen.“

Das Lachen wurde immer lauter.

„Freiheit oder Tod! Es lebe die Offiziersehre!“

Das Lachen klang nun beinah etwas wahnsinnig.

Die beiden blickten sich blöde an. Mit so was hatten sie nicht gerechnet. Maren Köster winkte Braunert, dann entfernten sich beide einige Meter von der Hütte, wo sie ungehört reden konnten.

„Der spinnt! Ich schätze, der ist voll wie 'ne Granate. Aber ich werde 'nen Teufel tun und Olmer hierhin holen. Eher fackele ich die ganze Hütte mitsamt dem Kerl ab. Was bildet der sich eigentlich ein?“ Maren bebte vor Wut.

„Du hast Recht! Wir müssen diese Nummer allein durchziehen. Irgendwie müssen wir in die Hütte kommen, aber wie? Also die Tür kriegst du nicht aufgebrochen. Höchstens die Fensterladen. Aber sobald du am Fenster herumfummelst, ballert der Wahnsinnige los. Geht also auch nicht.“

Nach einigen Minuten meinte Braunert dann:

„Die einzig verwundbare Stelle ist das Dach. Man könnte draufsteigen und einige Ziegel hochheben. Das dürfte nicht schwer sein. Wenn dann...“

„Axel, sobald du die erste Ziegel hochgehoben hast, kannst du für die nächsten Jahre bei mir in der Küche als Nudelsieb arbeiten. Der weiß doch dann sofort, wo du stehst. Nein, das geht alles viel zu langsam. Das mit dem Dach ist schon gut, aber es muss mit einem Schlag gehen, überraschend.“

Wieder zwei Minuten Schweigen.

„Ich hab's!“, rief Braunert beinahe zu laut. “Was hältst du davon? Wir haben im Auto noch ein oder zwei Tränengas-Granaten. Die holen wir uns jetzt erst mal. Bleib du hier!“

Dann stürzte er den Weg durch das dichte Herbstlaub bergab. Nur wenige Minuten später kam er keuchend wieder zurück.

„So, die Dinger hätten wir!“

„Und was willst du damit anstellen?“

„Siehst du diese alte Eberesche hinter der Hütte? Einer der Äste ragt in etwa zwei Meter Höhe weit genug über das Dach.

Da werde ich draufklettern, bewaffnet mit den beiden Granaten und einem dicken Stein."

„Was willst du denn mit 'nem Stein?"

„Ich werde ihn von da oben einfach hinunterfallen lassen. Bei der Fallhöhe müsste ein ordentlicher Stein die Dachziegel durchschlagen. Und durch das entstandene Loch lasse ich einfach die beiden Tränengas-Granaten fallen und steige ganz schnell wieder von dem Baum hinunter. Dann können wir in aller Ruhe die Hütte aufbrechen. Der gute Baron wird vielleicht sogar freiwillig rauskommen. Was meinst du?"

Maren Köster überlegte.

„Na, also genial finde ich den Vorschlag nicht. Aber was Besseres fällt mir auch nicht ein. Und es muss was passieren. Ich hole keine Verstärkung! Dieser arrogante Sack wird von einer Frau festgenommen, ob er will oder nicht!"

„Okay! Dann los!"

Axel Braunert suchte sich einen mehrere Kilo schweren Stein, steckte sich die Granaten hinter den Gürtel, ging zu dem Baum und machte sich an den Aufstieg. Es war eine ordentliche sportliche Leistung mit diesem schweren Stein erst am Stamm hochzuklettern und dann auf dem fast waagerecht über das Dach ragenden Ast, der übrigens leichtsinnig dünn war, entlang zu robben.

An der Stelle angekommen, wo der Ast doch zu dünn wurde, machte er Maren Köster ein Zeichen. Dann ließ er den Stein fallen.

Laut scheppernd durchschlug dieser das Ziegeldach, gefolgt von einem Schreckensschrei des Barons. Axel Braunert zog nun die beiden Granaten aus dem Gürtel, riss die Zünder ab und ließ sie durch das Loch im Dach fallen.

Triumphierend wandte er sich seiner Kollegin zu und machte mit der rechten Hand das Victory-Zeichen. In diesem Augenblick rutschte er seitlich weg , versuchte noch sich festzuhalten, da brach auch schon der Ast, und Axel Braunert mit seinem Kampfgewicht von athletischen fünfundachtzig Kilo rauschte durch das Dach in die Hütte.

Er durchschlug die Tischplatte und landete, schon fast bewusstlos, auf dem Fußboden, auf dem direkt vor ihm gerade eine der Tränengas-Granaten verpuffte. Er konnte noch schemenhaft den völlig entsetzten von Exterstein wahrnehmen. Sein letzter Gedanke war: 'Den hatte ich mir ganz anders vorgestellt.' Dann sackte er ins Reich der Träume.

Der alte Offizier und selbsternannte Gentleman hatte mit einem Karabiner in der Hand in der Hütte gestanden, als das Inferno durch das Dach brach. Sekundenlang hatte er nur entsetzt dagestanden und sich nicht gerührt. Dann bemerkte er die Wirkung des Tränengases, riss sein großes Taschentuch heraus und hielt sich das vor's Gesicht. Sein nächster Impuls war, sich sofort des Eindringlings zu erwehren. Er riss die Waffe hoch und zielte auf Braunert. Bevor er abdrücken konnte, schüttelte ihn ein böser Hustenkrampf und er musste die Waffe fallen lassen. Als sich der schlimmste Hustenreiz wieder gelegt hatte, nur die Augen schienen sich aus dem Kopf brennen zu wollen, griff er wieder nach seinem Gewehr. Er hob es auf und zielte...

In diesem Augenblick brach die Hölle über ihn herein. Aus dem Loch im Dach erklang ein schrecklicher Schrei, dann flog ein Körper direkt auf ihn zu und riss ihn zu Boden. In den nächsten Sekunden musste er die fürchterlichsten Prügel seines Lebens einstecken. Dann sprang die Kampfmaschine zur Tür, entriegelte diese und riss sie weit auf.

Maren Köster hatte starr vor Schreck mit ansehen müssen, wie ihr sportlicher Kollege vom Baum stürzte. Sofort wurde ihr klar, in welcher Gefahr sich Braunert befand. Sie musste sofort in die Hütte, aber das ging nur übers Dach. Also bewies auch sie Sportlichkeit, erklomm dieses und schaute durch das Loch.

Da lag Axel Braunert verrenkt und offenbar bewusstlos auf dem Boden und der Baron hob gerade seine Waffe hoch. Maren Köster schrie auf und sprang.

Nachdem sie kurz draußen durchgeatmet hatte, ging sie wieder in die Hütte, kettete den bewusstlosen Baron von Exterstein mit Handschellen an den Herd und schaute nach ihrem Kollegen. Braunert atmete röchelnd. Sie umfasste ihn mit einem Erste-Hilfe-Griff und schleifte den Verletzten aus der Hütte. Nachdem sie ihn draußen abgelegt hatte, setzte sie sich hin und pustete tief durch.

48

Als Maren Köster mit einem großen Blumenstrauß in der Hand das Zimmer 113 auf der Unfallstation im Detmolder Klinikum endlich gefunden hatte, öffnete sie vorsichtig die Tür. Ein gut eingegipster Patient starrte sie an, schrie entsetzt: „Nein!!! Nicht schon wieder!" Und drehte sich abrupt auf die andere Seite. Als sie das Patienten-Namensschild an der Innentür las, wurde ihr das Verhalten des Mannes klar.

Sein Name war Rudi Lüke. Amüsiert ging sie weiter zum nächsten Krankenzimmer.

Axel Braunert lag, obwohl mindestens ein Drittel seines Körpers mit Gips überzogen war, lächelnd in seinem Krankenbett. Und neben ihm saß Josef Schulte. Maren überwand ihren ersten Impuls, auf der Stelle kehrt zu machen. Sie trat an das Bett, legte den Blumenstrauß auf den Nachtschrank und gab Braunert einen kleinen zarten Kuss auf die Stirn, worum ihn Schulte glühend beneidete. Dann gab sie, etwas zögernd, Josef Schulte die Hand.

„Na, willst du auch unseren Helden besuchen?"

„Wie ich gehört habe, bist du der eigentliche Held dieser Geschichte. Axel kann zwar kaum sprechen, aber ich habe das

Geständnis des wilden Barons mitbekommen. Der hat sich bitter über deine Prügel beschwert. Du seiest wie ein Gewitter über ihn gekommen. Olmer denkt über eine Dienstaufsichtsbeschwerde nach. Besonders beliebt scheinst du bei ihm nicht zu sein. Ich finde, das macht dich nur noch sympathischer."

„Jupp, hör auf zu schleimen, sonst geht's dir wie dem Baron!"

Schulte sah sie entsetzt an, konnte aber zu seiner großen Erleichterung ein feines Grinsen bei ihr erkennen.

ENDE